FANTASY

W0287515

Buch

Manchmal scheinen alte Freunde nur dafür da zu sein, einen in Schwierigkeiten zu bringen. Trotzdem packt Thraxas, der faule Abenteurer und Zauberer, ohne zu zögern seine sieben Sachen, als ihn ein Hilferuf von den Elfeninseln erreicht. Ein Freund ist schließlich ein Freund – und außerdem ist das Bier der Spitzohren einfach legendär. Auf den Inseln angekommen, erkennt er sofort den Ernst der Lage: Ein Mord wurde begangen. Und die Elfen, die keinerlei Erfahrung in der Untersuchung solcher Verbrechen haben, sind zunächst wahnsinnig dankbar für Thraxas' Hilfe. Doch bald schon entwickelt sich der Fall für alle Beteiligten zu einem ausgewachsenen Albtraum – da hilft auch das beste Elfenbier nicht mehr …

Autor

Hinter dem Pseudonym Martin Scott verbirgt sich der in Glasgow geborene Schriftsteller Martin Millar. Für seinen ersten Turai-Roman wurde er mit dem World Fantasy Award ausgezeichnet. Martin Scott lebt seit über zwanzig Jahren in London.

Martin Scott bei Blanvalet

DIE GEHEIMNISSE VON TURAI: Band 1, Der Drachentöter (24182) – Band 2, Das Zaubergift (24183) – Band 3, Das Wagenrennen (24184) – Band 4, Die Reise zu den Elfeninseln (24185)

Weitere Bände sind in Vorbereitung

FANTASY

Martin Scott

Die Reise zu den Elfeninseln

Die Geheimnisse
von Turai 4

Aus dem Englischen
von Wolfgang Thon

BLANVALET

Die Originalausgabe erschien 2000
unter dem Titel »Thraxas and the Elvish Isles«
bei Orbit, London.

Umwelthinweis:
Alle bedruckten Materialien dieses Taschenbuches
sind chlorfrei und umweltschonend.

Blanvalet Taschenbücher erscheinen im
Goldmann Verlag, einem Unternehmen der
Verlagsgruppe Random House.

Deutsche Erstveröffentlichung Februar 2003
Copyright © der Originalausgabe 2000 by Martin Scott
Copyright © der deutschsprachigen Ausgabe 2003
by Wilhelm Goldmann Verlag, München,
in der Verlagsgruppe Random House GmbH
Umschlaggestaltung: Design Team München
Umschlagillustration: F. B. Regös
Satz: deutsch-türkischer fotosatz, Berlin
Druck: Elsnerdruck, Berlin
Titelnummer: 24185
Redaktion: Gerhard Seidl
UH · Herstellung: Peter Papenbrok
Made in Germany
ISBN 3-442-24185-5
www.blanvalet-verlag.de

1 3 5 7 9 10 8 6 4 2

1. Kapitel

Es ist weit nach Mitternacht, und die Luft in der Kaschemme ist zum Schneiden dick von Thazisschwaden. Der Tisch vor mir biegt sich unter dem Gewicht des Geldes, das sich im Topf befindet. Einmal in der Woche trifft sich in der *Rächenden Axt* eine Raff-Runde, aber bisher sind die Einsätze bei einem einzelnen Spiel noch nie so hoch gewesen. In dieser Runde sind wir noch zu sechst, und Hauptmann Rallig ist der Nächste, der mitgehen muss. Er starrt lange in seine Karten.

»Thraxas blufft vermutlich mal wieder«, verkündet er schließlich und schiebt seine fünfzig Gurans in den Topf.

Neben ihm sitzt der Alte Grax, der Weinhändler. Grax ist ein sehr gewiefter Kartenspieler. Er hat General Acarius einmal tausend Gurans abgeknöpft, und General Acarius gilt allgemein als der beste Spieler der turanianischen Armee. Es ist schwer auszurechnen, was der Alte Grax im Schilde führt. Die siegessichere Pose, mit der er sein Geld in die Mitte des Tisches schiebt, legt nahe, dass er ein fantastisches Blatt auf der Hand hat. Ich bin mir da aber nicht so sicher. Ich glaube nämlich, dass er derjenige ist, der hier blufft.

Draußen ist es dunkel und still. Der Eingang der *Rächenden Axt* ist zugesperrt. Das Licht des Kaminfeuers und das der blakenden Fackeln an der Wand flackert über die Gesichter der etwa ein Dutzend Kiebitze. Sie nippen schweigend an ihren Getränken und beobachten gebannt, wie sich das Spiel dem spannenden Höhepunkt nähert.

»Ich steig aus«, sagt Ravenius, ein junger Bursche aus der Oberstadt, der uns fast jede Woche beehrt. Er gehört zwar zu den großen Verlierern dieser Nacht und wirkt entsprechend enttäuscht, aber da er der Sohn eines wohlhabenden Senators ist, wird er nächste Woche mit einem frisch gefüllten Geldbeutel wiederkommen.

Ghurd gehört die Kaschemme, und auch er spielt mit. Jetzt ist er dran. Das Kaminfeuer heizt uns ganz schön ein, und Ghurd steht der Schweiß auf der Stirn. Er schiebt ein paar Strähnen seines grauen Haars zur Seite und hält stumme Zwiesprache mit seinem Blatt. Die Karten wirken winzig in seinen riesigen Pranken. Ghurd ist ein Barbar aus dem Hohen Norden. Als wir beide jünger waren, haben wir zusammen als Söldner gekämpft. Und Raff gespielt. Ghurd ist ein sehr kluger Spieler. Außerdem glaubt er, dass er alles über meine Tricks und Finessen am Kartentisch weiß, was es zu wissen gibt. Tut er nicht.

»Ich geh mit«, knurrt er und schiebt mit seinem muskulösen Arm seinen Einsatz in die Mitte.

Hauptmann Rallig setzt eine Flasche Bier an die Lippen und trinkt. Zwei seiner Leute sitzen direkt hinter ihm, vollkommen auf das Spiel konzentriert. Es sind Zivilgardisten; sie sind immer noch in Uniform, sogar ihr Schwert haben sie noch am Gürtel. Tanrose ist die Köchin der Kaschemme. Sie hat mittlerweile ihren angestammten Platz hinter der Theke verlassen und ist näher gekommen, um das Spiel besser verfolgen zu können.

Als Letzter ist Donax an der Reihe, ein Unterhäuptling der örtlichen Niederlassung der Bruderschaft. Das ist eine sehr einflussreiche kriminelle Vereinigung, die den südlichen Teil von Turai kontrolliert. Es kommt nicht oft vor, dass man Hauptmann Rallig mit einem Bruderschafts-Unterhäuptling friedlich am selben Tisch sitzen sieht. Im Gegensatz zu den meisten unserer Beamten ist der Hauptmann viel zu aufrichtig, um sich mit Persönlichkeiten der Unterwelt zu verbrüdern. Andererseits spielt er gerne Raff, also macht er für unser wöchentliches Treffen eine Ausnahme.

Normalerweise würde sich auch Donax nicht mit mir an einen Tisch setzen. Die Häuptlinge der Bruderschaft mögen keine Detektive. Und mehr als einmal hat Donax bereits gedroht, mich umzubringen. Für Conax, seinen ungeschlachten Handlanger, der direkt hinter ihm hockt, wäre es die Erfüllung eines lang gehegten Herzenswunsches, wenn er mich mit seinem Schwert ausweiden dürfte. Aber da muss er noch ein bisschen warten. In dieser Runde wird keine Gewalt geduldet. Das ist auch der Grund, warum sie so unterschiedliche Charaktere wie steinreiche Weinhändler und Senatorensöhnchen nach ZwölfSeen lockt. Gewöhnlich schlagen sie einen möglichst großen Bogen um dieses raue Viertel.

Donax wirft einen Blick in die Runde und zupft an seinem Ohrring. Das könnte ein Zeichen für seine innere Anspannung sein. Oder auch nicht. Donax ist nur sehr schwer zu durchschauen. Wir warten, bis er sich entscheidet. Wir warten lange, schweigend.

»Ich gehe mit«, knurrt er endlich. »Und erhöhe.«

Donax streckt eine Hand aus, und Conax lässt eine schwere Geldbörse hineinfallen. Donax reißt ungeduldig die Bänder des Verschlusses auf und zählt rasch das Geld ab.

»Deine fünfzig Gurans und noch zweihundert.«

Die Kiebitze tuscheln aufgeregt. Zweihundert Gurans. Ein ehrlicher Bürger muss dafür ziemlich lange arbeiten. Selbst ich brauche eine Weile, um das zu verdienen, und ich bin längst nicht so ehrlich.

Makri bringt uns ein Tablett mit frischen Getränken an den Tisch. Ravenius mustert sie interessiert. Makri ist eine gründliche Musterung wert, jedenfalls wenn man ein junger Mann ist und noch die Energie für solche Dinge hat. Sie ist stark, sehr attraktiv und wahrscheinlich die einzige Person im ganzen Westen, in deren Adern Orgk-Blut, Elfenblut und Menschenblut gleichzeitig fließt. Makri bietet einen bemerkenswerten Anblick. Sie trägt bei der Arbeit ein knappes zweiteiliges Kettendress, und das aus einem guten Grund: Sie will ihr Trinkgeld erhöhen. Da Makri mit einer Figur gesegnet ist, von der Männer träumen, wenn sie weit weg von zu Hause sind, und vielleicht noch mehr träumen, wenn sie wieder nach Hause kommen, kassiert sie reichlich Trinkgeld.

Meine fünf Karten liegen verdeckt vor mir auf dem Tisch. Ich brauche sie nicht mehr anzusehen. Auf Donax' Erhöhung reagiere ich weder zu langsam noch zu hastig. Zweihundert Gurans auf ein Blatt zu setzen, übersteigt zwar normalerweise meine Möglichkeiten, aber letzten Monat habe ich im Turas-Gedächtnis-Rennen einen außerordentlich fetten Gewinn eingefahren, weil ich eine sehr kühne Wette platziert habe. Und da ich noch den größten Teil meines Wettgewinns besitze, kann ich Donax' Einsatz halten. Ich nehme mir zuerst ein Bier von Makris Tablett und schiebe meinen Stuhl etwas zurück, damit ich besser unter meinen Bauch greifen kann. Dann ziehe ich meine Börse hervor, zähle zweihundert Gurans auf den Tisch und schiebe sie in die Mitte.

In der Kaschemme herrscht vollkommene Ruhe. Nur das Knistern des Feuers ist noch zu hören. Makri starrt mich an. Sie ist einer meiner wenigen Freunde in dieser Stadt. Und aus ihrem Gesichtsausdruck schließe ich, dass sie mich für einen großen Narren hält, der gerade sein Geld aus dem Fenster wirft.

Hauptmann Rallig kann nicht mehr mithalten. Selbst schuld. Warum ist er auch so ehrlich? Um bei solchen Einsätzen mithalten zu können, müsste er ab und zu ein kleines Bestechungsgeld annehmen. Angewidert wirft er seine Karten in den Topf.

Der Alte Grax ist der Nächste. Trotz der Hitze hat er seinen dunkelgrünen Mantel mit dem Pelzkragen nicht abgelegt, der seine hohe Stellung im Ehrenwerten Verein der Kaufmannschaft anzeigt. Er ist sehr wohlhabend, was auch kein Wunder ist, bei der Menge von Wein, die in Turai vertilgt wird. Trotzdem scheint er nicht besonders scharf darauf zu sein, zweihundert Gurans auf das Blatt zu riskieren, das er in der Hand hält.

Ich hatte ihn also richtig eingeschätzt. Er passt, aber sein Gesicht verrät keinerlei Regung, weder Ärger noch Enttäuschung. Er winkt Makri, dass sie ihm mehr Wein bringen soll, und ich bestelle gleich noch ein Bier. Ich brauche beim Kartenspielen nicht unbedingt nüchtern zu bleiben. Jedenfalls rede ich mir das gern ein.

Ghurd seufzt schwer. Er hat bereits viel verloren, und der Verlust von weiteren zweihundert Gurans würde ein beträchtliches Loch in die Kasse der Kaschemme reißen. Ghurd musste nach den Unruhen letztes Jahr, die die ganze Stadt erschüttert hatten, eine hohe Summe für Renovierungen aufbringen, was vielleicht jetzt den Ausschlag gibt. Zögernd wirft er sein Blatt in die Mitte. Ich bemerke, dass Tanrose lächelt. Sie sieht ihn nicht gerne verlieren. Tanrose hat eine Schwäche für den alten Barbaren. Außerdem muss er ihr Gehalt bezahlen.

Makri reicht mir das Bier und bleibt dann neben mir stehen. Hier in der *Rächenden Axt* haben sich mittlerweile alle mehr oder weniger an sie gewöhnt, aber in der Stadt erregt sie immer noch Aufsehen. Das liegt nicht nur an ihrem Aussehen und ihrer Figur. Der rötliche Ton ihrer Haut und ihre spitzen Ohren verraten das Orgk- und das Elfenblut, und wer Orgk-Blut in sich hat, wird als verflucht angesehen, zum sozialen Außenseiter gestempelt und ist in Turai höchst unwillkommen. Alle hassen Orgks, obwohl wir im Moment Frieden mit ihnen haben. Makri ist außerdem auch nur zu einem

Viertel eine Orgk, aber das genügt, um in manchen Bezirken unseres Stadtstaats mächtigen Ärger zu bekommen.

Donax hat ein Glas Wasser vor sich stehen. Seit er sich vor etwa sechs Stunden an den Tisch gesetzt hat, hat er keinen Tropfen Alkohol angerührt. Seine Augen sind pechschwarz und leuchten im Licht der Fackeln mit boshafter Schlauheit. Er schnippt mit den Fingern. Conax, sein Vollstrecker, wühlt in seiner Tasche und fördert einen noch größeren Beutel mit Gold zutage.

»Zähl mir tausend ab«, befiehlt Donax gelassen, als wäre es vollkommen alltäglich, tausend Gurans auf ein Blatt zu setzen.

Die Kiebitze können ihre Überraschung nicht verbergen und flüstern aufgeregt, während sie sich die Hälse verrenken, um meine Reaktion mitzubekommen.

Conax zählt, und Donax fixiert mich mit seinem Blick. Ich starre zurück und leiste mir nicht die kleinste Regung auf meinem Gesicht. Ich glaube nicht, dass der Bruderschafts-Unterhäuptling blufft. Er hat ein gutes Blatt. Mir soll's recht sein. Ich habe auch ein gutes Blatt. Ich habe vier schwarze Drachen auf der Hand. Vier schwarze Drachen! Die sind praktisch unschlagbar beim Raff. Das einzige höhere Blatt wäre ein Volles Königshaus, und wenn Donax in demselben Spiel ein Volles Königshaus aus der Tasche zaubert, in dem ich vier schwarze Drachen auf den Tisch lege, dann darf ich wohl annehmen, dass es hier nicht ganz mit rechten Dingen zugegangen ist. Und würde mit dem Schwert in der Hand Antworten auf einige Fragen verlangen.

Ich trinke ruhig einen Schluck Bier und bereite mich darauf vor, den Ganoven wegzufegen. Während ich nach außen vollkommen ausdruckslos scheine, fühle ich mich im Innern schlichtweg großartig. Ich habe überall auf der Welt gefochten, habe Orgks und Elfen und Drachen gesehen, habe im Kaiserlichen Palast gedient und bin ohne viel Federlesens von dort gefeuert worden, habe mit Königen und Prinzen, Zauberern und Bettlern gesprochen, gespeist und gespielt. Und jetzt werde ich mit dem größten Gewinn bei einer Raff-Runde nach Hause gehen, den ZwölfSeen je gesehen hat.

»Eintausend«, knurrt Conax und reicht seinem Häuptling das Geld. Donax macht Anstalten, seinen Einsatz in den Topf zu werfen.

»Macht es dir was aus, wenn ich mich auf den Rand deines Stuhls setze?«, bricht Makri die andächtige Stille. »Ich bin ein bisschen müde. Mein Blutfluss ist diesen Monat wirklich ziemlich heftig.«

Ich sehe sie verblüfft an. »Dein was?«

»Meine Periode. Du weißt schon, das kann eine Frau ganz schön auslaugen.«

Für den Bruchteil einer Sekunde herrscht ein tiefes, ehrfürchtiges Schweigen im Raum, dem allerdings unmittelbar darauf ein ungeheurer Aufruhr folgt, als die Leute panisch von ihren Stühlen hochspringen.

Ich weiß mit an absoluter Gewissheit grenzender Sicherheit, dass in Turai bisher keine Frau jemals gewagt hat, solche Worte öffentlich auszusprechen. Die Menstruation steht ganz oben auf der Liste von Tabus, und Makris Worte fahren wie der feurige Odem eines Kriegsdrachen in diese männliche Versammlung von Spielern und Trinkern. Donax erstarrt. Er hat vielleicht einmal einen Löwen mit bloßen Händen stranguliert, aber das hier macht ihn fertig. Neben ihm spiegelt Ghurds Gesicht einen Ausdruck blanken Entsetzens wider, den ich bei ihm nicht mehr gesehen habe, seit wir durch die macianischen Hügel marschiert sind und eine große und extrem giftige Schlange sich plötzlich aufrichtete und ihn ins Bein biss.

Stühle gehen krachend zu Bruch, als die Leute zum Notausgang stürzen. Der junge Pontifex Litanex, unser Stadtteil-Priester, kreischt uns etwas zu, während er aus der Kaschemme stürmt.

»Die Kirche wird für einen sofortigen Notfall-Ablass geöffnet!«, schreit er über die Schulter zurück und stürzt hinaus auf die rettende Straße.

»Du schmutzige Nutte«, brüllt Conax und hilft seinem Häuptling auf die Füße. Donax wirkt schwer angeschlagen und muss gestützt werden. Die anderen Brüder schnappen sich noch geistesgegenwärtig sein Geld, bevor sie verschwinden, und kassieren dabei nicht nur die letzten tausend Guran ein, sondern nehmen alles mit, was er schon in den Topf geworfen hatte.

»Das dürft ihr nicht!«, schreie ich, springe auf und will nach meinem Schwert greifen, aber sie haben ihre Waffen schon gezogen.

Hauptmann Rallig knöpft sich derweil gelassen den Mantel zu, was wohl bedeutet, dass er mir nicht zu Hilfe kommen will. Selbst Ghurd, mein treuer Gefährte in so manchen Widrigkeiten, zieht sich ins Hinterzimmer zurück. Dabei verkündet er mürrisch, dass er die Kaschemme schließen und wieder nach Norden gehen wird, wenn so etwas noch einmal vorkommen sollte.

Etwa dreißig Sekunden nach Makris Äußerung bietet sich mir ein vollkommen trostloser Anblick. Alle sind geflohen, entweder in die Sicherheit ihrer Heime oder in die Kirche, zum Notfall-Ablass. Ich starre Makri an und will sie anschreien, aber kein Laut dringt über meine Lippen. Ich bin so schockiert, dass ich nicht mal schreien kann. Makri wirkt ziemlich verwirrt.

»Was sollte das denn da grade?«, erkundigt sie sich.

Mir zittern die Hände. Ich brauche eine ganze Weile, bis ich den Krug endlich zum Mund geführt habe. Das Bier hilft ein bisschen, jedenfalls genug, um ein paar Worte herauszubringen.

»Du … Du … Du …«

»Komm schon, Thraxas, was soll das Gestammel? Was ist los? Hab ich etwas Falsches gesagt?«

»Etwas Falsches!« Ich belle die Worte förmlich hervor, als ich vor Wut endlich meine Stimme wiederfinde. »Etwas Falsches? ›Darf ich mich hinsetzen? Mein Blutfluss ist diesen Monat wirklich ziemlich heftig.‹ Bist du vollkommen verrückt geworden? Hast du keinen Funken Anstand?«

»Ich verstehe nicht, was darum für ein Aufstand gemacht wird.«

»Es ist vollkommen tabu zu erwähnen, dass du … davon zu sprechen, dass du …« Irgendwie kann ich das Wort nicht aussprechen.

»Menstruierst?«, kommt mir Makri zu Hilfe.

»Hör sofort auf, es auszusprechen!«, kreische ich. »Sieh nur, was du angerichtet hast! Ich war gerade dabei, Donax eintausend Gurans abzuknöpfen, und du hast ihn verscheucht!«

Ich bin stinksauer. Und ich bin dreiundvierzig Jahre alt! Soweit ich mich erinnern kann, habe ich das letzte Mal mit acht Jahren geweint. Damals hat mein Vater mich dabei erwischt, wie ich seinen Bierkeller geplündert habe, und mich mit dem Schwert in der Hand um die Stadtmauern gejagt. Aber bei dem Gedanken an Donax' tausend Gurans, die rechtmäßig mir gehören und die jetzt im Dunkel von Zwölf-Seen verschwunden sind, fühle ich mich den Tränen nahe. Ich spiele mit dem Gedanken, Makri anzugreifen. Sie ist vielleicht eine gefährliche Schwertkämpferin, aber ich bin der beste Straßenkämpfer der Stadt und rechne mir aus, dass ich sie mit einem überraschenden Fußtritt zu Boden werfen könnte.

»Versuch das ja nicht«, warnt mich Makri und weicht langsam an den Tresen zurück, wo sie während ihrer Schicht ihr Schwert aufbewahrt.

Ich gehe weiter auf sie zu. »Ich bringe dich um, du spitzohrige Missgeburt!«, schreie ich und bereite mich zum Angriff vor. Makri greift nach ihrem Schwert, und ich ziehe meines aus der Scheide.

Plötzlich erscheint Tanrose und baut sich zwischen uns auf. »Hört sofort auf damit!«, fordert sie. »Du überraschst mich, Thraxas. Wie kannst du dein Schwert gegen deine Freundin Makri richten?«

»Diese spitzohrige Orgk-Schlampe ist nicht meine Freundin. Sie hat mich gerade um tausend Gurans gebracht!«

»Wie kannst du es wagen, mich eine spitzohrige Orgk-Schlampe zu nennen?«, kreischt Makri und stürzt sich mit gezogenem Schwert auf mich.

»Lasst das!«, schreit Tanrose. »Thraxas, steck sofort das Schwert wieder weg, oder ich schwöre dir, dass ich dir nie wieder ein Rehragout koche. Ich meine es ernst. Und du, Makri, leg sofort die Waffe hin, oder ich sage Ghurd, dass du den Stall ausmisten und den Hof fegen sollst. Ihr enttäuscht mich beide.«

Ich zögere. Auch wenn ich es nicht gerne zugebe, bin ich mehr oder weniger von Tanroses Rehragout abhängig. Mein Leben wäre ohne weit trostloser.

»Es ist nicht Makris Schuld, wenn sie nicht wusste, dass dies ein Tabu-Thema ist. Schließlich ist sie in einer orgkischen Gladiatoren-Sklavengrube aufgewachsen.«

»Allerdings«, bestätigt Makri. »Wir konnten uns nicht lange mit gesellschaftlichen Tabus aufhalten. Dafür waren wir viel zu sehr mit Kämpfen beschäftigt. Da hieß es dann: Schieb dir ein Tuch zwischen die Beine und ran an den nächsten Gegner! Wenn dir vier Trolle mit ihren Prügeln den

Kopf von den Schultern schlagen wollen, interessiert es niemanden, ob du gerade menstruierst.«

Ich kann es einfach nicht länger ertragen. Und außerdem könnte ich schwören, dass Tanrose lächelt, als Makri das Wort schon wieder ausspricht. Allmählich beschleicht mich der Verdacht, dass die Frauen sich gegen mich verschwören. Ich bin jetzt gereizter als ein wilder Drache, vielleicht sogar noch ein bisschen wütender.

»Makri«, sage ich so würdevoll wie möglich. »Zum ersten Mal in meinem Leben bin ich vollkommen einer Meinung mit Conax. Du bist eine schmutzige Hure und hast die Manieren eines orgkischen Hundes. Das heißt, nein, orgkische Hunde verfügen über Umgangsformen, an denen es dir mangelt. Ich gehe jetzt in mein Zimmer. Sei bitte so nett und sprich mich nie wieder an. Und behalte in Zukunft bitte diese ekelhaften Enthüllungen über deine Körperfunktionen für dich. Hier in der zivilisierten Welt ziehen wir es vor, nicht zu erfahren, was zwischen den Beinen eines orgkischen Halbbluts vorgeht, dem es offenbar in den Sinn gekommen ist, unsere Stadt zu verpesten.«

Irgendwo in der Mitte meiner Rede explodiert Makri vor Wut und versucht, sich auf mich zu stürzen und mir ihr Schwert in den Bauch zu rammen. Glücklicherweise ist Ghurd rechtzeitig aus seinem Hinterstübchen zurückgekommen und hält sie mit seinen muskulösen Armen fest. Während ich so würdevoll wie möglich die Treppe hinaufschreite, höre ich, wie Makri mir hinterherschreit, dass sie sich schon auf den Tag freut, an dem sie mein Herz mit ihrer Schwertspitze aufspießt.

»Das heißt, falls es mir gelingt, damit diese Menge an Fett zu durchstoßen!« Diese Anspielung auf mein außerordentliches Körpergewicht hätte sie sich ruhig sparen können.

Ich verriegele meine Türen mit einem Schließbann,

schnappe mir eine Flasche Bier, leere sie bis zum letzten Tropfen und lasse mich dann auf mein Sofa fallen. Ich hasse diese stinkende Stadt. Ich habe sie immer schon gehasst. Hier kommt ein Mann wie ich einfach nicht auf einen grünen Zweig.

2. Kapitel

Am nächsten Morgen weckt mich die schrille Stimme einer Straßenhändlerin, die ihre Waren noch in dieser letzten Herbstwoche losschlagen will, bevor der beißende Winter die Stadt in seine Klauen bekommt. Das hebt meine Laune auch nicht gerade.

Der Winter in Turai ist hart: Er ist bitterkalt, der heulende Sturm treibt den Eisregen vor sich her, und es schneit so viel, dass die Obdachlosen und Bettler, die sich auf den Straßen von ZwölfSeen herumdrücken, unter den Schneemassen begraben werden. Als ich noch Hoher Ermittler im Kaiserlichen Palast war, hat der Winter mich nicht weiter beunruhigt. Ich habe ihn nicht einmal richtig wahrgenommen. Ich habe mich einfach nur innerhalb der Palastmauern aufgehalten, in denen eine Kombination aus Ingenieurkunst und Zauberei dafür sorgte, dass die Bewohner keinerlei Unannehmlichkeiten erdulden mussten. Und wenn irgendwo Ermittlungen durchgeführt werden mussten, habe ich einfach einen Untergebenen losgeschickt. Doch seit ich von meinem damaligen Vorgesetzten Rhizinius gefeuert worden bin, hat sich mein Leben drastisch zum Schlechteren gewendet. Ich arbeite als Detektiv in einem gefährlichen Viertel der Stadt, in dem zwar jede Menge Verbrechen verübt werden, wo aber kaum jemand Geld hat, um mich für Ermittlungen zu bezahlen. Also lebe ich recht bescheiden in zwei Räumen über einer Taverne und bestreite meinen Lebensunterhalt, indem ich mein Leben im Kampf gegen gewalttätige Kriminelle riskiere, die jeden ohne mit der Wimper zu zucken für ein paar Gurans oder eine kleine Dosis Boah umlegen.

Das Schild draußen an meiner Tür preist mich als *Magischer Detektiv* an, aber das ist ein bisschen irreführend. Die Formulierung: *Detektiv, der einmal Zauberei studiert hat, jetzt aber nur noch über schwache magische Kräfte verfügt und dafür sehr preiswert ist,* träfe den Sachverhalt wesentlich besser.

Ich seufze. Sicher, meine Gewinne beim Wagenrennen vor ein paar Monaten erlauben mir zwar, den Winter behaglicher zu überstehen, als es sonst der Fall gewesen wäre. Aber wenn ich bei der Raff-Runde gestern Nacht diesen riesigen Topf einkassiert hätte, wäre ich meinem Ziel, diesem Viertel endlich den Rücken kehren zu können, einen gewaltigen Schritt näher gekommen. Ich habe die Nase voll von diesem Elend. Mir fehlt einfach die Kraft dafür.

Ich benötige mein Frühstücksbier, aber das würde bedeuten, dass ich nach unten gehen und Makri gegenübertreten müsste. Und sie sinnt sicher auf Rache. Frauen – ich benutze diesen Begriff weitgefasst und ganz allgemein, aber Makri hat sich in der Vergangenheit schon wegen weit weniger verletzender Äußerungen meinerseits geweigert, mit mir zu sprechen. Was sie nach den Beschimpfungen, die ich ihr gestern Abend an den Kopf geworfen habe, tun wird, weiß Gott allein. Wahrscheinlich wird sie sich sofort auf mich stürzen. Soll sie doch. Ich bin wütend genug, um ihren Angriff zu kontern. Ich gürte entschlossen mein Schwert um und will gerade nach unten in den Schankraum gehen, darauf eingestellt, Makri ihre eigenen vielen Vergehen um die spitzen Ohren zu schlagen, als es an meiner Außentür klopft und jemand meinen Namen ruft. Diese Stimme erkenne ich sofort wieder.

Ich löse den Schließbann und reiße die Tür auf.

»Vases-al-Gipt! Du bist in der Stadt? Komm herein!«

Vases-al-Gipt marschiert herein, lässt seinen grünen Umhang achtlos zu Boden fallen und umarmt mich herzlich. Ich erwidere seine Umarmung ebenso herzlich. Ich habe ihn zwar seit fünfzehn Jahren nicht mehr gesehen, aber einen Elf, der einem während der letzten Orgk-Kriege mehrfach das Leben gerettet hat, vergisst man nicht so schnell.

Übrigens habe ich sein Leben auch gerettet. Und wir beide gemeinsam das von Ghurd. Der letzte Orgk-Krieg war fürchterlich und bot reichlich Gelegenheiten, in denen man Leben retten konnte.

Wie alle Elfen ist auch Vases-al-Gipt schlank und groß und hat goldfarbene Augen, aber selbst unter dem groß gewachsenen Volk der Elfen sticht Vases-al-Gipt hervor. Er ist ein Heiler, ein Elf mit vielen Fähigkeiten, und wird von seinem Volk sehr respektiert.

»Möchtest du vielleicht einen Schluck Kleeh?«

Kleeh ist ein weit verbreiteter Schnaps, der in den Hügeln vor Turai gebrannt wird. Elfen vertragen normalerweise nicht viel, aber wenn ich mich recht erinnere, hatte der gute Vases nach einigen Monaten gemeinsamer Kämpfe nichts gegen eine gelegentliche kleine Anregung des Kreislaufs einzuwenden.

»Wie ich sehe, hast du dich nicht verändert«, meint er lachend.

Vases hat immer gern gelacht. Er ist weit emotionaler als der gewöhnliche Durchschnitts-Elf. Und obwohl er ein paar Jahre älter ist als ich, merkt man ihm die Jahre nicht an, ein Phänomen bei allen Elfen. Vermutlich hat er die fünfzig schon überschritten, aber das würde man niemals erraten.

Er zieht ein kleines Paket aus seinem grünen Wams. »Ich dachte, dass du dafür vielleicht Verwendung hast.«

»Lebatrana-Blätter? Danke. Ich habe gerade mein letztes verbraucht!«

Ich bin ihm tatsächlich sehr dankbar. Lebatrana-Bäume wachsen nur auf den Elfeninseln, und deren Blätter sind in

Turai sehr schwer zu bekommen. Man kann damit viele Krankheiten kurieren, und sie wirken reinigend auf den Körper. Ich benutze sie gegen Kater und kann aus persönlicher Erfahrung garantieren, dass es kein besseres Mittel gibt.

Ich runzle die Stirn, als mir einfällt, wie ich an meinen letzten Vorrat an Lebatrana-Blättern gekommen bin.

»Hast du etwas von den beiden Elfen gehört, mit denen ich letztes Jahr das Vergnügen hatte?«, erkundige ich mich.

Vases-al-Gipt nickt.

Sie standen irgendwann vor meiner Tür, behaupteten, sie wären seine Freunde, und haben mich unter Vorspiegelung falscher Tatsachen engagiert. Wie sich herausstellte, waren es kriminelle Elfen, eine sehr seltene, aber nicht gänzlich unbekannte Variante. Sie haben mich für ihre eigenen miesen Zwecke eingespannt. Am Ende hat es sie das Leben gekostet, wenn auch nicht durch meine Hand, und ich habe mir seitdem Sorgen gemacht, dass sie tatsächlich Freunde von Vases gewesen sein könnten.

In diesem Punkt kann er mich beruhigen. »Nein, es waren weder Freunde noch Verwandte. Irgendwann haben wir auf der Insel die ganze Geschichte gehört. Sie haben meinen Namen und den meines Lords missbraucht, um sich bei dir einzuschleichen, Thraxas. Eigentlich bin ich es, der sich bei dir zu entschuldigen hat.«

Wir strahlen uns an. Ich schlage ihm herzlich auf den Rücken, öffne die Kleehflasche und fordere ihn auf, mich über sein Leben in den letzten fünfzehn Jahren auf den neuesten Stand zu bringen.

»Wie lebt es sich so auf den Elfeninseln? Ist es immer noch das Paradies auf Erden?«

»Es hat sich nicht viel geändert, seit du uns besucht hast, Thraxas. Abgesehen einmal von …« Er runzelt die Stirn und verstummt.

Mein Detektiv-Sinn springt an. Vor Freude, den alten Vases wiederzusehen, war er eine Weile abgeschaltet, aber wenn ich jetzt seine besorgte Miene sehe, weiß ich, dass etwas nicht in Ordnung ist.

»Ist das etwa ein geschäftlicher Besuch, Vases? Brauchst du meine Hilfe?«

»Ich fürchte ja. Und ich würde gern, wenn du mir diese Unhöflichkeit verzeihst, sofort mit dir über mein Anliegen reden. Auch wenn ich viel lieber mit dir über die alten Zeiten plaudern würde. Lebt Ghurd noch?«

»Ob er noch lebt? Und wie er das tut! Ihm gehört diese Lasterhöhle hier. Ich bin sein Untermieter.«

Vases lacht schallend bei dem Gedanken, dass Ghurd zu einem Geschäftsmann mutiert ist. Und wenn Vases-al-Gipt sich über etwas amüsiert, dann tut er das gründlich. Für einen Elf ist er bemerkenswert offenherzig. Er gehört nicht zu der Sorte, die die ganze Nacht auf einem Baum hockt und die Sterne anstarrt. Ich mochte ihn schon immer.

»Wieso solche Eile?«

»Ich bin mit dem Gefolge von Lord Khurd-al-Dah hier. Wir sind heute Morgen in See gestochen, früher als erwartet. Lord Khurd will die Reise so schnell wie möglich hinter sich bringen, weil er auf der Rückfahrt mit schlechtem Wetter rechnet.«

Ich habe gehört, dass Lord Khurd-al-Dah in Turai erwartet wird. Er ist der Herrscher von Avula, einer der Elfeninseln im Süden, und ein Freund und Bundesgenosse unserer Stadt. Einige unserer turanianischen Bonzen sind als Staatsgäste der Elfen zu einem Besuch der Insel eingeladen worden. Zu Ehren des Avulan-Festes, das meines Wissens nach alle fünf Jahre veranstaltet wird. Die Einladung wurde übrigens von Lord Fidel-al-Ambra persönlich überbracht, einem anderen elfischen Bundesgenossen, der Turai kürzlich besucht hat.

Fidel-al-Ambra ist der Herrscher von Ven, einer Insel nahe Avula.

»Ich habe gehört, dass du Lord Fidel zu Diensten gewesen bist«, meint Vases.

»Das stimmt. Ich habe geholfen sicherzustellen, dass das große Turas-Gedächtnis-Rennen tatsächlich stattfinden und er teilnehmen konnte. Allerdings musste ich deswegen dem orgkischen Teilnehmer ebenfalls helfen, worauf ich gern verzichtet hätte. Niemand ist scharf darauf, in den Ruf zu geraten, ein Kumpel der Orgks zu sein. Also seid ihr hier, um unseren Prinzen abzuholen und ihn nach Avula mitzunehmen?«

»Das sind wir. Und da wir früher angekommen sind, als wir erwartet haben, und Lord Khurd schon heute Nacht wieder in See stechen will, dürfte im Palast ziemliche Aufregung herrschen. Ich habe selbst sehr viel zu tun und kann nicht lange bleiben.«

»Gut, dann schieß los, Vases. Sag mir, was du auf dem Herzen hast. Wir können ein andermal in Erinnerungen schwelgen.«

Elfen sind manchmal etwas ausschweifend. Ich habe Lord Fidels offiziell verlesene Einladung der Avulaner zu ihrem Fest mitangehört und muss gestehen, dass sich seine Rede ein bisschen in die Länge gezogen hat. Wir alle in Turai mögen die Elfen, und wir sind sehr erfreut darüber, dass sie unseren jungen Prinzen auf ihre Insel eingeladen haben, aber wir wollen nicht unbedingt endlose Reden darüber hören. Glücklicherweise ist Vases entschieden direkter als der Elfenlord.

»Vor zwei Monaten ist unser Hesuni-Baum von einem Feuer beschädigt worden.«

Ich sehe ihn überrascht an. Jede Elfeninsel wird von einem Elfenclan bewohnt, und jeder Clan hat seinen eigenen Hesuni-Baum. Angeblich zeichnet der die Geschichte des Clans auf und repräsentiert in gewisser Weise ihre Seele. Dass einer Feuer gefangen hätte, habe ich noch nie gehört.

»Das ist noch nie zuvor vorgekommen. Und er ist auch nicht ganz verbrannt, obwohl er erheblichen Schaden erlitten hat. Die Baum-Schützer unseres Stammes haben ihn gerettet, obwohl einige Zeit verstreichen wird, bis er wieder gänzlich zu Kräften gekommen ist. Ich weiß, dass Lord Khurd eure Königliche Familie über den Vorfall informieren wird, aber wir möchten natürlich vermeiden, dass sie den wahren Stand der Dinge erfahren.«

Ich zünde mir eine Thazisrolle an.

Vases runzelt die Stirn. »Diese Drogen sind sehr unbekömmlich für Menschen, Thraxas.«

Ich tue seinen sanften Tadel mit einem Schulterzucken ab. Thazis ist eine sehr milde Droge, sie beruhigt die Nerven, das ist alles. Im Vergleich zu Boah, welche die Stadt seit einiger Zeit wie eine Seuche im Würgegriff hält, ist ihre Wirkung lächerlich. Seit Boah Turai aus dem Süden überschwemmt, hat unser Stadtstaat einige Sieben-Meilen-Schritte auf seinem Weg zur Hölle, zur Verdammnis und zum Untergang zurückgelegt. Das Verbrechen schießt wie Pilze aus dem Boden, was für meinen Beruf allerdings gar nicht so schlecht ist.

»Erzähl mir Näheres über den Baum.«

»Jemand hat ihn erst mit einer Axt und dann mit Feuer angegriffen. Es hat die gesammelten Anstrengungen unseres Stammes gekostet, ihn zu retten.«

Er hält inne und nimmt einen Schluck Kleeh.

»Bisher hat noch kein Elfenstamm einen solchen Angriff erlebt. Der Hesuni-Baum des Uratha-Clans wurde zwar vor dreihundert Jahren vom Blitz getroffen und zerstört, und die Uratha leiden seitdem auch unter diesem Unglück, doch das war ein Akt Gottes. Noch nie zuvor ist ein Hesuni-Baum vorsätzlich angegriffen worden. Du warst bei uns auf der Insel,

Thraxas, also hast du vielleicht eine Vorstellung davon, was der Hesuni für einen Elfenclan bedeutet.«

Ich nicke. Ich weiß genug, um ermessen zu können, dass es für Elfen so gut wie ausgeschlossen ist, diesem besonderen Baum Schaden zuzufügen.

»Es ist höchst unglücklich, dass sich dieser Vorfall ausgerechnet so kurz vor unserem Fest ereignet hat. Viele Elfen von den Nachbarinseln besuchen Avula, und das Attentat hat einen düsteren Schatten über die Feierlichkeiten geworfen.«

»Wer war dafür verantwortlich? Haben die orgkischen Zauberer ihren Einflussbereich schon so weit nach Süden ausdehnen können?«

Vases Augen sind verdächtig feucht. »Meine Tochter wird dieses Verbrechens beschuldigt.«

Gänzlich unerwartet rollt eine Träne über die Wange von Vases-al-Gipt.

Ich sehe jeden Tag zu viel Elend auf den Straßen, als dass mich ein bisschen Salzwasser noch besonders aufwühlen könnte, aber der Anblick meines ehemaligen Waffengefährten, der in Tränen aufgelöst ist, rührt mich.

Er erzählt mir, dass seine Tochter im Augenblick auf der Insel eingekerkert ist und dieses schrecklichen und noch nie dagewesenen Verbrechens angeklagt wird.

»Ich schwöre dir, dass sie unschuldig ist, Thraxas. Meine Tochter ist zu einem solchen Terrorakt nicht in der Lage. Ich brauche jemanden, der ihr hilft, aber niemand auf den Südlichen Inseln kann das tun, was du kannst. Niemand hat Erfahrungen mit Ermittlungen ... Wir haben so gut wie keine Verbrechen, die untersucht werden müssten ... jedenfalls nicht bis zu diesem ...«

Ich leere mein Glas Kleeh und schlage beruhigend mit der Faust auf den Tisch. »Keine Sorge, Vases. Ich klär das auf. Wann stechen wir in See?«

In einer Krise kann man sich auf mich verlassen. Sie brauchen Hilfe? Thraxas kommt sofort. Außerdem könnte ich auf diese Weise dem schrecklichen turanianischen Winter entrinnen, was allein schon Grund genug wäre.

»Wir laufen morgen Abend mit der Ebbe aus. Die Winterstürme setzen bald ein, und wir müssen vorher unsere Küste erreicht haben.«

Bei dem Gedanken an diese Winterstürme frage ich mich, ob ich nicht etwas voreilig gewesen bin. Ich bin zwar so viel gesegelt, dass mir eine weitere lange Seereise nichts ausmacht, aber selbst unter der Leitung des erfahrenen Seemanns Lord Khurd und seiner Elfenmannschaft stimmt mich die Aussicht, gegen eisige Winterstürme anzukämpfen, alles andere als froh. Doch Vases beruhigt mich. Avula ist eine der näher gelegenen Elfeninseln und liegt nur eine drei- oder vierwöchige Seereise südwärts. Wir sollten die gefährlichsten Gewässer längst hinter uns haben, bevor uns der Wintereinbruch Schwierigkeiten machen könnte.

»Ich weiß deine Hilfe mehr zu schätzen, als ich dir sagen kann, Thraxas. Es fällt niemandem leicht, so plötzlich alles stehen und liegen zu lassen und eine weite Reise anzutreten, nicht einmal, wenn man einem alten Freund zu Hilfe kommen will.«

»Denk dir nichts dabei, Vases. Ich schulde dir was. Außerdem bin ich auch nicht besonders erpicht darauf, noch einen turanianischen Winter aussitzen zu müssen. Bist du schon einmal im Winter hier gewesen? Es ist die reinste Hölle. Letztes Jahr habe ich drei Wochen im Hafen verbracht, um irgendeinen Betrug bei einer Fracht aufzudecken. Damals war die Luft so kalt wie eine Eisfee, und man stolperte auf Schritt und Tritt über die Leiche eines erfrorenen Bettlers. Außerdem habe ich im Augenblick ein kleines persönliches Problem, dem ich ganz gern aus dem Weg gehen würde.«

»Ein persönliches Problem? Was für ein ...?«

Ein fürchterlicher Krach an meiner Innentür unterbricht ihn. Sie wird zwar noch von meinem Schließbann geschützt, aber ein solcher Minderzauber hält einem so entschlossenen Angriff nicht lange stand.

»Es ist eine wütende Frau«, knurre ich. »Wenn man sie überhaupt als solche bezeichnen kann.«

Ich schnappe mir mein Schwert und belle ein paar Worte in der uralten Zauberersprache, die den Bann lösen. Die Tür fliegt auf, und Makri segelt förmlich ins Zimmer. In der einen Hand schwingt sie eine Axt und mit der anderen hält sie sich Ghurd vom Leib. Sie kommt mir ziemlich nah, bevor Ghurd es endlich gelingt, seine Arme um sie zu schlingen und sie aufzuhalten.

»Lass mich los, verdammt noch mal!«, schreit Makri. »Es ist mir egal, was du sagst. Ich bring ihn um!«

Ghurd lässt aber nicht los und setzt geschickt sein größeres Körpergewicht ein. Makri wehrt sich nach Leibeskräften. Normalerweise würde sie in einer solchen Lage von irgendwoher aus ihrer Kleidung einen Dolch hervorziehen und den Kerl erdolchen, der dumm genug war, sich an sie zu klammern. Aber sie ist im Nachteil, weil sie Ghurd nicht umbringen will. Er ist schließlich ihr Brötchengeber, und außerdem hat er sie immer freundlich behandelt.

Vases ist erstaunt aufgestanden, als er Makri und Ghurd an der Tür miteinander ringen sieht. Wie jeder Elf kann er Orgk-Blut meilenweit riechen, und wie jeder Elf hasst er Orgks noch mehr als die Menschen sie hassen. Aber natürlich wittert er auch Makris Elfenblut. Sie stürzt Elfen immer in Verwirrung, während Makri von Elfen ziemlich eingeschüchtert wird. Und zwar so eingeschüchtert, dass sie beim Anblick der würdevollen Erscheinung des Heilers schlagartig mit der Zappelei in Ghurds Griff aufhört und Vases kalt mustert.

»Wer zum Teufel seid Ihr?« Immerhin stellt sie diese Frage in fließendem Elfisch.

»Ein Freund von Thraxas«, antwortet Vases.

»Dann solltet Ihr Euch lieber gleich von ihm verabschieden«, knurrt Makri. »Ich werde ihn nämlich zur Hölle schicken. Niemand schimpft mich eine spitzohrige Orgk-Schlampe und überlebt das!«

Vases geht zu ihr, verbeugt sich höflich und sieht ihr offen in die Augen. »Ich habe selten erlebt, dass jemand, der nicht auf den Inseln geboren wurde, unsere Sprache so flüssig spricht«, meint er. »Ihr sprecht sie sogar ausnehmend schön.«

Doch damit ist Makri noch längst nicht besänftigt. Sie bedankt sich für das Kompliment mit einem deftigen orgkischen Fluch. Ich zucke zusammen. Ich spreche selbst flüssig Elfisch, und seit ich Makri kenne, hat sich mein Umgangsorgkisch erstaunlich verbessert. Deshalb kann ich nicht glauben, dass sie so etwas tatsächlich zu einem vornehmen Elfen sagt. Hoffentlich versteht er sie nicht. Vor einem Elf orgkisch zu sprechen, ist so ziemlich das Rüdeste, was man ihm antun kann. Außer vielleicht, seinen Hesuni-Baum zu fällen.

Vases reagiert, wie ich es nie erwartet hätte. Er legt den Kopf in den Nacken und lacht schallend.

»Wie ich höre, sprecht Ihr auch fließend orgkisch. Ich habe im letzten Krieg viel von der Sprache der Orgks aufgeschnappt. Sagt mir, junge Lady, wer seid Ihr, dass Ihr in einer solchen Kaschemme in ZwölfSeen lebt und dabei drei Sprachen fließend beherrscht?«

»Vier«, erwidert Makri. »Ich habe auch die Königliche Hochelfensprache gelernt.«

»Tatsächlich? Das ist ja unglaublich! Dann müsst Ihr eine Person von ganz ungewöhnlicher Intelligenz sein.«

Makri hört auf, sich zu wehren. Dass dieser kultivierte Elf ihr Komplimente wegen ihrer hohen Intelligenz macht, bringt sie in ein Dilemma. Makri kann nicht über einen Mangel an Komplimenten klagen, was ihr Aussehen, ihre Figur und ihre ungewöhnliche Frisur angeht. Sie achtet kaum noch darauf, außer sie werden von einem saftigen Trinkgeld begleitet. Sie ist vor allem aus einem Grund hier: Sie besucht die Innungshochschule. Makri ist eine ernsthafte angehende Akademikerin, und wenn ihr ein Elf wegen ihrer Intelligenz Komplimente macht, kann das natürlich nicht ohne Wirkung auf sie bleiben.

»Na ja, ich habe die Schriftrollen in der Bibliothek gelesen … Ihr wisst schon …«

»Habt Ihr auch die Legende von Königin Leeuven studiert?«

»Jo«, antwortet Makri. »Sie hat mir sehr gefallen.

Vases ist entzückt. »Sie ist unser schönstes Epos. Es ist so wunderbar, dass es niemals aus der Königlichen Hochsprache übersetzt worden ist, aus Angst, seine Schönheit zu ruinieren. Wusstet Ihr, dass es von Avula stammt, meiner Insel? Es ist eines der Ruhmesblätter meines Stammes. Ich bin wirklich entzückt, Euch kennen zu lernen.«

Er verbeugt sich wieder vor ihr. Makri verbeugt sich ebenfalls. Ghurd lässt sie los. Makri runzelt die Stirn, als ihr klar wird, dass sie mich jetzt nicht mehr gut mit ihrer Axt zerstückeln kann. Das würde den guten Eindruck beflecken, den sie gerade gemacht hat. Von den anderen Flecken ganz zu schweigen.

»Hast du dich beruhigt?«, will Ghurd wissen.

»Nein«, knurrt Makri. »Aber ich hebe mir das für später auf.«

Tanrose ruft von unten. Etwas von einem Mann und einer Ladung frisches Gemüse, und Ghurd hastet davon. Makri will sich ebenfalls trollen, doch Vases hält sie zurück.

»Ich freue mich, Euch begegnet zu sein. Ich segle heute

Nacht ab und werde Euch wahrscheinlich nicht mehr begegnen. Aber die Elfen auf meiner Insel werden begeistert sein, wenn sie erfahren, dass es eine Person in Turai gibt, die unsere Legende von Königin Leeuven wahrhaftig schätzen kann.«

Mir ist schon früher Makris Talent aufgefallen, sich immer wieder bei allen Leuten quer durch alle Schichten beliebt zu machen. Jedes Mal, wenn sie auf ein gebildetes oder einflussreiches Mitglied der Gesellschaft trifft, eigentlich genau der Typ, der sie, nicht ohne Grund, als ignorante Barbarin einstufen würde, die keinen zweiten Blick wert ist, schafft sie es am Ende, einen guten Eindruck zu hinterlassen. Zitzerius, unser Vizekonsul zum Beispiel, hat ihr quasi aus der Hand gefressen, als ich das letzte Mal für ihn gearbeitet habe. Und jetzt verquasselt mein Freund Vases seine Zeit mit ihr, ein Elf von untadeligem Ruf, der vermutlich in seinem ganzen Leben kein einziges Wort mit einem Wesen gewechselt hat, das auch nur einen Tropfen Orgk-Blut in den Adern hatte. Und das, obwohl wir eigentlich Geschäftliches klären sollten. Wahrscheinlich fangen sie gleich an, sich gegenseitig Gedichte zu deklamieren.

Nur weil Makri und Vases dicke Kumpel geworden sind, muss ich aber noch lange nicht meine Zeit mit dem Weib vertrödeln. Ich bin immer noch wütend auf sie, weil sie mich so viel Geld gekostet hat.

»Wann stechen wir in See?«, unterbreche ich rücksichtslos ihr Gespräch.

»In etwa acht Stunden.«

»Wohin segelt Ihr?« Makris Neugier ist sofort geweckt.

»Nach Avula«, komme ich Vases zuvor. »Weit weg von dir. Vases, ich muss einige Vorbereitungen treffen. Und ein paar Sachen kaufen. Du kannst mich in aller Ruhe in die Einzelheiten einweihen, wenn wir unterwegs sind.«

»Ich will mitkommen«, erklärt Makri.

Ich lache. »Keine Chance. Wie der bekannte Spruch so schön sagt: Du wärst dort so willkommen wie ein Orgk auf einer Elfenhochzeit.«

»Es ist das Avulan-Fest, hab ich Recht?«, fragt Makri. »Ich habe davon gelesen. Drei Bühnenversionen der Legende von Königin Leeuven und Wettbewerbe in Chorsingen, Tanz und Poesie. Ich will mitkommen.«

»Das geht nicht«, wiederhole ich. »Das Avulan-Fest steht nicht jedem offen. Es ist eine reine Elfenangelegenheit, die dazu nur ausgewählte Ehrengäste einladen. Wie mich zum Beispiel. Wir sehen uns an Bord, Vases. Wenn du hierbleiben und mit unserer Kellnerin über Poesie reden willst, dann kann ich dich nur warnen: Sie mag vielleicht Ahnung von Gedichten haben, aber ihre Beherrschung zivilisierter Umgangsformen lässt noch sehr zu wünschen übrig.«

Mit diesen Worten verschwinde ich. Als ich die Treppe hinuntergehe, fühle ich, dass die Luft rapide abkühlt. Auf dem Törn kann es ganz schön kalt werden, bis wir die wärmeren Gewässer im Süden erreicht haben. Ich brauche einen warmen, wasserdichten Mantel für die Reise und vielleicht auch ein neues Paar Stiefel. Und Bier. Ich werde Ghurd bitten, ein Fass auf einen Karren zu laden, wenn ich zurückkomme. Die Elfen bauen zwar ausgezeichneten Wein an, aber es würde mich nicht überraschen, wenn es keinen Tropfen Bier auf ihrem Schiff gäbe. Ein solches Risiko kann ich nicht eingehen.

3. Kapitel

Etwa siebeneinhalb Stunden später bin ich abfahrtbereit. Ich fahre mit dem Karren im Hafen bis zum Elfenschiff und schleppe meine Habseligkeiten an Bord. Die Wachsoldaten beobachten mich misstrauisch, als ich einen kleinen Sack mit Vorräten an Bord bringe und ein großes Fass Bier die Laufplanke hochrolle. Aber da die Elfen mich erwarten, lassen sie mich in Ruhe. Die elfische Besatzung scheint davon auszugehen, dass ich als Gast von Vases-al-Gipt wahrscheinlich zu der offiziellen turanianischen Abordnung gehöre, die zu dem Fest nach Süden segelt, und ich verzichte darauf, sie aufzuklären.

Das Fest wird alle fünf Jahre veranstaltet, und soweit ich weiß, wird es hauptsächlich von den Elfen der drei Nachbarinseln Avula, Ven und Korinthal besucht. Es gibt einige verschieden große Stammesgruppierungen von Elfen auf den Südlichen Inseln. Die Elfen dieser Inselgruppe gehören zu dem großen Stamm der Ossuni, obwohl sie eigene Nationen bilden. Ob auch Elfen von weiter entfernten Stämmen teilnehmen werden, weiß ich nicht genau, aber auf jeden Fall dürften nur sehr wenig Menschen dabei sein. Es wird in Turai als große Ehre betrachtet, dass unsere Vertreter eingeladen wurden, und als Zeichen für die anhaltende Freundschaft zwischen unseren Nationen gewertet.

Eine Freundschaft, auf die Turai angewiesen ist. Unser Stadtstaat hat in den letzten fünfzig Jahren zunehmend an Bedeutung verloren, hauptsächlich aufgrund des Machtkampfes innerhalb der Liga der Stadtstaaten. Mittlerweile ist diese Liga politisch so gut wie kaltgestellt. Als sie noch stark war, konnte Turai eine mächtige Stimme in die internationale Waagschale werfen. Jetzt sind wir schwach. Trotzdem besitzen wir noch eine gewisse Geltung unter den Nationen, die als Freunde der Elfen angesehen werden. Diese haben uns im letzten Orgk-Krieg gerettet. Und sollten sich die Orgk-Nationen jemals wieder vereinen und nach Westen durch die Ödlande ziehen, was mehr als wahrscheinlich ist, dann werden wir wieder auf die Hilfe der Elfen zählen müssen. So erklärt sich die Bedeutung dieser Einladung. Prinz Dös-Lackal nimmt nicht nur an einer Feierlichkeit teil, sondern er zementiert mit seiner Anwesenheit unsere diplomatischen Bande.

Turai entsendet den jungen Prinzen, den zweiten in der Thronfolge, und Vizekonsul Zitzerius, den zweithöchsten Bonzen der Stadt. Begleitet werden sie von einer Gruppe rangniederer Würdenträger, zwei Zauberern und einigen Königlichen Leibwächtern und Dienern, insgesamt etwa zwanzig Personen, weswegen die Elfen ein so großes Schiff gesandt haben. Es ist ein Zweiruderer mit zwei Ruderreihen an jeder Seite. Allerdings ist es sehr unwahrscheinlich, dass sie viel eingesetzt werden. Elfen rudern nur, wenn sie unbedingt müssen, sie werden versuchen, den größten Teil der Reise möglichst mit Hilfe des Windes zurückzulegen.

Es verstößt gegen das Gesetz, dass der höchste Stadtbonze, der Konsul, den Stadtstaat während seiner Amtsperiode verlässt. Aus diesem Grund wird unsere Regierung von Vizekonsul Zitzerius vertreten. Ich habe bei verschiedenen Gelegenheiten für Zitzerius gearbeitet, und er war bisher mit meinen Leistungen immer sehr zufrieden. Freunde sind wir deshalb aber nicht gerade. Ich weiß, dass er mir nie meine Entgleisung verziehen hat, als man mich betrunken in den Palast tragen musste und ich anzügliche Lieder gegrölt habe. Also mache ich mir keine Illusionen, dass er vielleicht über meine Gegenwart erfreut wäre.

Ich nehme an, dass die Elfen auch andere Menschen eingeladen haben. Turai war nicht der einzige Stadtstaat, der an der Seite von Lord Fidel-al-Ambra und Lord Khurd-al-Dah gegen die Orgks gekämpft hat. Wichtige Politiker aus anderen Seefahrernationen werden in Avula zusammenkommen. Vielleicht kann ich ja ein paar Geschäfte machen.

Während ich mein Gepäck die Laufplanke hinaufschleppe, sehe ich, wie Lahmius Sonnenfänger gewandt an Bord schreitet. Sein Schüler müht sich hinter ihm mit seinem schweren Gepäck ab. Lahmius trägt seinen Regenbogenumhang, der ihn als Mitglied der Zaubererinnung ausweist. Ich kenne ihn noch aus meiner Zeit als Hoher Ermittler im Palast. Soweit ich mich erinnere, war er ein netter junger Bursche. Aufgrund einiger unglücklicher Todesfälle unter unseren erfahrenen Zauberern ist er vor kurzem auf einen hohen Rang innerhalb der Palastwache aufgestiegen.

Er begrüßt mich, als ich an Deck komme. »Thraxas. Ich habe nicht erwartet, Euch hier zu sehen. Steht Ihr wieder in der Gunst des Palastes?«

»Leider nicht. Ich schnüffle immer noch auf eigene Rechnung auf den Straßen herum. Ich gehöre nicht zur offiziellen Abordnung, sondern bin als Gast der Elfen hier.«

Dann gratuliere ich dem jungen Zauberer zu seiner Beförderung. »Ihr habt viel erreicht. Als ich Euch des letzte Mal gesehen habe, habt Ihr noch Botengänge für den Alten Hasius Brillantinius ausgeführt.«

»Dass so viele Zauberer in letzter Zeit ihren Umhang abgegeben haben, war recht förderlich für meine Karriere«, gibt er zu. »Mittlerweile bin ich zum Hexenmeister der Palastwache befördert worden, nachdem Blumius Adlerschwinge ums Leben gekommen ist. Es wäre perfekt, wenn da nicht Rhizinius wäre.«

Er verzieht das Gesicht. Ich auch. Rhizinius ist der Führer

der Palastwache und bei seinen Leuten nicht sonderlich beliebt. Er war bei meiner Entlassung federführend, und jedes Mal, wenn sich unsere Wege kreuzen, gibt es Ärger.

»Er gehört doch nicht zur Abordnung, oder etwa doch?«

»Glücklicherweise nicht. Zitzerius hat sich geweigert, ihn mitzunehmen. Ihr segelt doch nicht aus beruflichen Gründen nach Avula?« Lahmius Sonnenfänger scheint plötzlich misstrauisch zu sein.

»Aus beruflichen Gründen? Ach wo, natürlich nicht. Auf den Inseln brauchen sie keinen Detektiv. Ich fahre nur aus gesellschaftlichen Gründen.«

Lahmius mag ein alter Bekannter sein, aber ich rede grundsätzlich nicht mit Palastbonzen über meine Arbeit. Stattdessen überlege ich, wie es wohl zurzeit um seine Zauberkräfte bestellt ist. Plötzlich fühle ich mich niedergeschlagen, wie es mir häufig passiert, wenn ich jungen Zauberern begegne, welche die Karriereleiter hinauffallen. Meine eigenen Zauberkräfte werden immer schwächer. Zugegeben, ich gehörte nie zu den mächtigen Hexern, aber einen oder zwei Tricks hatte ich schon im Ärmel. Heutzutage kann ich von Glück reden, wenn ich einen Gegner schlafen legen oder ihn vorübergehend blenden kann, und selbst diese Minderzauber kosten mich viel Kraft. Es ist schon lange her, dass ich mir mehr als einen oder zwei Zaubersprüche einprägen konnte. Ein mächtiger Zauberer behält gleichzeitig deren vier oder fünf.

Ich seufze. Zu viel Trunk und süßes Leben. Aber ich hatte auch Pech. Ich habe nie die Belohnungen bekommen, die ich verdient gehabt hätte. Als ein Mann, der aufopfernd für seine Stadt gekämpft hat, sollte ich mir meinen Lebensunterhalt eigentlich nicht mehr in ZwölfSeen zusammenkratzen müssen, ganz gleich, ob meine Zauberkräfte nachlassen oder nicht.

Harmonius AlpElf, ein anderer unserer bedeutenden Zauberer, kommt an Deck. Er grüßt mich mit einem Nicken, bevor er mit Lahmius Sonnenfänger davonschreitet und mit ihm die Wahrscheinlichkeit diskutiert, unterwegs die Wogen des Ozeans glätten zu müssen. Der Hafen von ZwölfSeen ist sehr gut geschützt, aber auf dem offenen Meer herrscht um diese Jahreszeit schon ein rauerer Seegang. Es wäre nicht untypisch, wenn die Winterstürme sehr früh losbrechen. Aber auf einem Elfenschiff und in Begleitung von zwei Zauberern darf ich mich wohl einigermaßen sicher fühlen.

Ich suche nach Vases-al-Gipt und achte darauf, nicht irgendeinem turanianischen Bonzen in die Quere zu kommen, der vielleicht nicht allzu erfreut ist, mich an Bord vorzufinden. Vases hat mir eine winzige Kabine reserviert, wo ich mein Zeug verstaue, meine Stiefel ausziehe, ein paar Schluck Bier trinke und darauf warte, dass wir in See stechen. Schließlich kommt Vases herein. Ich gestehe ihm, dass eine unerwartete Seereise zu den Elfeninseln genau das ist, was ein Mann braucht, wenn seine blödsinnige Gefährtin ihn beim Raff-Spiel um eintausend Gurans gebracht hat.

Vases scheint aber von meiner blödsinnigen Gefährtin immer noch beeindruckt zu sein. »Nachdem du gegangen bist, hat sie mir von ihrem Studium auf der Innungshochschule erzählt. Ich kann kaum fassen, dass eine Frau mit Orgk-Blut in den Adern so zivilisiert und intelligent sein kann.«

»Das nennst du zivilisiert? Als du sie das erste Mal gesehen hast, wollte sie mir den Schädel mit einer Axt spalten.«

»Na ja, Thraxas, du hast sie schließlich schwer beleidigt. Sie hat mir auch von dem Kartenspiel erzählt.«

»Ach ja? Hat sie dir auch von dem Aufruhr berichtet, den sie mit ihrer vorsätzlichen Erregung öffentlichen Ärgernisses verursacht hat?«

Vases lacht. »Das hat sie. Und ich verstehe auch, warum es einen solchen Aufruhr gegeben hat. Dieses Thema ist auch bei uns Elfen verpönt.«

»Verpönt« bedeutet grob übersetzt in unsere Sprache: »Absolut tabu.« Und bei den Ossunis ist eine Menge verpönt.

»Während meiner Heilungen hat das häufig peinliche Situationen hervorgerufen. Aber die junge Frau war sich mit Sicherheit nicht bewusst, welchen Anstoß sie damit erregen würde. Ich habe das Gefühl, dass du dich bei ihr entschuldigen solltest. Hättest du sie nicht so heftig beleidigt, hätte sie sich vermutlich für den Verlust entschuldigt, den sie dir zugefügt hat.«

Ich schnaube verächtlich. Makri würde wahrscheinlich eher von der höchsten Zinne der Stadtmauer hinunterhüpfen, bevor sie sich bei mir für irgendwas entschuldigt. Sie ist einfach dickköpfig, das ist sie. Das ist eine sehr schlechte Charaktereigenschaft, und Makri täte gut daran, sie endlich zu überwinden. Aber Elfen versuchen halt immer, das Positive zu sehen.

»Versuch doch mal, in einer Kaschemme unter einem Dach mit ihr zusammenzuleben. Dann wüsstest du, wie hoch die Wahrscheinlichkeit ist, dass sie sich entschuldigt. Außerdem, was nutzt mir ihre Entschuldigung, wenn sie mich um tausend Gurans gebracht hat? Ich sage dir eins, Vases: Ich kann es kaum erwarten, aus ZwölfSeen herauszukommen. Wenn ich nicht bald genug Geld zusammengekratzt habe, um mir endlich eine Villa in Thamlin mieten zu können, schwimme ich noch nach Süden und suche mir einen festen Wohnsitz in einer eurer Astgabeln. Übrigens, besteht vielleicht die Möglichkeit, auf deiner Insel eine Raff-Runde auf die Beine zu stellen?«

Darüber muss Vases trotz all seiner Sorgen lächeln. Er schüttelt den Kopf. »Elfen geben sich gewöhnlich nicht gern dem Kartenspiel hin. Aber wir genehmigen uns durchaus die eine oder andere Machplat-Partie. Wenn ich mich richtig erinnere, hast du das doch auch gern gespielt?«

Machplat ist ein kompliziertes Brettspiel, in dem sich zwei Armeen aus Leichtfüßen, Trollen und Reiterei zusammen mit ausgesuchten anderen Figuren, Harfinisten, Zauberern, Seuchenspendern und dergleichen eine Schlacht liefern. Ziel des Spiels ist, die Armee des Gegners zu vernichten und seine Burg zu erstürmen. Ich habe mein Brett sicherheitshalber mitgenommen, weil ich mir ausgerechnet habe, mir damit die vielen Mußestunden auf der langen Reise vertreiben zu können. Wenn es um eine Partie Machplat geht, bin ich so spitz wie ein Elfenohr. Außerdem bin ich ungeschlagener Meister von ZwölfSeen. Obwohl ich Makri gezeigt habe, wie das Spiel funktioniert, hat sie mich seitdem nicht einmal auch nur ins Schwitzen gebracht, geschweige denn geschlagen. Trotz ihres viel beschworenen Intellekts. Das macht sie wahnsinnig. Doch ganz gleich, ob ich unterwegs ein Raff-Spielchen oder eine Partie Machplat spielen werde, Makri ist jedenfalls nicht da, um es mir zu verderben. Und das ist gut so.

»Wenn du dich jemals mit Lord Khurd überwirfst«, rät mir Vases, »dann fordere ihn einfach zu einer Partie Machplat heraus. Er ist der beste Spieler auf Avula, und er kann keiner Gelegenheit zu einem Spielchen widerstehen.«

»Gut zu wissen. Ich könnte etwas Übung brauchen.«

Ich mache noch eine Flasche Bier auf. Ich habe so viele Flaschen mitgebracht, wie ich tragen konnte, und noch dazu das Fass, wenn sie zur Neige gehen. Von dem Fall jedoch, in dem ich ermitteln soll, habe ich nach wie vor erst eine vage Vorstellung. Ich weiß nur, dass Vases' Tochter Elith eingesperrt wurde und angeklagt ist, versucht zu haben, den Hesuni-Baum zu vernichten. Ich will gerade Vases-al-Gipt bitten, mir mehr Details zu schildern, als er an Deck gerufen wird. Vases ist nicht nur Lord Khurds Oberster Heiler, sondern er steht so in seiner Gunst, dass er ihm auch als enger Berater dient. Das hält ihn ganz schön auf Trab. Aber mir bleibt noch genügend Zeit, alle Fakten über den Fall in Erfahrung zu bringen, bis wir in Avula einlaufen. Und wenn ich erst mal diese Einzelheiten kenne, kann ich sicher auch den Fall lösen. Wenn es um Ermittlungen geht, bin ich die Nummer Eins am Platz, das kann niemand bestreiten.

Lord Khurd besteht darauf, dass wir mit der nächsten Flut auslaufen und ordnet die letzten Vorbereitungen an. Ich mache es mir auf meiner Koje gemütlich. Meine schlechte Laune mildert sich ein wenig. Ich brauche keinen Winter in Turai zu überstehen. Ich muss mir nicht für ein paar lebenserhaltende Backwaren den Weg über die eisigen Straßen zu Marzipixas Bäckerei bahnen. Ich muss keine Schuldner durch verschneite Straßen hetzen, keine Räuber fangen, Mörder dingfest machen und anderen Ganoven hinterherhetzen. Keine mörderischen Banden stecken ihre Boah-Gebiete mit Blut ab. Kein Schmutz, kein Elend und keine Not. Nur ein angenehmer Besuch auf den Elfeninseln erwartet mich, wo ich zweifellos Vases' Tochter von jeder Schuld reinwaschen kann, ohne dabei auch nur einen Tropfen Schweiß zu opfern. Den Rest der Zeit kann ich in der Sonne unter einem Baum liegen und Bier trinken, den Elfen-Chören lauschen und mit einigen der reiferen Elfen Kriegsgeschichten austauschen. Ich kann es kaum erwarten.

Schließlich legen wir ab und manövrieren uns langsam aus dem Hafen heraus. Ich habe beschlossen, unter Deck zu bleiben, bis wir auf dem offenen Meer sind, aus Angst, dass Vizekonsul Zitzerius oder einem anderen Bonzen meine Anwesenheit hier an Bord vielleicht ein Dorn im Auge ist und sie versuchen, mich zurückzuschicken. Aber plötzlich ist auf Deck der Teufel los. Und Aufruhr zieht mich magisch an … ich bin einfach zu neugierig. Dieses Problem hatte ich schon immer. Also verlasse ich meine Kabine und marschiere an Deck. Die Elfenmannschaft drängt sich an einer Längsseite des Schiffes. Die Matrosen reden aufgeregt miteinander und gestikulieren zum Pier herüber.

Ich setze mein Körpergewicht ein und kämpfe mich erfolgreich bis zur Reling durch. Doch bei dem Anblick, der sich da bietet, klappt mir der Unterkiefer herunter. Makri stürmt den Pier entlang. Sie hat ein Schwert in der einen, einen Seesack in der anderen Hand und etwa dreißig bis an die Zähne bewaffnete Schwertkämpfer am Hals. Zwar hat sie einen beträchtlichen Vorsprung, aber ihr geht der Platz aus. Ihre Verfolger haben sie bis ans Ende des Piers gejagt, und jetzt liegt nur noch das offene Wasser vor ihr. Selbst aus dieser Entfernung kann ich die Burschen erkennen. Der Mob besteht aus Mitgliedern der örtlichen Bruderschaft. Ich muss staunen. Kaum bin ich fünf Minuten weg, hat Makri schon eine Fehde mit der blutrünstigsten Bande des ganzen Viertels angezettelt.

Mittlerweile hat sie das Ende der Pier erreicht und wirbelt herum, um sich ihren Angreifern zu stellen. Noch in der Drehung zieht sie ihr zweites Schwert. Die beiden ersten Angreifer, die ihr zu nahe kommen, fallen unter ihren Schwerthieben, aber die anderen schwärmen aus und umringen sie. Dann rücken sie mit gezückten Waffen vor. Ich kann nur hilflos zusehen, während wir langsam davonsegeln. Die Elfen neben mir stoßen besorgte Rufe aus, als sie eine einzelne Frau gegen eine so mörderische Übermacht kämpfen sehen, aber wir sind zur Ohnmacht verdammt. Selbst wenn Lord Khurd das Schiff sofort wenden würde, würden wir zu spät dort eintreffen.

»Spring!«, schreie ich Makri zu.

Ich verstehe einfach nicht, warum sie nicht ins Wasser springt. Da böte sich ihr wenigstens eine kleine Chance zur Flucht. Stattdessen kämpft sie auf völlig aussichtslosem Posten. Auch wenn sie eine noch so überlegene Schwertkämpferin ist, gegen diese Überzahl gut bewaffneter Männer, die sie von allen Seiten bedrängen, kann sie nicht lange aushalten. Die Leichen türmen sich zwar bald vor ihren Füßen, aber jeden Augenblick muss eines der vielen Schwerter sein Ziel finden.

»Spring endlich ins Wasser!«, schreie ich erneut, aber wir sind jetzt mehr als achtzig Meter entfernt. Es ist unwahrscheinlich, dass meine Stimme den Kampflärm, das Rauschen der Wellen und das Kreischen der Möwen übertönt, die über dem Hafenbecken kreisen.

Schließlich wird Makri klar, dass sie es nicht vermeiden kann, sich nass zu machen, wenn sie überleben will. Sie dreht sich auf dem Absatz herum, rammt ihre Schwerter in die Scheiden, die überkreuz auf ihrem Rücken befestigt sind, und springt von der Pier in die Tiefe. Mittlerweile habe ich mit der Hilfe einiger junger Elfen bereits ein Boot zu Wasser gelassen. Sie kennen Makri zwar nicht, aber mit anzusehen, wie tapfer sie sich gegen eine solche Übermacht wehrte, hat ihren Gerechtigkeitssinn geweckt.

Das Boot klatscht mit einem mächtigen Platscher ins Wasser, und ich lasse mich an einem Seil hinab. Dabei halte ich nach der Stelle Ausschau, an der Makris Kopf aus den Wellen auftauchen müsste. Die Schläger auf der Pier verrenken sich ebenfalls die Hälse auf der Jagd nach ihrer Beute. Gerade als ich losrudere, landet jemand neben mir im Boot. Es ist Vases. Er verschwendet keine Luft an erklärende Worte, sondern schnappt sich das zweite Ruderpaar und legt los. Wir kämpfen gegen die Strömung an und rudern zum Eingang des Hafens zurück.

»Wo ist sie?« Meine Stimme klingt schrill vor Sorge.

»Anscheinend bringt sie sich unter Wasser vor ihnen in Sicherheit.«

Davon bin ich nicht überzeugt. Makri ist schon sehr lange unter Wasser. Wir haben fast die Stelle erreicht, wo sie eingetaucht ist, aber immer noch ist nichts von ihr zu sehen. Vielleicht ist sie bei dem Kampf ja verwundet worden und kann nicht mehr schwimmen. Vielleicht ertrinkt sie sogar gerade in diesem Moment!

»Mist, verdammter!«, knurre ich, stehe auf und starre auf die Wellen. Nicht die geringste Spur von Makri. Plötzlich sehe ich etwas. Eine dunkle Masse treibt wie ein Algenteppich direkt unter der Wasseroberfläche. Makris Haar! Dann taucht Makris Kopf kurz auf, knapp zwanzig Meter von unserem Boot entfernt. Doch noch bevor ich sie auffordern kann, zu uns zu schwimmen, geht sie wieder unter. Und diesmal sieht es so aus, als würde sie nicht mehr auftauchen.

Ohne zu zögern reiße ich mir meinen Umhang herunter und stürze mich ins Meer. Ich war immer schon ein ganz passabler Schwimmer und brauche nicht lange bis zu der Stelle, wo ich Makri eben noch gesehen habe. Ich tauche unter. Das Wasser ist kalt und trübe, und die Sicht reicht kaum ein paar Meter weit. Ich sinke tiefer und tiefer und suche verzweifelt nach Makri. Mir schießt der Gedanke durch den Kopf, dass ich einen hilfreichen Zauberspruch auf Lager hätte, wenn ich ein ordentlicher Magier wäre. Aber ich kann eben keinen Spruch für so eine Situation aus dem Ärmel zaubern. Nur meine grimmige Entschlossenheit, Makri nicht ertrinken zu lassen, kann mir hier helfen.

Meine Lungen bersten fast. Ich kann nicht mehr länger unter Wasser bleiben und steige auf. Da sehe ich Makri vor mir treiben. Mit zwei, drei kräftigen Stößen bin ich bei ihr, packe ihren Arm und tauche mit ihr auf. Wir schießen keuchend und prustend an die Oberfläche und husten Wasser aus. Aber wir leben noch. Makri allerdings so gerade eben.

»Thraxas!«, keucht sie.

Ich schwimme zum Boot und ziehe sie hinter mir her. Vases rudert uns schon entgegen und hilft uns an Bord. Ich glaube, in der Ferne Jubelrufe vom Elfenschiff und so etwas wie ärgerliches Geheul von der Pier zu hören.

Makri erbricht sich über den Bootsrand und sieht plötzlich etwas lebendiger aus.

»Du bist noch mal davongekommen«, sage ich. »Aber es wäre besser gewesen, wenn du dich auch im Wasser ein bisschen bewegt hättest. Man kommt nicht weit, wenn man einfach nur wie ein Stein untergeht.«

»Ich kann nicht schwimmen«, erklärt Makri.

»Was?«

»Ich kann nicht schwimmen. Glaubst du, ich wäre so lange auf der Pier geblieben, wenn ich schwimmen könnte?«

»Irgendwie habe ich das angenommen. Du kämpfst doch so gerne. Ich dachte mir, dass du dich gut amüsiert hast.«

Vases hat uns mittlerweile längsseits gerudert, und man hilft uns an Bord des Seglers.

Die Elfen gratulieren mir überschwänglich zu meiner großartigen Rettungsaktion, und auch Makri bekommt einige bewundernde Komplimente für den Kampfgeist zu hören, den sie auf der Pier gezeigt hat. Aber die Lobeshymnen verstummen allmählich, als die Elfen merken, dass Makri keineswegs die Standard-Menschenfrau ist, für die sie sie zunächst gehalten haben.

»Orgk-Blut!«, flüstert ein junges Mannschaftsmitglied ziemlich vernehmlich.

Vizekonsul Zitzerius schreitet in seiner besten goldgesäumten Toga auf uns zu.

»Detektiv Thraxas!«, stößt er rau hervor. »Was macht Ihr hier?«

»Er ist mein Gast«, antwortet Vases-al-Gipt statt meiner, was den Vizekonsul ziemlich verblüfft, ihn aber nicht davon abhält, sich auf Makri zu stürzen.

»Ihr könnt nicht auf diesem Schiff bleiben!«

»Ich kann auch nicht zurückschwimmen!«, erklärt Makri. Sie hat Recht. Die Kaimauer ist zwar schon weiter weg, aber man sieht, dass es darauf vor Bewaffneten nur so wimmelt.

»Lord Khurd«, sagt Zitzerius, als der Elfenkapitän auf uns zukommt. »Ihr müsst das Schiff wenden.«

In diesem Moment verstärkt sich der Wind, der uns aus dem Hafen bläst, die Segel blähen sich und das Schiff nimmt Fahrt auf.

Lord Khurd runzelt die Stirn. »Das ist unmöglich. Wir dürfen den Gezeitenwechsel nicht verpassen. Wenn wir das tun, verlieren wir einen ganzen Reisetag und geraten vermutlich in den ersten Wintersturm.«

Er starrt Makri an. Ganz offensichtlich befindet er sich in einem Dilemma. Er will nicht umkehren, aber zwischen uns und Avula befindet sich kein Fußbreit bewohntes Land. Wenn er Makri an Bord lässt, geht er in die Geschichte ein als der erste Elfenlord, der mit einem Orgk als Souvenir nach Hause kommt. Die Aussicht scheint ihn wenig zu begeistern.

Ich selbst bin auch alles andere als erfreut. Zwar wollte ich nicht, dass Makri ertrinkt, aber das heißt keineswegs, dass ich mir meinen Besuch auf Avula verderben lassen möchte. Und kein Elf wird mit einem Mann reden wollen, der seine Orgk-Mischblutfreundin zu dem Besuch mitbringt. Der Vizekonsul will Makri in einem Ruderboot zurückschicken, aber das Ufer ist kaum noch zu sehen. Der Plan ist nicht durchführbar.

»Wir entscheiden später, was wir mit Euch machen«, teilt Lord Khurd Makri mit. »So lange bleibt Ihr unter Deck.«

»Fantastisch«, erwidert Makri strahlend. »Ich wollte immer schon zu den Elfeninseln. Wie lange dauert die Fahrt?«

Lord Khurd würdigt sie keiner Antwort, aber als er auf die Brücke zurückkehrt, wirkt er alles andere als zufrieden darüber, wie sich die Dinge entwickeln. Barsch befiehlt er seiner Mannschaft, wieder auf ihre Plätze zu gehen.

Ich sehe Makri finster an. »Hört dieser Wahnsinn denn gar nicht mehr auf? Erst ruinierst du mein Kartenspiel, und jetzt schmuggelst du dich einfach auf mein Schiff.«

»Ja, und danke auch, dass du mir das Leben gerettet hast«, erwidert Makri. »Ich vergebe dir die Beleidigungen, die du mir an den Kopf geworfen hast. Kannst du mir was Trockenes zum Anziehen leihen?«

Makri zupft an dem Männerwams, das sie trägt. Wie der Rest ihrer Kleidungsstücke ist auch das so knapp geschnitten, dass es nur das Allernötigste bedeckt. Ich scheuche sie vorsorglich unter Deck, bevor sie noch eine weitere Verrücktheit begeht, sich vor der Mannschaft auszieht, zum Beispiel. Mir ist nämlich aufgefallen, dass der junge Seemann, der als Erster ihr Orgk-Blut gewittert hat, nicht auf seinen Posten zurückgekehrt ist, sondern Makri fasziniert anstarrt. Ich werfe ihm einen finsteren Blick zu, doch dann bemerke ich, dass es gar kein Seemann, sondern eine Seefrau ist, ein junges Elfenmädchen, das aus irgendeinem Grund diese Reise mitmacht. Allerdings ist sie spindeldürr und mager und strotzt nicht vor Gesundheit wie die durchschnittliche Elfenfrau.

Makri und ich gehen in meine Kabine. Nicht nur, dass meine Unterkunft winzig ist, ich muss sie jetzt auch noch mit Makri teilen. Darüber lasse ich mich ausgiebig aus.

»Hättest du mich nicht in Ruhe davonsegeln lassen können? Hast du diesen Kampf nur inszeniert, damit du mit auf das Fest kannst?«

»Ganz bestimmt nicht«, erwidert Makri. »Obwohl, wenn ich darüber nachdenke, frage ich mich, wieso du mich nicht eingeladen hast.«

Makris gute Laune ist verdächtig. Für eine Frau, die einige üble Stichwunden davongetragen hat und beinah ertrunken wäre, ist sie überraschend fröhlich. Ich frage sie, worum es bei dem Kampf ging.

»Ich habe nur versucht, dein Geld zurückzuholen.«

»Was?«

»Das Geld, das Donax aus dem Topf genommen hat. Du hast doch gesagt, es wäre nicht fair. Was man einmal gesetzt hat, kann man nicht mehr zurücknehmen, ganz gleich, welcher Wahnsinn einen dazu zwingt, die Kaschemme so schnell wie möglich zu verlassen. Also bin ich zu ihm gegangen, um es dir wiederzuholen.«

»Wirklich? Und was hat diesen Anfall von Gemeinsinn ausgelöst?«

Laut Makri war es Vases-al-Gipt. Nachdem sie eine Weile über das wunderschöne Werk geplaudert hatten, in dem Königin Leeuven besungen wird, haben sie über die Gründe geredet, aus denen Makri mich mit der Axt vierteilen wollte.

»Natürlich hat er sehr gut verstanden, warum ich so wütend auf dich war. Immerhin hast du mich auf die übelste Art beschimpft. Niemand hat mir jemals erklärt, dass das Thema Menstruation in Turai tabu ist. Aber nachdem Vases-al-Gipt und ich eine Weile miteinander geredet haben, habe ich begriffen, dass du wahrscheinlich zu aufgeregt warst, um klar denken zu können. Das wäre jedem Spieler so gegangen, und du hast ja auch noch ein Suchtproblem damit. Außerdem bist du ein schwerer Trinker, was dein Urteilsvermögen sowieso einschränkt. Wahrscheinlich standest du zu der Zeit zusätzlich noch unter dem Einfluss von Thazis. Mir ist übrigens schon vor längerer Zeit aufgefallen, dass es dir nicht gut bekommt, wenn du zu viel rauchst. Wenn man also deine Spielsucht, deine Trunksucht und deine allgemeine Drogenabhängigkeit bedenkt und du sozusagen außer dir warst, wäre es wohl nicht gerecht von mir, länger wütend auf dich zu sein. Auch wenn dein Verhalten selbst nach deinen eigenen Maßstäben übel war. Und im Geiste der Freundschaft dachte ich, ich sollte dir das Geld zurückholen.«

Ich korrigiere Makri etwas frostig, dass ich keineswegs berauscht und ganz sicher nicht außer mir war. »Ich habe die vernünftige Reaktion eines Mannes gezeigt, der von dem lächerlichen Verhalten einer Frau zu weit getrieben wurde, die keine Ahnung hat, wie sie sich in der Öffentlichkeit zu benehmen hat. Was ist passiert, als du zu Donax gegangen bist? Vermutlich war er nicht sehr geneigt, dir das Geld zurückzugeben?«

Makri schüttelt den Kopf. »Leider nein. Er wollte mich erst gar nicht empfangen, und ich musste mich bis zu ihm durchkämpfen. Ich habe mir seine Geldbörse geschnappt, aber da sind nur knapp hundert Gurans drin. Und danach hat sich ein Kampf zwischen seinen Männern und mir entwickelt. Ich wusste allerdings nicht, dass es so viele sind.«

Makri grinst fröhlich, reicht mir die Börse und drückt sich an mir vorbei zum Bullauge.

»Die Elfeninseln. Avula, der Geburtsort der Königin Leeuven. Und das Fest! Ich kann es kaum erwarten. Dabei fällt mir ein, warum segeln wir eigentlich dorthin?«

»Du hast gar keinen Grund dafür. Ich segle hin, um die Tochter meines Freundes Vases aus dem Gefängnis zu holen. Sie wird beschuldigt, einen Baum tätlich angegriffen zu haben.«

»Sie hat einen Baum angegriffen? Und deswegen wirft man sie ins Gefängnis? Die Elfen scheinen ihre Flora aber wirklich zu lieben.«

»Es war ein besonderer Baum. Ihr Hesuni-Baum, um genau zu sein. Ich nehme an, dass du alles über Hesuni-Bäume auf der Innungshochschule gelernt hast.«

»Sie sind das Herz und die Seele des Stammes«, sagt Makri.

»Genau. Ich kenne zwar noch nicht alle Einzelheiten, aber Vases' Tochter steckt ernsthaft in Schwierigkeiten. Also sei so nett und sabotiere meine Arbeit nicht. Vases ist ein alter Freund, und ich möchte ihm gern helfen. Und ich kann es mir nicht leisten, vor Vizekonsul Zitzerius und Prinz Dös-Lackal schlecht dazustehen.«

»Ist das der boahsüchtige Prinz oder der nüchterne, verantwortungsbewusste?«

»Der nüchterne und verantwortungsbewusste. Na ja, so nüchtern und verantwortungsbewusst, wie turanianische Prinzen halt so sind.«

»Du meinst, er ist ein Wüstling?«

»Er ist nicht so schlimm wie sein älterer Bruder. Und beleidige die Königliche Familie nicht.«

Meine gute Laune ist wie weggeblasen. Ich merke schon, dass dies hier eine verdammt lange Seereise wird.

»Ich nehme an, dass du nicht an Land darfst, wenn wir Avula erreichen, aber wenn man es dir wunderbarerweise doch gestattet, dann erwähne um Himmels willen deine … die … diese … du-weißt-schon-was-ich-meine nicht. Du würdest die Elfen in Panik versetzen.«

4. Kapitel

Am zweiten Tag der Reise schafft es Vases-al-Gipt, sich so lange von seinen Pflichten loszueisen, dass er mich in die Einzelheiten des Falles einweihen kann.

»Der Ankläger meiner Tochter ist Lasses-al-Floros, der Haupt-Schützer des Baumes. Er ist der Bruder von Gulag-al-Floros, dem Hohen-Baum-Priester. Laut Lasses' Aussage hat er sie dabei erwischt, wie sie mit einer Axt auf den Baum eingeschlagen hat, nachdem sie vorher versuchte, ihn zu verbrennen.«

»Was sagt deine Tochter zu dem Vorfall?«

»Sie kann sich nicht daran erinnern.«

Ich hebe ausdrucksvoll meine buschigen Brauen. Ich erwarte zwar schon lange nicht mehr, dass meine Klienten tatsächlich unschuldig sind, aber zumindest möchte ich, bitte schön, eine gute Ausrede hören. »Sie kann sich an gar nichts erinnern?«

»Nein. Aber sie streitet nicht ab, dass sie da gewesen ist. Bedauerlicherweise scheint ihre Erinnerung an die Vorfälle vollkommen ausgelöscht zu sein. Von dem Moment an, als sie unser Haus verlassen hat, bis zu dem Augenblick, in dem sie in Verwahrung genommen wurde, klafft bei ihr eine Gedächtnislücke.«

»Dir ist ja wohl klar, dass das vor Gericht nicht besonders gut aussieht, Vases? Erinnert sie sich nicht einmal mehr daran, warum sie zu dem Baum gegangen ist?«

Vases schüttelt den Kopf. Ich frage ihn, ob er ihr glaubt, und er erklärt mir sehr nachdrücklich, dass er es tut.

»Mir ist bewusst, dass es schlecht für sie aussieht. Sie hat keinen Verteidiger, der sie bei dem Verhör vor dem Ältestenrat vertreten will. Aber ich kann nicht glauben, dass meine Tochter ein solch ungeheuerliches Sakrileg begehen würde. Eine Elfe wie sie kannst du auf der ganzen Insel suchen. Es widerspricht vollkommen ihrem Charakter, und außerdem hätte sie auch keinen Grund dafür gehabt.«

Außer seinem innigen Wunsch, seine Tochter von dem Verdacht reinzuwaschen, erfahre ich von Vases-al-Gipt nicht annähernd genug über den Fall. Er hat keine Ahnung, was Elith bei dem Baum gewollt hat, weiß nicht, ob sie ihn vorher schon einmal besucht hat, und auch nicht, wer sonst ein Interesse haben könnte, ihn zu zerstören.

»Glaubst du, dass jemand ihr Gedächtnis durch Zauberei beeinflusst hat? Hat das jemand untersucht?«

»Ja. Der Fall ist von Lord Khurds Höflingen untersucht worden. Unter ihnen befindet sich auch Abra-al-Kabra, sein Hexenmeister. Soweit ich weiß, hat er keine Spuren von Zauberei am Tatort feststellen können, obwohl das ohnehin sehr schwierig wäre. Der Hesuni-Baum erzeugt ein mächtiges magisches Feld um sich, das jede Zauberei beeinflusst. Es ist ganz unmöglich, in der Zeit zurückzuschauen, um herauszufinden, was dort passiert ist.«

Ich nicke. Mir ist längst klar, dass man bei Ermittlungen mit Zauberei selten weit kommt. Seltsamerweise. Die Vorstellung, dass ein Zauberer einen kurzen Blick auf die Ereignisse wirft, Spuren analysiert und eine wasserdichte Erklärung liefert, ist zwar theoretisch ganz schön, und manchmal funktioniert sie auch annähernd in der Praxis, aber meistens spielen zu viele Faktoren eine Rolle, als dass diese Ergebnisse verlässlich wären. Manchmal geht es auch gar nicht. Deshalb habe ich überhaupt noch Arbeit. Man braucht immer einen Mann, der sich auf den Straßen die Füße bei der Suche nach einer Antwort platt läuft. Oder sich in diesem Fall an den Bäumen entlanghangelt. Die Avulaner leben zum größten Teil oberhalb des Erdbodens, in Dörfern, die in den Baumwipfeln schweben und durch Hängebrücken untereinander verbunden sind. Ich weiß noch, wie ich das letzte Mal die Elfeninseln besucht habe. Ich bin recht flott über diese Brücken spaziert und habe den Boden weit unter mir bewundert. Allerdings war ich damals noch erheblich jünger. Und viel dünner.

Nachdem Vases gegangen ist, kommt das dünne Elfenmädchen herein und richtet mir aus, dass Lord Khurd mich in seiner Kajüte zu sehen wünscht. Ich mache mich auf den Weg und schütze mein Gesicht vor dem peitschenden Regen, der auf das Deck herunterprasselt. Trotz des schlechten Wetters haben wir guten Wind und kommen zügig voran. Das Schiff rollt sacht unter meinen Füßen, und die Bewegung löst viele Erinnerungen aus. Meine letzte Seereise ist schon lange her, aber ich habe meinen Seemannsgang nicht verlernt.

Lord Khurds Kabine ist zwar geräumig, aber alles andere als protzig. Kaum etwas lässt darauf schließen, dass Lord Khurd der Herrscher seines Stammes ist, obwohl ich einen neidischen Blick auf die schönen Möbel werfe. In meiner Kabine befinden sich nur zwei Kojen. Die geben einen sehr schlechten Sessel ab, vor allem, wenn das Schiff in ein Wellental eintaucht.

Lord Khurd trägt kaum Rangabzeichen, was bei den Elfen üblich ist. Ein Elfenlord würde alles, außer dem schmalen Silberreif im Haar, als Protzerei und Geschmacklosigkeit ablehnen. Sein Mantel ist zwar etwas prachtvoller als die Umhänge der anderen Elfen, hat aber denselben Grünton und weist keinerlei Schmuck auf.

»Ich habe gehört, dass Ihr meine Mannschaft befragt.«

Ich nicke. Das kann ich nicht abstreiten, obwohl ich eigentlich nur versucht habe, ein paar Hintergrundinformationen über den Fall zu sammeln.

»Ich möchte, dass Ihr damit aufhört«, erklärt Lord Khurd.

»Aufhören? Warum denn?«

»Als Herr dieses Schiffes und Lord meiner Insel muss ich Euch keinen Grund nennen. Ich möchte einfach nur, dass Ihr damit aufhört. Meine Mannschaft soll nicht von ihren Pflichten abgelenkt werden.«

Ich zucke gleichmütig mit den Schultern. Zwar hätte ich keinerlei Bedenken, Lord Khurd und jeden anderen Elfenlord auf die Palme zu treiben, wenn ich eine Untersuchung durchführe, aber es ist wohl nicht nötig, ihn jetzt schon gegen mich aufzubringen. Wenn ich in Avula nicht gut vorankomme, werde ich ihn schon noch genügend aufregen.

Ich nehme allerdings die Gelegenheit wahr, Khurd mitzuteilen, dass ich auf Bitten von Vases-al-Gipt hier und davon ausgegangen bin, dass Vases die Erlaubnis seines Lords gehabt hat. Khurd räumt dies auch ein, macht aber ebenfalls klar, dass er persönlich diese Idee nicht besonders gut fand.

»Vases-al-Gipt ist sehr wichtig für mich. Ich konnte ihm schlecht meine Hilfe in der Angelegenheit seiner Tochter abschlagen. Aber ich bin ziemlich sicher, dass sie das Verbrechen begangen hat, dessen sie angeklagt ist, so traurig das auch sein mag. Ihr habt meine Erlaubnis, auf Avula alle Fragen zu stellen, die Ihr stellen wollt, natürlich innerhalb angemessener Grenzen. Hier auf meinem Schiff erwarte ich jedoch von Euch, dass Ihr Euch anständig benehmt und meine Mannschaft nicht in Verwirrung stürzt.«

Ich nicke. Mir fällt auf, dass Lord Khurd ein Machplat-Spiel auf dem kleinen Tisch neben der Couch aufgebaut hat. Ich werfe einen kurzen Blick darauf.

»Die Harfinisten-Stellung«, bemerke ich, als ich die Anordnung der Spielsteine erkenne.

Lord Khurd hebt eine Braue. »Ihr spielt?«

»Oft. Allerdings habe ich die Harfinisten-Stellung nie sonderlich geschätzt. Ich finde sie zu anfällig für einen Angriff der Elefanten und des Seuchenspenders.«

»Ich arbeite an einer neuen Variante. Sie sieht einige neue Züge für den Helden und den Zauberer vor. Vielleicht bietet sich ja im weiteren Verlauf der Reise noch eine Gelegenheit zu einer Partie?«

Als ich die Kajüte verlasse, fällt seine Verabschiedung weit freundlicher aus als seine Begrüßung. Besessene Machplat-Spieler fühlen sich immer irgendwie mit ihresgleichen verbunden. Nachdenklich kehre ich in meine Kabine zurück. Wenn das eine Warnung war, meine Nase nicht zu weit in die Dinge hineinzustecken, war sie sehr wohlwollend formuliert. Ich habe schon weit drastischere bekommen.

Makri sitzt auf meiner Koje und liest in einer Schriftrolle. Sie trägt eine grüne Elfentunika, die ihr Isuas, das junge Elfenmädchen, gebracht hat. Von den anderen Elfen hat bisher niemand Makri auch nur einer Silbe gewürdigt, aber Isuas kennt anscheinend keine solchen Hemmungen. Aus der Art, wie sie nur einige Minuten, nachdem Makri durchnässt an Bord gebracht wurde, in unsere Kabine gestürmt ist und ihr anbot, ihr ein paar trockene Sachen zu besorgen, schließe ich, dass Makri in ihr eine Freundin gewonnen hat. Makri beeindruckt das jedoch nicht sonderlich.

»Wenigstens eine Person auf dem Schiff, die dich mag. Ich dachte, das würde dich freuen.«

»Sie geht mir auf die Nerven.«

»Warum denn?«

»Weil sie so dürr und jämmerlich ist. Sind alle dreizehnjährigen Elfenmädchen so?«

Das glaube ich nicht, und das sage ich ihr auch. Isuas ist vielleicht ein bisschen klein geraten, aber das scheint mir als Grund für Makris Abneigung ein wenig dürftig.

»Ich hasse dünne Mädchen«, verkündet Makri schließlich

sachlich. »In den Sklavengruben hat man sie für Zielübungen benutzt. Wenn ich so dürr gewesen wäre wie sie, wäre ich schon längst tot.«

»Du musst es dem Rest der Welt nachsehen, dass nicht alle Frauen wahnsinnige Kriegerinnen sind«, erkläre ich und fordere sie auf, ein bisschen zur Seite zu rücken, damit ich mich hinsetzen kann. »Außerdem solltest du versuchen, sie nicht zu brüskieren. Abgesehen von Vases ist sie vermutlich der einzige Elf an Bord, der so etwas wie Sympathie für uns hegt. Ist dir klar, dass Lord Khurd mich gewarnt hat? Das habe ich wirklich nicht erwartet. Ich dachte, er wäre erfreut darüber, einen erfahrenen Detektiv zu finden, der die Sache aufklärt. Es ist schon merkwürdig, dass meine Fälle immer gleich von Anfang an so vertrackt sein müssen. Manchmal glaube ich, dass die Götter es auf mich abgesehen haben.«

Makri kommentiert das mit einem knappen Schulterzucken. Religion ist nicht ihr Ding. »Vielleicht solltest du mehr beten. Musst du es immer noch dreimal am Tag tun, selbst auf einem Schiff?«

In Turai ist das Gesetz.

»Ein turanianischer Bürger sollte zu den vorgeschriebenen Zeiten beten, ganz gleich, wo er sich aufhält.«

»Mir ist noch nicht aufgefallen, dass du das tust«, sagt Makri.

»Na ja, meine Knie sind auch nicht mehr das, was sie mal waren. Es ist sehr schwierig, die ganze Zeit auf ihnen herumrutschen zu müssen.«

In Wahrheit bin ich seit zehn Jahren nicht mehr rechtzeitig zu den Morgengebeten aus den Federn gekommen. Und während der beiden anderen Gebete verkrieche ich mich gewöhnlich in mein Zimmer.

»Außerdem könnten Gebete jetzt auch nichts mehr ausrichten. Ich habe dich ja schon am Hals.«

»Was soll das heißen, du hast mich am Hals?«

»Was die Worte besagen. Ich hatte vor, nach Avula zu segeln, so den Strapazen des turanianischen Winters zu entgehen, rasch Elith-la-Gipt von dem Vorwurf der Baumzerstörung reinzuwaschen und den Rest der Zeit damit zu verbringen, in der Sonne herumzuliegen und Bier zu trinken. Und dir ist es gelungen, mir das kaputtzumachen. Ich bin praktisch in meiner Kabine eingesperrt, und wenn wir nach Avula kommen, kann ich von Glück reden, wenn die Elfen überhaupt mit mir sprechen. Schließlich bin ich der Mann, der in Begleitung einer Frau reist, die Orgk-Blut in den Adern hat. Du brauchst mich gar nicht so anzusehen, du weißt genau, dass dies die Wahrheit ist. Ich weiß einfach nicht, warum du unbedingt mitkommen wolltest.«

»Ich wollte gar nicht unbedingt mitkommen. Das war Zufall. Ich habe nur versucht, dein Geld zurückzuholen.«

Ich hege immer noch den Verdacht, dass Makri die ganze Sache inszeniert hat.

»Solltest du nicht zu Hause sitzen und büffeln?«

Makri geht auf die Innungshochschule. Dort belegen die Söhne der Unteren Klassen, die nach Höherem streben, Kurse in Philosophie, Theologie, Rhetorik, Mathematik und was sie da sonst noch unterrichten. Makri ist die erste Frau, die jemals an dieser Hochschule zugelassen wurde. Erst wollte man sie abwimmeln, aber sie hat sich durch ihre überwältigende Persönlichkeit und mit sanfter Erpressung, soll heißen der Drohung mit Rechtsmitteln von Seiten der Vereinigung der Frauenzimmer, Zutritt verschafft. Ihr größter Ehrgeiz gilt dem Ziel, irgendwann die Kaiserliche Universität zu besuchen. Sie hat zwar nicht den Hauch einer Chance, jemals dort zugelassen zu werden, aber sie weigert sich schlichtweg aufzugeben.

»Die Hochschule schließt zum Winter. Ich vermute, dass mir diese Reise nächstes Jahr enorm von Nutzen sein wird.

Wahrscheinlich kann ich dann meinen Professoren aus erster Hand über die Gesellschaftsstruktur der Elfen berichten.«

»Du wirst ihnen aus erster Hand berichten können, wie es ist, sie von einem Schiff aus zu studieren, meinst du wohl. Ich glaube kaum, dass sie dich an Land gehen lassen, Makri.«

»Aber ich will das Fest sehen. Denk nur, es gibt drei Bühnenfassungen von der Legende von Königin Leeuven.«

»Klingt ziemlich langweilig, wenn du mich fragst. Diese elfischen Legendenspiele wimmeln von Helden, die auf verlorenem Posten gegen das Schicksal kämpfen, und sie enden immer tragisch.«

»Was gibt es daran auszusetzen?«

»Wenn ich ins Theater gehe, dann wünsche ich mir etwas mehr Unterhaltung.«

Makri schneidet mir eine Grimasse. »Du meinst, es gefällt dir, wenn der Chor irgendein obszönes Trinklied grölt und der Heldin aus Versehen ihr Oberteil herunterrutscht.«

»So was in der Art«, stimme ich ihr zu. »Die Klassiker haben mir noch nie gefallen.«

»Sie müssen mich einfach an ihrem Fest teilnehmen lassen«, meint Makri. »Ich bin die einzige Person in ganz Turai, die es zu schätzen weiß.«

»Du wirst es aber gar nicht schätzen, wenn die Elfen einen Aufstand verursachen, weil sie bei der Aufführung dein Orgk-Blut wittern.«

»Machen Elfen Aufstände?«, erkundigt sich Makri neugierig.

Ich muss zugeben, dass ich das nicht weiß. Aber wenn Makri einen Fuß auf Avula setzt, dürften wir das wahrscheinlich sehr bald herausfinden.

Am vierten Tag unserer Seereise langweile ich mich schrecklich. Das Schiff macht bei stetigem Wind und ruhiger See gute

Fahrt, aber ich bin mehr als nur ein bisschen frustriert. Vizekonsul Zitzerius hat mich nachdrücklich aufgefordert, mich während der ganzen Fahrt unter Deck aufzuhalten. Als freier Bürger Turais muss ich natürlich nicht tun, was der Vizekonsul verlangt, aber ich will ihn auch nicht unnötig verärgern. Wenn wir wieder in Turai sind, könnte er mir das Leben sehr schwer machen. Im letzten Jahr habe ich einige gute Aufträge für Zitzerius erledigt und dadurch mein Ansehen unter den Stadtbonzen aufpoliert. Aber wenn ich ihn oder den Prinzen beleidige, könnten sie meine Zulassung als Detektiv einkassieren, und dann stecke ich ganz schön in der Klemme.

Ich seufze. Es ist schon überraschend, mit wie vielen Schwierigkeiten ich mich in meinem Leben herumplagen muss. Ich hätte wirklich mehr studieren sollen, als ich jünger war. Dann wäre ich jetzt ein ordentlicher Zauberer.

Und was Prinz Dös-Lackal angeht: Der hat sich bis jetzt nicht einmal herabgelassen, mich zu besuchen. Genauso wenig habe ich eine formelle Einladung zu einer Audienz in seiner Kabine erhalten.

Mittlerweile habe ich Makri den Fall dargelegt. Normalerweise tue ich das sowieso, denn Makri ist eine sehr kluge Frau, aber ich hatte eigentlich vor, länger mit ihr zu schmollen. Da wir jetzt in dieser winzigen Kabine zusammenhocken, scheint es mir jedoch einfacher, ihre zahllosen Verrücktheiten einfach zu ignorieren und wieder gut Freund mit ihr zu sein.

Die Tatsachen, soweit Vases sie mir geschildert hat, sind verwirrend. Seine Tochter Elith-la-Gipt wurde bewusstlos am Tatort aufgefunden, der Baum war ziemlich stark beschädigt, und sie hielt immer noch die Axt in der Hand.

»Sagt sie denn, dass sie es nicht getan hat?«, will Makri wissen.

»Bedauerlicherweise nicht. Sie behauptet, sich an nichts erinnern zu können.«

»Das dürfte dir die Sache erheblich erschweren.«

Ich nicke. »Selbst wenn Elith die Wahrheit sagt und sich tatsächlich an nichts erinnern kann, bedeutet das noch lange nicht, dass sie auch unschuldig ist. Ich bin auf Kriminelle gestoßen, die all ihre Erinnerungen an das Verbrechen verdrängt haben. Vermutlich hat das etwas mit dem Trauma zu tun.«

»Also, was willst du unternehmen? Willst du die Tatsachen verbiegen? Das Wasser trüben, bis man nicht mehr genug Beweise findet, um sie zu verurteilen?«

»Nur als allerletztes Mittel. Ich werde zuerst wenigstens versuchen, die Wahrheit aufzudecken. Es besteht schließlich durchaus auch die Möglichkeit, dass sie es nicht getan hat. Mir kommt es vor, als habe da keine besonders sorgfältige Untersuchung stattgefunden. Die Elfen von Avula haben nicht viel Erfahrung in solchen Dingen. Ich gehe zunächst einmal von der Voraussetzung aus, dass sie hereingelegt worden ist.«

Die See ist ein wenig rauer geworden, und das Schiff fängt an zu rollen. Mir fällt auf, dass Makri etwas bleich aussieht.

»Macht dir der Seegang zu schaffen?«

»Mir geht es gut.«

Eine große Welle lässt das Schiff heftig schlingern. Makris Gesicht nimmt eine merkwürdig grünliche Färbung an, und sie stürmt aus der Kabine. Das wird sie lehren, meine Ermittlungen zu stören.

Seekrankheit ist ein Fremdwort für mich. Meine einzige Sorge ist, dass der Biervorrat auf der Reise zur Neige gehen könnte. Damals in der Armee habe ich mich zwar mit solchen Entbehrungen abgefunden, aber seit ich in die *Rächende Axt* eingezogen bin, bin ich daran gewöhnt, dass ich jederzeit an Bier kommen kann, wenn ich will. Mir fällt auf, dass ich fast immer Bier will.

»Daran gibt es nichts zu mäkeln«, beruhige ich mich laut und tätschele meinen Bauch. »In einer korrupten Stadt voller Diebe, Mörder und Drogensüchtigen ist ein starker Bierkonsum die einzig vernünftige Reaktion.«

Makri schleicht wieder herein, stöhnt und lässt sich auf ihre Koje fallen. Dort bleibt sie liegen und beklagt sich, wie schrecklich das Meer sei.

»Du wirst dich daran gewöhnen«, verspreche ich ihr. »Möchtest du vielleicht ein Bier?«

Makri schleudert mir einen orgkischen Fluch entgegen, bei dem auch Gladiatoren errötet wären, und dreht ihr Gesicht zur Wand. Ich beschließe, die Kabine zu verlassen und mich ein bisschen unter der Mannschaft umzusehen. Selbst wortkarge Elfen sind eine bessere Gesellschaft als eine seekranke Makri.

Als ich an Deck trete, begrüßen mich ein leichter Nieselregen und eine steife Brise. Ein ranghöheres Mitglied der Mannschaft schreit irgendwelchen jungen Elfen Befehle zu. Sie schwärmen in der Takelage aus und korrigieren des schlechten Wetters wegen die Segel.

Ich sehe ihnen interessiert zu und bemerke, wie geschickt sie ihre Aufgaben meistern. Ich habe häufig genug turanianische Seeleute bei der Arbeit erlebt, und die Turanianer sind ein sehr gutes Seefahrervolk. Aber die Elfen scheinen über die Masten und in den Wanten herumzufliegen, als mache ihnen die Schwerkraft gar nichts aus.

Jemand tritt neben mich. Ich will gerade eine Bemerkung über die Geschicklichkeit der Mannschaft machen, als ich bemerke, dass es sich um Prinz Dös-Lackal handelt. Es ist das erste Mal, dass ich ihm an Bord begegne. Ich grüße ihn ehrerbietig. Man hat mich zwar aus meiner Stellung im Palast gefeuert, nachdem ich mich bei Rhizinius' Hochzeit betrunken und seine Braut in eine höchst peinliche Situation gebracht habe, aber ich habe nicht vergessen, wie man den Zweiten in der Thronfolge anspricht.

Der Prinz ist etwa zwanzig Jahre alt, ziemlich groß und dunkelhaarig. Obwohl er nicht als besonders gut aussehend durchgeht, schon gar nicht im Vergleich mit seinem älteren Bruder, ist der junge Prinz in unserem Stadtstaat jedoch sehr beliebt und wird als weit stabilerer Charakter angesehen als sein Bruder, der Thronerbe. Das besagt allerdings nicht viel. Prinz Frisen-Lackal sieht vielleicht gut aus, aber er ist auch ein dekadenter Säufer, der noch die Palastmöbel verscherbeln würde, um sich Boah zu beschaffen. Letztes Jahr hat er die Stadt beinah in den Ruin getrieben, weil er in ein Verbrechen mit dem Boah-Handel verwickelt war, das Harm, der Mörderische, angezettelt hatte. Harm ist ein Zauberer, ein Halb-Orgk, der Turai beinah mit dem bösesten Zauber, der jemals gewirkt wurde, vernichtet hätte.

Ich habe maßgeblich dabei geholfen, Harm aufzuhalten. Und ich habe weiterhin verhindert, dass die Verwicklung des Prinzen in die Sache in die Öffentlichkeit getragen wurde. Zitzerius hat mich zwar großzügig bezahlt, aber ich denke mir, dass er sich ruhig noch länger dankbar hätte zeigen können.

Mit dem jüngeren Prinzen hatte ich noch nie etwas zu tun. Als er neben mir steht, spüre ich seine Verlegenheit. Auf einer langen Seereise wird die Etikette zumeist etwas lockerer gehandhabt, und so gibt es keinen besonderen Grund, aus dem der Prinz nicht mit einem Gemeinen wie mir plaudern dürfte. Aber er scheint nicht genau zu wissen, was er sagen soll. Ich helfe ihm ein bisschen auf die Sprünge.

»Seid Ihr jemals auf den Elfeninseln gewesen, Eure Hoheit?«

»Nein. Ihr?«

»Ja. Das ist schon lange her, noch vor dem letzten großen Orgk-Krieg. Ich wollte schon immer noch einmal hin.«

Der Prinz sieht mich an. Schimmert da ein Funke von Abneigung im königlichen Auge? Wahrscheinlich.

»Vizekonsul Zitzerius befürchtet, dass Ihr Schwierigkeiten verursachen könntet.«

Ich beruhige ihn. »Nichts liegt mir mehr am Herzen als das Wohlergehen unserer großartigen Stadt.«

Er ist nicht beruhigt. »Ihr führt eine Ermittlung durch. Könnte das nicht einigen Verdruss mit sich bringen?«

»Ich werde mein Bestes tun, um das zu verhindern, Eure Hoheit.«

»Das hoffe ich. Es scheint mir eine schlechte Idee zu sein, dass Ihr überhaupt hier seid. Unsere Elfenfreunde können doch sicher allein mit ihren Übeltätern fertig werden?«

Der junge Prinz geht mir ziemlich schnell auf die Nerven, aber ich bemühe mich nach Kräften, respektvoll zu wirken.

»Zitzerius hat mir außerdem gesagt, dass immer irgendwelche schlimmen Dinge passieren, wenn Ihr in der Nähe seid.«

»Aber ganz und gar nicht, Eure Hoheit«, sage ich. »Mein Leben verläuft für einen Detektiv überraschend friedlich.«

Exakt diesen Moment sucht sich ein junger Elf aus, um vom höchsten Mast zu fallen und vor meinen Füßen zu Tode zu stürzen. Er macht bei der Landung ein wirklich schauerliches Geräusch. Ich schwöre, dass der Prinz mich anschaut, als wäre das meine Schuld.

Ich beuge mich bereits über den Leichnam. Elfen leben wesentlich länger als Menschen und sind auch zäher, aber ein gebrochenes Genick können auch sie nicht ignorieren. Mannschaftsmitglieder laufen auf uns zu, und noch mehr hasten durch die Takelage auf Deck, um zu sehen, ob sie helfen können. Es herrscht heillose Verwirrung, bis Vases-al-Gipt plötzlich auftaucht und sich den Weg durch die Menge bahnt. Er beugt sich über den gestürzten Elf.

»Was ist passiert?«, dröhnt plötzlich die befehlsgewohnte Stimme von Lord Khurd über Deck. Er hetzt im Eilschritt von der Brücke heran.

»Er ist aus der Takelage gestürzt, Sir«, antwortet ein junger Seemann.

»Er ist tot«, diagnostiziert Vases ganz richtig und steht auf. »Sein Genick ist gebrochen. Wie ist das passiert?«

Ich bekomme kaum etwas mit, als viele Elfen auf einmal antworten, aber dem wenigen, was ich verstehe, entnehme ich, dass der jungte Elf anscheinend das Gleichgewicht verloren hat, als er einen Schluck aus seinem Wasserschlauch nehmen wollte. Der Schlauch, der aus Tierhaut angefertigt worden ist, hängt ihm immer noch an einem langen Strick um den Hals.

Ich beuge mich über den Leichnam, hebe den Schlauch an und schnüffle daran.

»Das wird nicht nötig sein, Detektiv«, weist mich Lord Khurd zurecht. Meine unausgesprochene Vermutung, dass sich etwas anderes als Wasser in dem Schlauch des Elfs befinden könnte, scheint ihn zu beleidigen. Unauffällig schieben sich die Elfen zwischen mich und den Leichnam, heben ihn hoch und tragen ihn weg.

Während dieser ganzen Angelegenheit hat der Prinz unbeteiligt daneben gestanden. Mittlerweile sind seine Leibwächter bei ihm, und auch Zitzerius leistet ihm Gesellschaft. Die Unruhe hat ihn herausgelockt.

»Das war nicht gerade besonders taktvoll«, bemerkt der Prinz verächtlich an meine Adresse gerichtet, als die Elfen weg sind.

Zitzerius will wissen, was er damit meint.

»Der Detektiv fühlte sich dazu berufen, den Wasserschlauch des Elfen zu untersuchen. Anscheinend hegte er den Verdacht, dass er betrunken aus der Takelage gefallen sein könnte. Lord Khurd war sichtlich verstimmt.«

»Entspricht das den Tatsachen?«, fragt Zitzerius mühsam beherrscht.

Ich zucke mit den Schultern. »Das war nur so ein Reflex. Immerhin ist er heruntergefallen, als er trinken wollte. Ihr habt selbst gesehen, wie sicher die Elfen sich in den Wanten bewegen. Ich habe nur überlegt, ob er vielleicht ein bisschen Kleeh in dem Schlauch gehabt haben könnte. Oder Elfen-Wein.«

Zitzerius sieht mich ärgerlich an. Der Prinz ebenso.

»He, das ist mein Beruf!«, protestiere ich. »Und wenn er nun vergiftet worden ist?«

Zitzerius lässt sich selten eine Gelegenheit entgehen, jemandem eine Lektion zu erteilen, und belehrt mich mit deutlichen Worten, dass ich mich gefälligst aus der Angelegenheit heraushalten soll.

»Die Elfen sollen ihre Toten selbst begraben, und was Ihr auch tut, kommt nicht auf die Idee, herumzulaufen und Fragen wegen dieses Unfalls zu stellen. Ihr und Eure Gefährtin haben uns schon genug Schwierigkeiten gemacht.«

Vases-al-Gipts Auftauchen erspart mir weitere Rüffel. Er sieht besorgt aus.

»Das ist sehr unglücklich«, gesteht er uns. »Bitte sagt Makri, dass sie sich möglichst unter Deck aufhält.«

»Warum?«

»Einige jüngere Elfen tuscheln bereits, dass wir wegen ihrer Anwesenheit auf dem Schiff verflucht seien.«

»Aber das ist lächerlich, Vases, das weißt du genau. Dass einer von euren Leuten aus der Takelage gefallen ist, hat nichts mit Makri zu tun.«

»Tut trotzdem, was er sagt«, befiehlt Zitzerius.

Wie auf Stichwort schwankt eine schlanke Gestalt in einem Männerwams und mit einer Löwenmähne hastig an uns vorbei. Makri eilt an die Reling, hängt den Kopf darüber und übergibt sich. Ausgiebig. Der Wind weht ihr einen Teil des Mageninhalts auf die Füße zurück. Sie flucht, ebenso ausgiebig, und bückt sich, um sie zu säubern. Ich bemerke, dass ihre Fußnägel golden lackiert sind. Diesen Schick tragen meines Wissens nur die billigsten Huren in Simnia. Offenbar kennt sich Zitzerius auch aus, denn er zuckt zusammen.

»Makri«, sage ich, »der Vizekonsul wünscht, dass du unter Deck bleibst.«

Makris Antwort wird glücklicherweise vom Winde verweht. Sie sollte langsam aufhören, diese orgkischen Schimpfworte zu benutzen, wenn sie sich hier irgendwelche Freunde machen will.

Sobald Zitzerius und der Prinz sich zurückgezogen haben, frage ich Vases-al-Gipt nach dem verstorbenen Elf aus.

»Hat vielleicht jemand etwas Verdächtiges bemerkt?«

Vases ist verwirrt. »Ich glaube nicht. Wieso?«

»Macht dich das denn nicht neugierig, wenn einer aus deiner Mannschaft plötzlich aus keinem besonderen Grund in den Tod stürzt?«

Vases zuckt mit den Schultern. »Solche Dinge passieren eben auf See.«

»Schon möglich. Aber ich erinnere mich, dass Lord Khurd behauptet hat, er habe eine der besten Mannschaften auf den Elfeninseln. Ich würde sagen, das sollte eigentlich für eine kleine Nachforschung reichen. Wird Lord Khurd eine Untersuchung ansetzen?«

Meine Neugier scheint Vases wirklich zu verblüffen. Er ist offenkundig der Meinung, dass es nichts gibt, was untersucht werden müsste. Vielleicht ist das ja auch einer dieser interkulturellen Unterschiede. Möglicherweise akzeptieren Elfen den Tod auf See als eine natürliche Gegebenheit. Bei mir löst es eine ebenso natürliche Neugier aus, wenn mir jemand tot vor die Füße fällt.

5. Kapitel

Am nächsten Tag findet die Beisetzung des jungen Elfen statt, der aus der Takelage gefallen ist. Es ist schon lange her, dass ich eine Seebestattung miterlebt habe.

»Viel Vergnügen«, krächzt Makri von ihrer Koje.

»Du kommst mit«, erkläre ich.

»Ich bin seekrank.«

»Auf einem Elfenschiff nehmen alle an der Bestattung eines Mannschaftsmitglieds teil. Das ist Brauch, und es werden keine Ausnahmen geduldet. Also reiß dich zusammen.«

Keiner von uns freut sich sonderlich darauf. Ich versuche, meinen vom Salzwasser verkrusteten Stiefeln so etwas wie Glanz zu verleihen. Es ist eine frustrierende Aufgabe, und ich beschwere mich lautstark.

»Ins Elfenland zu segeln und dort ein kleineres Problem wegen eines angekratzten Baumes zu beheben … Das klingt so einfach, wie einen Senator zu schmieren. Aber jetzt ist Khurd wütend auf mich, und die Elfen behandeln mich, als hätte ich die Seuche. Wie konnte die ganze Sache nur so schief laufen?«

»Das ist ein Charakterfehler«, diagnostiziert Makri. »Du trittst immer allen auf die Zehen, wenn du in einem Fall ermittelst. Manchmal hast du auch einfach nur zu viel getrunken. Und außerdem beleidigst du immer alle. Aber he, du hast bisher immer deinen Mann gekriegt.«

»Vielen, vielen Dank, Makri.«

Die turanianische Delegation hat sich zu der Mannschaft gesellt. Es ist eine traurige und feierliche Versammlung am Heck des Schiffes. Makri und ich drücken uns nach hinten und versuchen, niemandem im Weg zu stehen. Prinz Dös-Lackal steht vorn neben Lord Khurd und ignoriert uns.

»Ich kann diesen Prinzen nicht leiden«, flüstert Makri. »Seine Schwester finde ich viel netter.«

Wir haben Prinzessin Du-Lackal vor einiger Zeit kennen gelernt. Sie hat mich unter einem fadenscheinigen Vorwand engagiert, mir eine Menge Lügen aufgetischt und mich beinah in den Tod geschickt. Aber sie scheint trotzdem ganz nett zu sein.

Lord Khurd stimmt die Beerdigungslitanei an, die zum größten Teil in der Königlichen Hochelfensprache gehalten ist, die ich nicht verstehe, obwohl ich während des Krieges viele Elfenbeerdigungen miterlebt habe. Sie unterscheidet sich nicht sehr von den Bestattungszeremonien der Menschen. Ein paar Formalitäten, kurze Reminiszenzen an den Verschiedenen und ein paar Lieder. Viel fröhlicher ist sie auch nicht. Die Elfen betrachten das Leben zwar von einem philosophischeren Gesichtspunkt als wir, aber das erleichtert ihnen das Sterben trotzdem nicht.

Das Schiff neigt sich sacht. Wir sind mittlerweile weit nach Süden vorgedrungen, und das Wetter wird besser. Der Regen hat nachgelassen, und die Sonne wärmt die Luft. In der Nacht waren die drei Monde klar und deutlich am Himmel zu sehen.

Der tote Elf ist in ein Leichentuch gehüllt, das Lord Khurds Wappen trägt, ein Symbol aus neun Sternen. Nach der Totenrede tritt ein Sänger vor und intoniert einen klagenden Grabgesang. Seine Stimme ist klar und stark, aber das Lamento ist sehr traurig und verdüstert unsere Stimmung noch mehr. Als das Lied zu Ende ist, bleiben die Elfen schweigend stehen. Ich neige den Kopf und bemühe mich, nicht herumzuzappeln. Schließlich wird der Leichnam über Bord geschoben und versinkt in den Fluten.

Lord Khurd marschiert zackig auf seinen Posten. Die anderen Elfen bleiben noch stehen und reden miteinander. Ich bin schon wieder zu meiner Kabine unterwegs, weil ich vermeiden will, dass Zitzerius oder der Prinz mir einen Vortrag über irgendwas halten oder mir drohen, mir meine Detektiv-Zulassung wegzunehmen.

»Eine sehr unglückliche Familie«, erklärt Makri, als wir die Kabine betreten.

»Was willst du damit sagen?«

»Der tote Elf. Hast du denn die Totenrede nicht gehört?«

»Sie wurde zum größten Teil in Hochelfisch gehalten, und das verstehe ich nicht.«

Makri lässt sich auf die Koje fallen. Sie sieht wirklich elend aus. Ich bin noch nie jemandem begegnet, dem eine Seereise so zu schaffen gemacht hat.

»Ich habe fast alles verstanden«, erklärt sie. »Lord Khurd ist ein sehr guter Redner. Ich werde seine Rede meinem Lehrer in Elfensprache an der Hochschule schildern. Das wird ihm gefallen.«

Ich hole mir ein Bier und ziehe mir die Stiefel aus. »Was meinst du mit unglückliche Familie?«, erkundige ich mich.

»Nun, der eine Elf im Gefängnis und der andere tot. Der Elf, der aus der Takelage gefallen ist, hieß Eos-al-Gipt. Er war Vases-al-Gipts Neffe und Elith-la-Gipts Cousin.«

Ich trinke das Bier aus und ziehe mir die Stiefel wieder an. Ich fühle förmlich, wie eine Ermittlung auf mich zukommt.

»Ihr Cousin. Sieh mal einer an. Eine sehr interessante Information, die mir offenbar niemand auf die Nase binden wollte.«

Bevor ich gehe, bitte ich Makri, niemandem zu sagen, dass sie die Hochelfensprache beherrscht.

»Je weniger Leute wissen, dass du die Königliche Hochelfensprache verstehst, desto besser. So kannst du vielleicht noch einige interessante Einzelheiten in Erfahrung bringen.«

Ich finde Vases-al-Gipt in seiner Kabine. Es ist ein großer Raum, der zugleich als sein Quartier und Behandlungsraum dient. Als ich ankomme, begegnet mir ein lächelnder Elf.

»Der sah ja fröhlich aus. Hast du ihn eben geheilt?«

»Ja. Er litt unter schlechten Träumen.«

»Wie kannst du jemanden von schlechten Träumen kurieren? Nein, schon gut, erzähl mir das beim nächsten Mal. Im Moment bin ich vor allem an anderen Informationen interessiert.«

Vases-al-Gipts Miene verdüstert sich sofort sorgenvoll.

»Thraxas, du weißt, dass ich dir für deine Hilfe sehr dankbar bin, aber ...«

»Aber du hast gehört, dass ich bei den Lords, Zauberern und wichtigen Turanianern auf diesem Schiff etwa so angesehen bin wie ein Orgk auf einer Elfenhochzeit. Mach dir darüber keine Sorgen. So was passiert mir ständig. Du hast mich schließlich nicht engagiert, damit ich neue Freunde gewinne. Aber aus welchem Grund hast du mir verschwiegen, dass der verstorbene Elf dein Neffe war?«

»Ist das denn wichtig?«, erkundigt sich Vases sichtlich überrascht.

»Natürlich. Kommt es dir nicht merkwürdig vor, dass der Elf, der zu Tode gestürzt ist, Eliths Cousin ist?«

»Nein. Wo soll denn da eine Verbindung sein?«

»Das weiß ich noch nicht. Aber vertrau mir. Meine Spürnase lässt mich nicht im Stich. Ich wusste, dass an diesem Unfall etwas merkwürdig war. Warum sollte ein gesunder junger Elf plötzlich aus der Takelage stürzen und sich das Genick brechen? Das ergibt keinen Sinn. Wie oft war er dort oben? Hunderte Male. Ich habe ihn wenige Augenblicke vorher selbst noch gesehen, und er sah nicht aus wie ein Elf, der plötzlich den elementaren Fehler begeht, sich nicht festzuhalten.«

»Was willst du damit andeuten? Dass ihn jemand gestoßen hat? Es waren andere Mannschaftsmitglieder dort oben. Sie hätten etwas gesehen.«

»Es gibt noch andere Möglichkeiten, wie es hätte passieren können. Ich habe sofort versucht, mir die Leiche anzusehen, aber man hat mich daran gehindert, sie ordentlich zu untersuchen. Mein erster Gedanke war, dass er vielleicht getrunken haben könnte, obwohl meines Erachtens nur Wasser in dem Schlauch gewesen ist. Aber es könnte vergiftet worden sein.«

Vases ist nicht überzeugt. »Ich halte das wirklich nicht für sehr wahrscheinlich, alter Freund. Seine Gefährten haben ausgesagt, er habe einfach den Halt verloren, als er nach dem Schlauch gegriffen hat.«

»Denkst du wirklich, dass Seeleute mit den Händen herumfuchteln, wenn sie oben in der Takelage stehen? Er hätte zu jedem anderen Zeitpunkt trinken können. Wo wir gerade davon reden …«

Ich werfe einen viel sagenden Blick auf die Karaffe auf Vases' Tisch, und er schenkt mir ein Glas Wein ein. Es ist Elfenwein, und er ist ganz okay, aber nicht mehr. Wenn Lord Khurd seine Vorräte auffrischt, sollte er vielleicht etwas besser aufpassen.

Ich muss zugeben, dass diese Beziehung zwischen den Vorfällen etwas weit hergeholt ist, aber wenn ich in der Stadt herumwühle und merkwürdige Dinge passieren, stellt sich im Nachhinein meistens heraus, dass sie irgendwie miteinander zu tun haben. Dass das bei den Avulanern anders sein soll, bezweifle ich.

»Hatte Eos irgendeine Verbindung zu dem Hesuni-Baum? Vielleicht hat er ja bei den Gebeten oder Hymnen geholfen, oder bei dem, was ihr sonst so mit dem Baum macht? Und war er mit deiner Tochter befreundet?«

Vases denkt darüber nach. »Das ist nicht gänzlich auszuschließen. Aber vor diesem schrecklichen Zwischenfall mit meiner Tochter hatte ich wenig Kontakt zu den Baumpriestern. Und Gulag-al-Floros, den Hohen-Baumpriester, kenne ich nur flüchtig. Ich weiß nicht, ob Eos ihn kannte, aber ich halte es für unwahrscheinlich. Junge Seefahrer verbringen ihre Zeit normalerweise nicht mit älteren Mitgliedern des religiösen Ordens. Aber er verstand sich gut mit meiner Tochter. Sie wird traurig sein, wenn sie von seinem Tod erfährt.«

Er verspricht, dass er mich mit einigen Elfen zusammenbringt, die mir mehr erzählen können, sobald wir Avula erreichen.

»Hoffentlich sind sie kooperativer als die Mannschaft.«

»Das werden sie sein. Es sind meine Freunde. Ich mag vielleicht der einzige Elf auf Avula sein, der meine Tochter für unschuldig hält, aber ich bin nicht der Einzige, der sich freuen würde, wenn sie es wäre.«

Ein Elf taucht auf. Er bedarf offenbar Vases' Heilkünste. Er sieht besonders unglücklich aus. Viele Mitglieder der Mannschaft wirken unglücklich. Vielleicht haben sie ja alle schlechte Träume.

Der Seegang wird jetzt rauer, aber wir kommen trotzdem gut voran. Unsere hohe Geschwindigkeit liegt nicht allein an der Geschicklichkeit der elfischen Seeleute. Die Schiffsbauer der Elfen hüten eifersüchtig einige Geheimnisse ihres Gewerbes, die ihre menschlichen Bundesgenossen nicht kennen. Unser Schiff durchpflügt die Wellen jedenfalls mit einer Schnelligkeit, die jeden turanianischen Kapitän vor Neid erblassen lassen würde. Lord Khurds persönlicher Hexenmeister, Abra-al-Kabra, befindet sich ebenfalls auf dem Schiff und könnte das Wetter mit Zauberei beeinflussen, aber das ist bisher nicht nötig. Stattdessen hockt er unter Deck und tauscht Kriegserlebnisse mit Harmonius AlpElf und Lahmius Sonnenfänger aus.

Der Tod des Mannschaftsmitglieds lastet wie eine düstere Wolke über dem Schiff. Ich bin froh, wenn wir endlich Avula erreichen. Die Reise fängt an, mich zu langweilen, und mir geht auch allmählich das Bier aus. Man sieht nur das endlose graue Meer, und ich habe ausgesprochen wenig zu tun. Zwar habe ich meine Befragungen so gut wie möglich durchgeführt, aber aufgrund der Zurückhaltung der Elfen habe ich nur wenig mehr herausbekommen, als mir Vases schon erzählt hat.

Selbst die junge Isuas, die aus irgendeinem Grund vollkommen von Makri fasziniert ist, erklärt uns geradeheraus, dass Vases' Tochter des Verbrechens eindeutig schuldig sei und Glück habe, dass sie nicht schon bestraft worden sei.

»Nur dass mein Vater so große Stücke auf Vases-al-Gipt hält, hat es bisher verhindert.«

»Euer Vater? Wer ist das?«

»Lord Khurd natürlich«, erwidert Isuas verwirrt. »Wusstet Ihr denn nicht, dass er mein Vater ist?«

»Diese junge Elfe ist eine Spionin!«, rufe ich und werfe ihr einen finsteren Blick zu. »Deshalb kommt Ihr also jeden Tag hierher, hab ich Recht? Ihr haltet zweifellos Lord Khurd auf dem Laufenden. Makri, schick sie sofort weg.«

»Ich wollte sie doch gar nicht hier haben«, meint Makri, deren Verhalten der jungen Elfe gegenüber schlagartig abkühlt.

»Seid Ihr wirklich die Tochter des Elfenlords?«

»Ja. Seine jüngste Tochter.«

»Und warum arbeitet Ihr als Schiffsjunge? Oder müsste es Schiffsmädchen heißen?«

»Vielleicht SchiffsElfe?«, schlägt Makri vor.

Isuas kann daran nichts Anstößiges finden. Sie segelt schon seit einem Jahr unter ihrem Vater. »Er meint, das würde mich abhärten«, erklärt sie.

»Das klingt sinnvoll«, meint Makri. »Du bist ein ziemlich dürres Kind.«

Das wiederum scheint Isuas zu bestürzen. Vermutlich weiß sie längst, dass sie den Kürzeren gezogen hat, wenn es um Gesundheit und Kraft geht. Trotzdem macht mich ihre Anwesenheit misstrauisch. In Turai verdingen sich die jüngeren Töchter unserer Herrscher nicht als Schiffsjungen. Und auch nicht als Schiffsmädchen.

»Glaubt denn niemand, dass Elith unschuldig sein könnte?«

»Warum sollte das jemand tun? Sie hat das Verbrechen doch zugegeben.«

»Eigentlich nicht. Sie hat es nicht abgestritten. Das ist nicht dasselbe.«

Isuas scheint der ganzen Angelegenheit aber nicht allzu viel Bedeutung beizumessen. Ihr Interesse gilt eher einem von Makris Schwertern, das auf ihrer Koje liegt. Es ist eine dunkle, bedrohlich wirkende Waffe, die Makri aus den Orgk-Ländern mitgebracht hat.

»Ist das ein orgkisches Schwert?«, erkundigt sich Isuas ehrfürchtig.

Makris Antwort besteht aus einem zustimmenden Grunzen.

»So etwas habe ich noch nie auf diesem Schiff gesehen. Darf ich es anfassen?«

»Nur, wenn du deine Hand verlieren willst«, knurrt Makri. Sie hat es nicht gern, wenn man ihre Waffen betatscht.

Die junge Isuas zuckt entsetzt zurück. »Darf ich dann wenigstens zusehen, wie Ihr es sauber macht?«

Makri zischt etwas Rüdes.

»Darf ich es nicht wenigstens einmal kurz in die Hand nehmen? Bitte«, bettelt die junge Elfe.

»Ach, um Himmels willen, dann nimm das verdammte Ding doch«, gibt Makri grollend nach. »Hauptsache, du hältst endlich die Klappe, du Göre!«, murmelt sie. Dann stöhnt sie und beschwert sich über den rauen Seegang. Isuas streckt Makris Schwert vor sich aus und versucht, grimmig dreinzublicken.

»Könnt Ihr mich lehren, wie man kämpft?«, fragt sie mit leuchtenden Augen.

Makri erträgt es nicht länger, schnappt sich eine Sandale und wirft sie Isuas an den Kopf. Das Elfenmädchen quietscht und flieht in Tränen aufgelöst aus unserer Kabine.

»Das war ein bisschen sehr grob.«

»Grob? Sie kann von Glück reden, dass ich nicht das Schwert nach ihr geworfen habe. Und jetzt lass mich endlich in Ruhe. Ich bin krank.«

Ich gehe und überlasse Makri ihrem Elend. An Deck treffe ich auf Zitzerius. Er weiß, dass mich der Tod des Seemanns neugierig gemacht hat, und das missfällt ihm. Der Regen zwingt ihn zwar, seine Amtstoga unter einem Umhang zu verstecken, aber er schafft es trotzdem, wie ein wichtiger Bonze auszusehen, der einem unglücklichen Untergebenen die Leviten liest, als er mich auffordert, meine Ermittlungen diesbezüglich einzustellen.

»Man hat mir nachdrücklich zu verstehen gegeben, dass die Elfen keine weitere Untersuchung in dieser Angelegenheit wünschen.«

»Ach ja? Und was gibt es sonst Neues? Bin ich hier etwa der Einzige, der glaubt, dass man diesen Todesfall untersuchen sollte? Ihr wollt mir doch wohl nicht geradeheraus verbieten, zu versuchen, Vases-al-Gipts Tochter von dem Verdacht zu befreien, das Verbrechen begangen zu haben, dessen man sie beschuldigt?«

»Ich glaube, Lord Khurd bereut bereits, dass er Vases-al-Gipt die Erlaubnis gegeben hat, die Ermittlungen über die Grenzen Avulas auszudehnen«, gibt Zitzerius statt einer Antwort zurück.

Zitzerius steht in dem einzigartigen Ruf, der letzte unbestechliche Bonze in ganz Turai zu sein. Trotz seiner berüchtigten Strenge ist er kein ungerechter Mann. Deswegen sagt er mir auch, dass er meinen Wunsch versteht, meinem Freund und Kriegskameraden zu helfen.

»Auch wenn ich es bedauere, dass Ihr auf dieser Reise dabei seid, ist mir klar, dass es schwierig für Euch gewesen wäre, Vases-al-Gipts Wunsch abzuschlagen. Freundschaftsbande wie diese sollte man nicht auf die leichte Schulter nehmen. Aber ich muss darauf bestehen, dass Ihr Eurer Arbeit nachgeht, ohne unsere Elfenfreunde zu beleidigen. Und sorgt dafür, dass sich Makri nicht an Deck zeigt. Gestern ist sie auf eine höchst schamlose Art und Weise in ihrem Kettendress an Deck herumstolziert. Ich glaube kaum, dass die Elfen sonderlich erfreut darüber waren.«

»Es war sicherlich ein ungewohnter Anblick für sie. Allerdings würde ich es nicht stolzieren nennen, wenn sie an die Reling stürmt, weil ihr schlecht wird. Sind Euch ihre goldenen Fußnägel aufgefallen? Es ist wirklich merkwürdig, dass sie diese Mode übernommen hat, denn Makri ist niemals in Simnia gewesen, und soweit ich weiß, sind die einzigen anderen Frauen, die ihre Fußnägel so lackieren, simnianische …«

»Behaltet sie einfach im Auge«, unterbricht mich Zitzerius eisig.

»Ihr wisst doch selbst, wie sie ist, Zitzerius. Man kann nur schlecht mit ihr diskutieren.«

Der Vizekonsul verkneift sich tatsächlich ein Lächeln. Zitzerius würde zwar niemals zugeben, dass Makri eigentlich ein guter Kumpel ist, aber es muss zugeben, dass sie sehr hilfreich war, als ich das letzte Mal für ihn gearbeitet habe. Er hüllt sich enger in den Umhang, als der Wind und der Regen zunehmen, und beschränkt sich darauf, mich zu warnen, keine weiteren Schwierigkeiten zu machen.

»Eure Hartnäckigkeit war in der Vergangenheit bei manchen Gelegenheiten sehr von Nutzen. Doch dies ist keine solche Gelegenheit. Solltet Ihr irgendwelche Geheimnisse auf Avula aufdecken, behaltet sie für Euch. Als Vertreter des Staates Turai verbiete ich Euch, etwas zu sagen oder zu tun, was die Elfen vor den Kopf stoßen könnte, ohne es vorher mit mir abzusprechen. Dieses fünfjährige Fest ist eine bedeutsame Veranstaltung, und die Avulaner dürften überaus erbost sein, wenn etwas Abträgliches passiert, solange die Insel voller Besucher ist.«

Er macht eine Pause. »Habt Ihr getrunken?«, will er dann wissen.

Das kann ich nicht abstreiten. Es vertreibt einem die Zeit.

Zitzerius verschwindet hochmütig. Dabei fällt mir auf, dass er doch eitel ist. Sein Umhang ist gerade kurz genug, dass der goldene Saum der Toga darunter hervorlugt. Nur die oberen Klassen tragen Togen. Ich bin in meine übliche langweilige Tunika gehüllt und habe darüber einen dicken Umhang geworfen, der vor dem Wetter schützt. Während ich weiterschlendere, überlege ich, mit wem ich am besten die Zeit totschlagen kann. Es wäre sinnvoll, wenigstens zu versuchen, noch ein paar Hintergrundinformationen zu sammeln. Elith wird direkt nach dem Fest vor Gericht gestellt, was bedeutet, dass mir nach unserer Ankunft nur etwa eine Woche bleibt, um die Angelegenheit zu untersuchen.

Also mache ich mich auf den Weg, Lahmius Sonnenfänger und Harmonius AlpElf zu suchen. Bisher habe ich sie nur selten an Bord getroffen, und ich frage mich, ob sie vielleicht etwas Interessantes über das Verbrechen aufgeschnappt haben. Doch bevor ich mich auf die Suche machen kann, verbaut mir ein Elf, den ich nicht kenne, den Weg. Ich grüße ihn freundlich, aber er starrt mich feindselig an. Während die meisten Elfen an Bord des Schiffes ihr Haar fest zurückgekämmt tragen, schwingt sein goldblondes Haar frei im Wind. Seine Augen sind etwas dunkler als die der anderen, und er ist sehr kräftig gebaut. Wir stehen uns gegenüber und messen uns schweigend mit Blicken.

»Ich bin Gorith-al-Dent«, erklärt er schließlich.

Ich starre ihn verständnislos an. »Soll mir das etwas sagen?«

»Kallos-al-Dent war mein Bruder. Er hat Euch engagiert, damit Ihr ihm helft. Dann wurde er getötet.«

Kallos-al-Dent. Ich erinnere mich. Er und sein Freund Jares-al-Manach waren die beiden Elfen, die mich letzten Sommer engagiert hatten, um für sie das Rote Elfentuch zu suchen. Sie gaben vor, es für ihren Elfenlord Khurd-al-Dah, unseren Kapitän, wiederbeschaffen zu wollen. Aber in Wirklichkeit haben sie versucht, es zu stehlen. Sie wurden letztlich von Marihana von der Meuchelmördergenossenschaft umgebracht, weil sie ihr in die Quere gekommen waren. Was ziemlich dumm war.

So wie Gorith-al-Dent mich anstarrt, macht er mich vermutlich für ihren Tod verantwortlich. Was nicht zutrifft. Aber ich habe nicht vor, noch einmal die Einzelheiten des Falles wiederzukäuen. Es dürfte nur schmerzhaft für Gorith sein, von den kriminellen Aktivitäten seines Bruders zu erfahren.

»Ich glaube nicht, dass mein Bruder versucht hat, das Tuch zu stehlen. Ich gehe davon aus, dass er zum Sündenbock gemacht worden ist, nachdem er in die Mühlen einer fremden Stadt geraten ist. Er hat Euch engagiert, ihm zu helfen. Warum habt Ihr ihn nicht beschützt?«

Der Wind frischt auf. Ich habe mein Haar zu einem langen Pferdeschwanz geflochten, der jetzt in der Brise sanft hin- und herschwingt.

»Er wollte Turai verlassen, ohne es mir zu sagen. Ich habe ihn verfolgt und ihn getroffen, bevor sein Schiff den Hafen verlassen hat. Bedauerlicherweise war er da schon tot. Getötet von einem Mitglied der Meuchelmördergenossenschaft. Das ist alles aktenkundig.«

»Und wurde der Versuch unternommen, die Mörder zu bestrafen?«

»Es ist noch nie jemand von der Meuchelmördergenossenschaft vor Gericht gestellt worden.«

»Warum nicht?«

»Das würde eine längere Ausführung über turanianische Politik und Sitten erfordern, als Ihr Euch anhören wollt. Es tut mir sehr Leid, dass Euer Bruder getötet wurde.«

Gorith beugt sich drohend vor. »Mir scheint, dass jemand meinen Bruder mit dem Tuch hereingelegt und dann den Gewinn geteilt hat, nachdem er ermordet worden ist.« Die Augen des Elfen sind eiskalt. »Ich vertraue Euch nicht, dicker Mann.«

Nach diesen Worten schreitet Gorith-al-Dent davon. Trotz des Schlingerns des Schiffes ist sein Gang anmutig und elegant. Ich sehe ihm hinterher. Dann zucke ich mit den Schultern und setze meine Suche nach Lahmius und Harmonius fort.

Ich finde sie unter Deck in Harmonius' Kabine. Sie ist beträchtlich geräumiger als meine. Der Elfenzauberer Abra-al-Kabra ist bei ihnen. Sie hocken gemütlich beisammen und schlürfen Wein. Es ärgert mich, dass keiner von ihnen dran gedacht hat, mich, einen Kollegen vom Zauberhandwerk, zu einem gemütlichen Umtrunk einzuladen. Harmonius AlpElf begrüßt mich wenigstens freundlich.

»Kommt herein, Thraxas. Wie geht es Euch?«

»Besser, als auf einer Sklavengaleere zu rudern. Aber nicht viel besser. Der turanianischen Delegation wäre es lieber, wenn ich nicht da wäre, die Elfen lassen mich links liegen, und in meiner Kabine hat sich eine Frau breit gemacht, die nur aufhört zu maulen, wenn sie sich übergeben muss.«

Vases hat Makri beruhigende Kräuter und Tränke verabreicht, aber sie scheint unter einem besonders hartnäckigen Fall von Seekrankheit zu leiden. Wir können nur warten, bis sie vorübergeht.

Ich bin wirklich hierher gekommen, um angenehme Gesellschaft zu suchen, aber mit ansehen zu müssen, wie all diese angenehme Gesellschaft so ganz ohne mich zurechtkommt, vergrätzt mich. Selbst die Zauberer meiden mich. Wieso bin ich der Einzige an Bord, der leidet? Statt eine kultivierte Unterhaltung zu genießen, was ich eigentlich im Sinn hatte, bedränge ich den Elfenzauberer mit einer ziemlich aggressiven Frage.

»Was ist mit Euch Elfen eigentlich los?« Ich schaue Abra-al-Kabra anklagend an. »Ich habe allmählich den Verdacht, dass Ihr alle etwas zu verbergen habt. Wieso will keiner meine Fragen beantworten? Habt Ihr Angst, dass ich etwas ausgraben könnte?«

»Ganz und gar nicht«, erwidert Abra-al-Kabra liebenswürdig. »Aber Ihr dürft es den Avulanern nicht verübeln, dass sie einem Mann reserviert begegnen, den sie noch nie zuvor gesehen haben und der auch noch eine Frau mit Orgk-Blut anschleppt. Soweit ich sagen kann, sind alle Tatsachen über den Anschlag auf den Hesuni-Baum bekannt.«

»Ach, wirklich?«, knurre ich. »Davon bin ich nicht überzeugt.«

Ich bin aggressiv. Das fühlt sich gut an. Allmählich habe ich die Nase voll von diesem diplomatischen Eiertanz. Ich nehme mir ungefragt einen Krug Wein und schieße noch einige andere Fragen ab.

Im Gegensatz zu unseren Zauberern, die alle einen Regenbogenumhang als Innungsabzeichen tragen, ist Abra-al-Kabra mit dem üblichen grünen Umhang der Elfen bekleidet, in dessen Schulterpartie ein kleiner gelber Baum eingestickt ist, das Zeichen seines Berufes. Er sieht für einen Elf ziemlich alt aus. Sein goldblondes Haar nimmt allmählich eine silberne Tönung an, aber er ist noch recht energisch.

»Wenn ich es richtig verstanden habe, kann Elith sich nicht an das Verbrechen erinnern. Das kommt doch sehr gelegen, findet Ihr nicht auch?«

»Wem? Glaubt Ihr, dass jemand anders für das Verbrechen verantwortlich ist? Wer?«

»Intuition«, antworte ich. »Und ich vertraue meiner Intuition mehr als Eurer. Kann ich vielleicht noch ein Glas Wein haben? Danke. Also, warum hat Vases' Tochter den Baum beschädigt?«

Der Elfenzauberer räumt ein, dass er das nicht weiß. Elith hat bisher kein Motiv enthüllt.

»Das ist doch verdächtig, hab ich Recht? Wer könnte sie hereingelegt haben?«

»Also wirklich!«, protestiert Abra. »Das ist unerhört. Ihr könnt die Bevölkerung der Elfeninseln nicht an dem Maßstab Eurer Menschenstadt messen.«

»Na schön.« Ich marschiere in der Kabine herum und fuchtele mit meinen Händen durch die Luft. »Ihr Elfen prahlt doch immer sofort mit Euren hehren Maßstäben herum. Dann sage ich Euch eines: Ich habe in Turai schon einigen hochwohlgeborenen Elfen aus der Klemme geholfen. Vor allem dann, wenn sie sturzbetrunken in irgendeinem Bordell herumgelegen sind und sie das vor ihrem Elfenlord verheimlichen wollten.«

Abra-al-Kabra sieht mich verblüfft an. Lahmius wirft sich in die Bresche, vermutlich weil er fürchtet, dass mich der Elfenzauberer wegen meiner Frechheit mit einem kurzen Spruch in eine Fetthenne verwandeln könnte.

»Ihr müsst Thraxas entschuldigen«, meint er lachend. »Er sieht immer und überall verdächtige Umstände.«

Ich denke gar nicht daran, mich zu entschuldigen. Es wird Zeit, ein bisschen auf den Busch zu klopfen. Ich bin jetzt seit zwei Wochen auf dem Schiff und habe so gut wie nichts in Erfahrung gebracht. Man kann von einem Detektiv nicht erwarten, dass er das so einfach hinnimmt. Jedenfalls nicht von diesem fraglichen Detektiv. Es gibt sicher welche, die weniger Berufsehre haben.

»Ich kann wirklich keinen Grund für einen Verdacht sehen, Thraxas«, mischt sich auch Harmonius AlpElf in das Gespräch ein. »Und ich würde darüber hinaus vorschlagen, dass Ihr Euer Benehmen ein wenig zügelt. Zitzerius und der Prinz dürften wenig erfreut darüber sein, wenn sie erfahren, dass Ihr unsere Gastgeber beleidigt.«

»Zitzerius und der Prinz können von mir aus in den Orgkus fahren! Ich habe es satt, dauernd wegen meines Verhaltens gerüffelt zu werden. Wer hat denn die Stadt noch letzten Monat bei dem Großen Wagenrennen vor diesem verrückten Orgk-Zauberer gerettet? Ich. Und da hat sich meines Wissens niemand wegen meiner schlechten Manieren beschwert.«

»Alle haben sich über Euer schlechtes Benehmen beschwert«, kontert Harmonius bissig. »Ihr wart nur zu selbstgefällig, um darauf zu achten.«

Der Elfenzauberer weigert sich, noch eine meiner Fragen zu beantworten. Lahmius macht den Vorschlag, dass ich in meine Kabine zurückkehre und mich ein bisschen ausruhe.

»Na gut.« Ich gebe nach und stecke mir eine Weinflasche in meinen Beutel. »Das mache ich. Aber erwartet nicht, dass ich auf leisen Sohlen herumschleiche, wenn wir nach Avula kommen. Wenn jemand versuchen sollte, irgendwelche Tatsachen vor mir zu verheimlichen, werde ich über ihn kommen wie ein böser Bann.«

Ich stürme hinaus. An Deck prasselt mir der Regen ins Gesicht. Ich ignoriere ihn und gehe direkt in meine Kabine zurück. Makri hockt auf dem Boden. Sie sieht kein bisschen besser aus.

»Verdammte Elfen!«, fluche ich. »Ich habe sie schon jetzt satt. Aber was soll man auch von ihnen erwarten? Sie hocken den ganzen Tag auf den Bäumen und besingen die Sterne. Bis auf die, die mich bedrohen.«

»Du bist bedroht worden?«

»Ja. Irgend so ein großer Elf namens Gorith macht mich für den Tod seines Bruders verantwortlich. Weißt du noch? Es war einer der beiden, die Marihana in ZwölfSeen umgelegt hat.«

»Marihana. Die mag ich.«

»Ja, sicher, für eine mordlüsterne Meuchelmörderin ist sie wirklich eine ausgezeichnete Gesellschaft.«

Ich hole den Wein heraus, entkorke die Flasche und nehme einen kräftigen Schluck. »Zum Teufel mit Gorith.«

Das Schiff schlingert plötzlich. Makri kann in ihrem angegriffenen Zustand den Anblick nicht ertragen, wie ich Wein in mich hineinschütte, und wird wieder von der Übelkeit übermannt. Bedauerlicherweise kommt sie nicht rechtzeitig aus der Kabine. Sie erbricht sich auf den Boden. Wegen des plötzlichen Schwankens des Schiffes lasse ich die Flasche fallen. Sie zerbricht. Ich rutsche aus und lande auf dem Hintern. Als Makri und ich auf dem Boden unserer Kabine in einer Pfütze aus Bier, Wein und Kotze herumrollen, wird die Tür aufgerissen. Prinz Dös-Lackal hat sich genau den richtigen Moment für seine Stippvisite ausgesucht.

Ungläubig starrt er auf die Szene, die sich ihm bietet. Auf so etwas hat ihn seine profunde Ausbildung wohl nicht vorbereitet. Während ich mich mühsam aufrappele, sucht er immer noch nach den passenden Worten.

»Stimmt es, dass Ihr eben den berühmten Elfenzauberer Abra-al-Kabra beleidigt habt?«, will er wissen.

»Ganz bestimmt nicht«, antworte ich. »Wahrscheinlich hat er einen falschen Eindruck bekommen. Möglicherweise ist er es ja nicht gewöhnt, dass man ihm Fragen stellt.«

Makri stöhnt, rollt sich auf die Seite und kotzt dem Prinzen auf die königlichen Sandalen.

»Oops … Verzeihung, Eure Hoheit – Sie hat sich noch nicht so ganz an das Meer gewöhnt.«

»Du nichtswürdiger Abschaum!«, brüllt Seine Hoheit.

»Es ist nicht nötig, so mit ihr zu reden!«, protestiere ich. »Sie ist schließlich noch nie auf einem Schiff gewesen.«

»Ich rede nicht mit ihr!«, schreit Dös-Lackal. »Ich rede mit Euch!«

»Macht Euch keine Sorgen«, murmelt Makri und umklammert Hilfe suchend sein Bein, als sie aufstehen will. »Ich habe ihn erzogen, bis wir Avula erreichen.«

Als Makri frisch aus den spartanischen Gladiatorengruben nach Turai kam, hatte sie so gut wie gar keinen Sinn für Humor. Aber sie hat schnell aufgeholt. Allerdings hätte ich ihr sagen können, dass dieser Moment, in dem der Prinz mit blankem Entsetzen auf seine voll gekotzten Sandalen starrte, nicht der richtige Moment für ein kleines Späßchen war.

»Wie kannst du es wagen, mich anzusprechen, du Stück Scheiße!«, kreischt er.

Und verschwindet wutentbrannt. Makri hat mittlerweile ihre Bemühungen, aufzustehen, eingestellt und bleibt in ihrem Erbrochenen liegen. Es ist wirklich etwas unschön. Ich greife mir eine Flasche von meinem schwindenden Biervorrat, öffne sie und kippe mir den Inhalt hinter die Binde. Wir schweigen eine Weile.

»Glaubst du, dass wir einen guten Eindruck hinterlassen haben?«, erkundigt sich Makri schließlich.

»Einen ganz ausgezeichneten. Jetzt werde ich bestimmt sehr bald wieder in die Dienste des Palastes treten.«

Makri lacht. Ich helfe ihr hoch. Sie schüttelt heftig den Kopf. »Ich glaube, jetzt fühle ich mich besser«, verkündet sie. »Wann erreichen wir Avula?«

Ich reiche ihr ein Handtuch, damit sie sich wenigstens das Gesicht abwischen kann. »In zwei Wochen.«

»Ich freue mich schon darauf, wieder festen Boden unter den Füßen zu haben«, gesteht mir Makri.

»Ich auch. Und es wird sich auch gut anfühlen, endlich wieder eine ordentliche Ermittlung durchzuführen. Da es uns so glänzend gelungen ist, einen Haufen einflussreicher Freunde zu gewinnen, dürfte das ein Kinderspiel werden.«

6. Kapitel

Zwei Wochen später liegen wir kurz vor Avula. Morgen sollten wir Land sehen. Das Wetter ist besser geworden. Makris Zustand hat sich ebenfalls gebessert. Wir langweilen uns. Um uns die Zeit zu vertreiben, habe ich Makri überredet, Isuas' Drängen nachzugeben und ihr die Grundlagen des Schwertkampfs zu erklären. Die Lektionen finden in unserer winzigen Kabine statt, teilweise wegen Isuas' Befürchtung, dass ihr Vater etwas dagegen einzuwenden hätte, wenn er es erführe, aber es ist auch Makris Wunsch. Sie will nicht, dass ihr Ruf als Schwertkämpferin Schaden nimmt, was er ihrer Meinung nach täte, wenn jemand herausfände, dass sie eine derartig armselige Karikatur eines Elfen wie Isuas im Schwertkampf unterweisen würde. Da unsere Kabine schon für uns zwei zu eng ist, erlebe ich keine einzige Unterrichtsstunde mit, aber Makri versichert mir, dass Isuas das erbärmlichste Geschöpf ist, das jemals ein Schwert in die Hand genommen hat. Wenn sie das Kind mit der Waffe herumfuchteln sieht, würde sie es am liebsten über Bord werfen.

»Das heißt, du magst sie immer noch nicht?«

»Ich verachte sie. Sie bricht aus dem nichtigsten Grund in Tränen aus. Warum hast du mich überredet, sie zu unterrichten?«

»Weil sie uns vielleicht als Bundesgenossin in Avula von Nutzen sein könnte. Sie ist immerhin die Tochter von Lord Khurd. Vielleicht kann sie uns ja ein paar Türen öffnen.«

»Nicht, wenn ich ihr vorher die Finger breche«, knurrt Makri.

Mir persönlich ist nichts Bemerkenswertes zugestoßen.

Ich bin in letzter Zeit nicht einmal mehr bedroht worden. Gorith-al-Dent bin ich zwar einige Male über den Weg gelaufen, aber er hat seit seiner Drohung gegen mich nicht mehr mit mir gesprochen.

Allerdings habe ich auch nicht viel Neues herausgefunden. Wenigstens habe ich ein bisschen Klatsch aufgeschnappt, während ich mit Sosath einige Partien Machplat gespielt habe. Sosath ist der Schiffskoch. Ich mag Sosath. Er ist ein exzellenter Koch. Außerdem ist er einer der wenigen Elfen, die ein bisschen Zusatzballast um die Hüften herum mitschleppen. Meine gewaltige Begeisterung für sein Essen hat seine elfische Zurückhaltung schließlich überwunden, und wir haben einige nette Abende bei Machplat-Spielen verbracht. Das meiste, was ich erfahren habe, wirft zwar kein Licht auf Eliths Fall, aber es sind trotzdem interessante Hintergrundinformationen. Selbst an einem Ort wie Avula herrschen demzufolge politische Spannungen. Lord Khurd hat ein beratendes Konzil von zwölf führenden Elfen-Ältesten an seiner Seite: den Ältestenrat; und ganz offensichtlich versuchen diese Ältesten, mehr Einfluss zu gewinnen. Es wird sogar gemunkelt, dass sie die traditionelle Herrschaft der Elfenlords abschaffen und eine Repräsentative Monarchie einführen wollen. Was bei den Elfen bislang ohne Beispiel wäre.

Zudem scheint es auch Rivalitäten rund um den Hesuni-Baum zu geben. Gulag-al-Floros hat zwar die Position des Hohen-Baumpriesters inne, aber es gibt einen anderen Zweig der Familie, der seit mehreren Generationen fordert, dass ihm die Ehre dieser Priesterschaft gebühre. Es geht dabei um einen komplizierten Disput, der die Regeln der Erbfolge betrifft und der nie wirklich beigelegt worden ist.

Selbst das Fest ist nicht frei von begleitenden Kontroversen. Die drei Bühnenfassungen der Legende von Königin Leeuven werden jeweils von einer der drei Ossuni-Elfeninseln dargeboten: Von Avula, Ven und Korinthal. Und zwar in der Form eines Wettbewerbs, in dem von einer Jury entschieden wird, welcher Version das Lorbeerblatt des Siegers gebührt. Es ist eine große Ehre, das Spiel zu inszenieren, und auf jeder Insel wetteifern führende Elfen darum. Die Person, die von Lord Khurd auserwählt wurde, Avulas Aufführung dieses Jahr zu inszenieren und zu leiten, findet keine breite Zustimmung. Offenbar macht sich auf der Insel der Eindruck breit, dass diese Aufgabe der falschen Person zugefallen ist.

»Ich habe mich nie sonderlich für diese Spiele interessiert«, berichtet mir Sosath. »Ich mag am liebsten die Jongleurwettbewerbe. Noch eine Schüssel Suppe, vielleicht?«

Ansonsten hocke ich in meiner Kabine und rauche mit Makri Thazis.

»Ich kann es kaum erwarten, endlich von dem Schiff herunterzukommen«, erzählt sie mir bestimmt schon zum zwanzigsten Mal, während sie beiläufig mit dem goldenen Ring spielt, den sie sich durch die Nase gezogen hat. Das ist noch eine weitere modische Verrücktheit, welche die öffentliche Meinung in Turai angeheizt hat und mit Sicherheit die öffentliche Meinung von Avula aufpeitschen wird. Sie hat sich gerade die Haare gewaschen, und ihre dunkle Mähne scheint einen großen Teil der winzigen Kabine einzunehmen.

Wir lassen die Thazisrolle zwischen uns wandern und haben das Bullauge geöffnet, damit der stechende Geruch abziehen kann. Das ruft das merkwürdige Gefühl in mir wach, dass ich die milde Droge heimlich rauche wie in meiner Jugend. In Turai macht sich niemand mehr die Mühe, Thazis zu verstecken, obwohl es rechtlich gesehen immer noch illegal ist. Seit die viel stärkere Droge Boah die Stadt verseucht, sind die Behörden eher erleichtert, wenn sich jemand nur mit Thazis bedröhnt. Aber ich will die Elfen nicht verärgern. Soweit ich weiß, missbilligen sie sämtliche Drogen.

Isuas stürmt plötzlich herein. Sie ist wie gewöhnlich aufgeregt und gleichzeitig eingeschüchtert.

»Kannst du nicht anklopfen?«, faucht Makri sie an.

Ich schenke der jungen Elfe ein breites Grinsen. Sie ist vielleicht ein bisschen rachitisch, hat struppiges Haar und wässrige Augen, aber ich mag sie trotzdem. Sie hat eine Nachricht von Lord Khurd für mich.

»Er lässt Euch fragen, ob Ihr den letzten Abend bei einer Partie Machplat verbringen wollt.«

»Machplat? Anscheinend stehe ich wieder in seiner Gunst.«

Isuas runzelt die Stirn. »Ich glaube eher, ihm sind die Spielpartner ausgegangen. Er hat alle anderen Spieler auf dem Schiff bereits geschlagen.«

Ich rappele mich hoch. »Dann klingt das nach einer Aufgabe für Thraxas. Wenn ich mit ihm fertig bin, wird Euer Vater bereuen, jemals den ersten Stein in diesem Spiel berührt zu haben.«

Isuas wirkt verlegen. »Mein Vater ist als sehr guter Spieler berühmt.«

»Tatsächlich. Wenn es um Machplat geht, bin ich das beste Pferd im Stall. Frag ruhig Makri.«

Isuas missversteht mich. »Unterweist Ihr mich noch ein bisschen im Schwertkampf?«

Makri runzelt die Stirn. »Warum denn? Wenn es ums Kämpfen geht, bist du etwa so nützlich wie ein Eunuch in einem Bordell.«

Isuas ringt bei dieser rüden Bemerkung nach Luft und lässt den Kopf hängen. »Ich versuche, mich zu bessern«, sagt sie niedergeschlagen.

»Gut, Makri, ich überlasse sie dir. Viel Spaß.«

»Willst du etwa verschwinden und mir diese Göre als Gesellschaft hier lassen?«

»Allerdings. Ein wahrer Machplat-Spieler schlägt keine Herausforderung aus. Wenn ein bisschen Wein übrig bleibt, bringe ich dir eine Flasche mit.«

Ich gehe und freue mich auf die Abwechslung. Vielleicht hat Lord Khurd ja Lust, einen kleinen Einsatz zu riskieren? Ich habe etwas eingesteckt, für alle Fälle.

Ich betrete Khurds gemütliche Kabine zum zweiten Mal auf dieser Reise. Man hätte eigentlich erwarten sollen, dass ich als Gast der Elfen häufiger eingeladen worden wäre. Aber nein. Während Prinzen, Vizekonsuln und die ganze Zauberer-Bagage die Gastfreundschaft des Elfenlords reichlich genossen haben, schmorte Thraxas, der Detektiv, traurig in einer winzigen Kabine am unbequemen Ende des Schiffes vor sich hin und erwartete vergeblich eine Einladung der Oberen Klassen.

Ich unterdrücke meinen Widerwillen und begrüße Lord Khurd freundlich.

»Ihr wolltet mich sehen?«

»Hättet Ihr Lust auf ein Spiel?«

Lord Khurd deutet mit der Hand auf das Machplat-Spiel, das vor ihm aufgebaut ist. Die beiden feindlichen Armeen stehen sich gegenüber. Die vordere Reihe besteht aus Fußsoldaten oder Leichtfüßen, Bogenschützen und Trollen. In der hinteren Reihe lauern Elefanten, schwer gepanzerte Berittene und leicht gepanzerte Lanzenreiter. Außerdem hat jede Armee einen Belagerungsturm, einen Heiler, einen Harfinisten, einen Zauberer, einen Helden und einen Seuchenspender in ihren Reihen. Am jeweiligen Ende des Brettes befindet sich die Burg. In dem Spiel geht es darum, die eigene Burg zu verteidigen und die des Gegners zu erstürmen. Lord Khurds Brett ist von derselben Art, wie es überall in den Menschenländern benutzt wird. Mit der Ausnahme, dass eine der Armeen grün ist statt weiß und dass die Burgen am

Ende des Brettes durch große, befestigte Bäume ersetzt worden sind.

»Ich nehme im Allgemeinen Grün«, erklärt Lord Khurd.

»Sehr gut. Man nennt mich auch ›Der Schwarze Thraxas‹. Und ich nehme für gewöhnlich Wein.«

Es ist kein Diener da. Khurd scheint ein wenig verwirrt, als ihm dämmert, dass er tatsächlich aufstehen und mir selbst Wein einschenken müsste, was für einen Elfenlord zugegeben eine ziemliche Zumutung wäre. Also fragt er mich, ob ich weiß, wo sich seine Tochter gerade herumtreibt. Ich gebe ihm zur Antwort, dass sie bei Makri sei, was ihn offensichtlich nicht freut.

»Meine Tochter redet in letzter Zeit nur noch von ihr. Makri hier und Makri da. Das gefällt mir nicht.«

»Ja, als Vorbild ist Makri wirklich höllisch. Aber keine Sorge, sie kann Eure Tochter sowieso nicht leiden.«

Irgendwie hört sich das nicht so an, wie ich es gemeint hatte. Infolgedessen ist Khurd auch wenig besänftigt. Um ihm eine zusätzliche Peinlichkeit zu ersparen, schenke ich mir selbst einen Kelch aus der Karaffe voll. Erneut muss ich sagen, dass sein Wein, gemessen am Elfenstandard, nicht gerade der beste ist. Und abermals vermute ich, dass es mit Lord Khurds Gastfreundlichkeit nicht allzu weit her ist, und er vermutlich auch kein Fässchen Bier oder Wein im Lagerraum hat, das nur darauf wartet, dass sich jemand daran gütlich tut.

»Habt Ihr Interesse an einem kleinen Einsatz?«

Lord Khurd hebt unmerklich die linke Braue. »Ich habe nicht vor, Euch Geld abzunehmen, Detektiv.«

»Das werdet Ihr auch nicht.«

»Seid versichert, dass ich Euch schlagen werde.«

»Das hat Euer Koch auch gesagt, bevor ich seine Armeen in den Elfenwald geschickt habe.«

Lord Khurd lächelt. »Ich habe gehört, dass Ihr Sosath besiegt habt. Ich bin aber ein viel besserer Spieler. Und ich wiederhole, ich werde Euch nicht um Euer Geld erleichtern.«

Ich wickle mein Paket aus.

»Ein ... Stab?«

»Ein Leuchtstab. Einer der Besten. Er wurde mir von dem berühmten turanianischen Zauberer, Kemlath Orgk-Schlächter, übergeben.«

Ich spreche ein magisches Wort, und der Stab erstrahlt in einem hellen goldenen Glanz. Es ist wirklich ein sehr schöner Leuchtstab, der beste, den ich jemals hatte. Selbst für einen Elfenlord kann das kein unattraktiver Einsatz sein.

»Ein sehr schöner Stab. Allerdings glaube ich gehört zu haben, dass Kemlath Orgk-Schlächter gezwungen war, Turai in Schimpf und Schande zu verlassen.«

»Er hatte das Pech, dass ich einige Verbrechen untersucht habe, die er begangen hat.«

»Sehr gut. Ich akzeptiere Euren Einsatz. Was soll ich dagegen setzen? Einen goldenen Kelch?«

Elfen glauben immer, dass Menschen dem Gold sklavisch verfallen sind. Was auch nicht verwunderlich ist. Ich selbst habe schon einige höchst zweifelhafte Dinge für Gold getan. Aber das ist es nicht, wonach mir im Moment der Sinn steht.

»Wäre es Euch lieber, wenn ich einen magischen Gegenstand setze? Mein Hexenmeister Abra-al-Kabra besitzt viele schöne Zauberdinge.«

»Nein, ich dachte eher an Makri.«

Lord Khurd runzelt die Stirn.

»Ich möchte sie in Avula mit an Land nehmen. Sie hilft mir bei der Ermittlung. Wenn ich gewinne, möchte ich, dass Ihr sie ohne jede Diskussion an Land lasst. Und garantiert, dass die Avulaner sie gastfreundlich aufnehmen.«

»Es ist völlig ausgeschlossen zu garantieren, dass mein Volk gastfreundlich zu ihr ist.«

»Wenigstens könntet Ihr offene Feindseligkeiten untersagen. Akzeptiert Ihr diesen Einsatz?«

Der Elfenlord schüttelt den Kopf. »Ich kann sie nicht auf meiner Insel dulden.«

Ich stehe auf. »Schade. Ich habe mich auf dieses Spiel gefreut. Man bekommt nicht oft die Chance, einem Elfenlord zu zeigen, dass ungeachtet seiner raffinierten und hervorragenden Weiterentwicklung der Harfinisten-Stellung seine Chancen gegen Thraxas in etwa so groß sind wie die einer Ratte gegen einen Drachen. Ich denke dabei an eine sehr kleine Ratte und an einen sehr großen Drachen.«

Der Elfenlord verzieht gequält das Gesicht. Ich bezweifle, dass er je zuvor mit einer Ratte verglichen wurde.

»Setzt Euch!«, befiehlt er kalt. »Und bereitet Euch seelisch darauf vor, Euren Stab zu verlieren.«

Wir fangen an. Lord Khurd scheint seiner neuen Variante allerdings nicht so ganz zu trauen, denn er beginnt mit der Leichtfußeröffnung. Das ist eine sehr solide, wenn auch gänzlich unaufregende Strategie. Ich begegne ihr ganz konventionell mit den leicht gepanzerten Lanzenreitern, während ich meine eigenen Hopliten zum Gegenschlag formiere und einige Trolle als Unterstützung heranziehe. Es sieht nach einem heftigen Gemetzel im Mittelfeld aus, was mir ganz recht sein soll. Doch dann überrascht mich Lord Khurd, als er seinen Helden vor seiner Armee herschickt und ihn mitten in meine Leichtgepanzerten führt.

Das wirkt auf den ersten Blick ziemlich dumm. Der Held hat eine Menge Gewicht auf dem Feld und kann mit allerlei Problemen fertig werden, aber nicht mit einer ganzen Schwadron Kavallerie, die von Leichtfüßen und Trollen gedeckt wird. Ich umringe ihn und bereite mich auf den Todesstoß vor, habe dabei aber weiterhin ein wachsames Auge auf den Lord.

Als ich gerade seinen Helden niedermetzeln will, schickt er plötzlich seine Bogenschützen auf meiner rechten Flanke vor. Die Elefanten decken sie. Mit ihnen marschieren sein Harfinist und sein Seuchenspender voran. Ich bin einen Moment verwirrt. Offensichtlich will Lord Khurd jetzt seinen Helden heraushauen, aber ich wüsste nicht, wie selbst diese starke Streitmacht ihn noch rechtzeitig erreichen sollte. Sein Harfinist lullt mit seinem Spiel meine Truppen ein, denn er hat die Macht, sie zu paralysieren, und auch sein Seuchenspender richtet einigen Schaden an. Aber ich baue meine Trolle zu einer starken Verteidigungslinie auf und schicke einen Teil meiner schwer gepanzerten Berittenen zur Unterstützung hinterher. Mein Heiler und mein Zauberer lauern in Warteposition. Lord Khurds Ersatztruppen kommen nicht durch, und ich erledige seinen Helden, was mir meiner Meinung nach einen deutlichen Vorteil verschafft.

Plötzlich fällt mir auf, dass sein Harfinist unbemerkt vorgerückt ist und ein viel zu großes Kontingent meiner Truppen auf der linken Seite seinem Lied verfallen ist. Dann schickt Lord Khurd überraschend seine leicht gepanzerten Lanzenreiter in die Lücke. Auf dem Brett bleibe ich ganz gelassen, aber innerlich fluche ich wie ein Rohrspatz. Der Lord hat tatsächlich eine neue Variante der Harfinisten-Stellung entwickelt. Dabei ist anscheinend das Helden-Opfer eingeplant. Offenbar hatte er gar nicht die Absicht, ihn zu retten, sondern das Manöver nur als Ablenkung geplant.

Eine Weile steht das Spiel auf der Kippe, während ich mich bemühe, meine linke Seite zu verstärken. Doch selbst dabei bin ich misstrauisch, weil ich fürchte, etwas zu übersehen. Ich will nicht übertreiben und plötzlich feststellen müssen, dass Lord Khurd irgendwo anders durchbricht. Es erfordert einige schnelle Kalkulationen meinerseits, um meine Verteidigung neu zu organisieren. Dabei verliere ich meinen Harfinisten, als er von einem wild gewordenen Elefanten zu Tode getrampelt wird.

Doch schließlich gelingt es mir, die Frontlinie zu halten, und ich fange sogar an, den Lord zurückzudrängen. Ohne seinen Helden, mit einem beinah erschöpften Zauberer und seinen Trollen, denen meine schwer gepanzerten Berittenen den Weg verbauen, hat er keine Wahl, als sich zurückzuziehen. Und je mehr sich das Spiel in seine Hälfte verlagert, desto schwerere Verluste kann ich seiner Armee zufügen. Es gelingt mir sogar, seinen Zauberer zu isolieren und zu töten. Jetzt habe ich ihn. Aus dieser Position kann sich niemand befreien, jedenfalls nicht gegen mich.

Makri muss sich ausgerechnet diesen Moment aussuchen, um in die Kabine zu platzen. Sie wird von einer verängstigt aussehenden Isuas und zwei wütenden Elfendienern verfolgt. Sie kommt geradewegs auf uns zu und baut sich direkt neben Lord Khurds Stuhl auf.

»Was hat mir Eure Tochter da erzählt? Ihr habt Befehl gegeben, dass ich das Schiff nicht verlassen darf?«, fordert sie eine Erklärung.

Ein kurzer Blick auf Makris Hüften beruhigt mich. Wenigstens hat sie kein Schwert dabei. Was nicht heißen muss, dass sie unbewaffnet ist. Makri ist immer gut für einen Dolch oder einen Wurfstern, die sie an irgendwelchen unmöglichen Stellen versteckt. Ich habe noch nie jemanden erlebt, der so scharf darauf ist, Dolche in seinen Stiefeln zu verstecken.

»Allerdings habe ich diesen Befehl gegeben«, erwidert Lord Khurd hoheitsvoll. Er lässt sich nicht im Geringsten anmerken, ob ihn Makris wütende Haltung besorgt. Als seine Diener vorstürmen, hält er die Hand hoch, um ihnen zu zeigen, dass er alles unter Kontrolle hat.

Rasch stehe ich auf. »Mach dir keine Sorgen, Makri. Ich habe alles arrangiert.« Ich deute auf das Machplat-Spiel und werfe Khurd einen Blick zu. »Ich nehme an, dass Ihr diese Partie nicht zu Ende spielen wollt?«

Erneut muss ich zugeben, dass der Lord wirklich souverän ist. Ausgezeichnete Haltung. Es kann ihn nicht gerade glücklich machen, dass er gegen mich im Machplat verloren hat, und er hat unverhohlen deutlich gemacht, dass er Makri nicht auf Avula dulden will. Aber würde man nach seinem Gesichtsausdruck urteilen, hätte er gerade einen weiteren wunderschönen Tag im Baumpalast erlebt.

»Das gebe ich zu. Ausgezeichnet gespielt, Detektiv. Wie ich sehe, bedarf meine Variante noch weiterer Arbeit.« Er sieht Makri an. »Ihr dürft auf Avula an Land gehen. Tut nichts, was meine Elfen stören könnte. Und haltet Euch von meiner Tochter fern.«

»Was soll das heißen?«, will Makri wissen. Ich sage ihr, dass ich es ihr später erkläre, und schiebe sie hastig zur Tür hinaus, bevor sie Schlimmeres anrichten kann.

An Deck laufen wir Zitzerius über den Weg.

»Habt Ihr etwa …?«

»Ja«, unterbreche ich ihn. »Wir haben Lord Khurd so richtig einen zwischen die spitzen Ohren gegeben. Es handelt sich um einen schwer wiegenden diplomatischen Zwischenfall. Geht lieber hin und bügelt ihn aus. Wir sehen uns auf Avula.«

7. Kapitel

Am Nachmittag des nächsten Tages reiten wir ins Landesinnere der Insel. Avula ist wunderbar üppig und dicht bewaldet. Große Bäume überziehen die Hügel, die zur Mitte hin ansteigen. Die Höhe der Bäume überrascht selbst mich. Ich habe ganz vergessen, wie gewaltig sie sind. Selbst die großen Eichen in den Königlichen Gärten in Turai wirken neben ihnen wie bloße Setzlinge. Ohne jetzt mystisch werden zu wollen, muss ich gestehen, dass die Bäume auf der Elfeninsel irgendwie lebendiger wirken als gewöhnliche andere Bäume.

Die Landung auf der Insel verlief unter weit weniger Zeremoniell, als ich vermutet hätte. Eine Delegation wichtiger Elfen, unter ihnen Lady Yestar, Lord Khurds Gemahlin, stand am Kai und begrüßte ihre Gäste. Aber es gab keine langatmigen Formalitäten, wie sie in Turai sicher an der Tagesordnung gewesen wären. Man stellte sich kurz vor, und dann ging es ab auf die Insel. Nicht einmal Makri sorgte für besonderes Aufsehen. Vermutlich hatte Lord Khurd ihr Auftauchen bereits avisiert, und seine Untertanen machten kein Aufhebens davon, auch wenn sie sichtlich wenig begeistert von ihrem Anblick waren. Makri begrüßte Lady Yestar in ihrem makellosen Hochelfisch so höflich wie eine Hofdame, falls die Elfen überhaupt so etwas wie einen Hof haben, was ich nicht genau weiß. Allerdings erinnere ich mich daran, dass Lord Khurd in so etwas wie einem Palast in den Bäumen residiert.

Ich reite neben Makri am Ende der Kolonne, weit hinter Lord Khurd und Prinz Dös-Lackal. Makri schaut sich interessiert um, aber ich bin zu sehr in Nachdenken vertieft, als dass ich die Schönheit der Insel in mich aufnehmen könnte.

Etwas nagt an mir, am äußersten Rand meines Spürsinns, und sagt mir, dass hier irgendetwas nicht stimmt. Es ist etwas Unfassbares, für das ich einfach keine Worte finde. Aber was es auch ist, es hindert mich daran, diese riesigen Schmetterlinge anzugaffen.

Avula ist eine der größten Elfeninseln. Im letzten Orgk-Krieg hat es viele Truppen und Schiffe zur Verteidigung des freien Westens entsandt, aber auch während wir ins Landesinnere vorrücken, wird nicht ersichtlicher, wo diese vielen Elfen eigentlich leben. Auf dem Boden gibt es jedenfalls keine bedeutsameren Siedlungen. Hier und da stoßen wir auf kleinere Wohnstätten auf Waldlichtungen, aber hauptsächlich errichten die Elfen ihre Häuser hoch oben in den Bäumen. Sie sind sehr geschickte Baumeister, und ihre Bauwerke sehen aus wie natürlich gewachsen, nicht künstlich. Selbst größere Ansammlungen dieser Baumhäuser, die hoch über unseren Köpfen mit Hängebrücken verbunden sind, fügen sich so nahtlos in ihre Umgebung ein, dass man leicht den Eindruck gewinnen kann, dass dieses Land keine Bewohner hätte. Nur der reguläre, sehr gut gepflegte Pfad, über den wir uns bewegen, verrät, dass hier viele Elfen leben müssen.

Irgendwo muss es auch so etwas wie eine Industrie geben, Werkstätten, in denen die Elfen ihre Schwerter und Harnische und andere Dinge anfertigen, aber wir bekommen nichts davon zu Gesicht. Wir sehen nur Bäume, Baumhäuser und gelegentlich einen Elf, der interessiert auf unsere Karawane hinuntersieht.

Wir reiten auf Pferden, die uns die Elfen gestellt haben. Vases sagt mir, dass auf der gegenüberliegenden Seite der Insel das Land offener ist und sie dort ihre Tiere weiden. Wir überqueren mehrere kleine Bäche, deren Wasser glasklar ist und in der Sonne glitzert.

Lord Khurds Baumpalast liegt mitten auf Avula am höchsten Punkt der Insel. Der Hesuni-Baum steht direkt daneben. Die wichtigeren Gäste werden in der Nähe untergebracht. Ich frage mich, wie Zitzerius damit klarkommen wird, auf einem Baum wohnen zu müssen, und mir fällt ebenfalls auf, dass die gedrückte Stimmung der Elfen sich hebt, als sie sich in ihrer vertrauten Umgebung wiederfinden. Trotzdem verlässt mich das Gefühl nicht, dass etwas nicht stimmt.

Zitzerius reitet neben mir. Er sitzt kerzengerade im Sattel wie ein Soldat, der in der Armee gekämpft hat. Es ist Zitzerius zwar nie gelungen, sich im Krieg ruhmvoll auszuzeichnen, aber er hat zumindest seine Pflicht in den Orgk-Kriegen geleistet. Im Gegensatz zu den meisten der heutigen Bonzen Turais, die sich vom Militärdienst freigekauft haben.

»Liegt das nur an mir«, flüstere ich ihm zu, »oder fühlt Ihr auch, dass hier etwas nicht stimmt?«

»Was? Was wollt Ihr damit sagen?«

»Ich weiß es nicht genau. Ich habe einfach nur das Gefühl, dass hier etwas faul ist. Sollten die Elfen in den Bäumen uns nicht zuwinken oder so etwas?«

»Sie winken doch.«

»Vielleicht ein bisschen. Ich meine nur, sie sollten sich etwas mehr darüber freuen, ihren Lord wieder bei sich zu haben. Vielleicht sollten sie singen. Singen Elfen nicht andauernd? Dieser ganze Ort wirkt irgendwie düster.«

»Das empfinde ich nicht so«, antwortet Zitzerius.

Ich traue lieber meiner Intuition. Sie hat mich schließlich so lange am Leben erhalten.

Wir reiten über eine Lichtung, und vor uns bietet sich ein ungewöhnliches Spektakel dar. Etwa dreißig Elfen in weißen Umhängen bewegen sich synchron nach den Anweisungen eines weiteren Elfen. Er scheint sie aufgeregt anzuschreien.

»Das ist der Chor für unser Theaterstück«, erklärt unser elfischer Gefährte.

Das wütende Geschrei wird lauter.

»Die Leiter der Spiele geben ihren Gefühlen oft unverhohlen Ausdruck.«

Auf einer anderen Lichtung hören wir Chorgesänge. Auch diese Gruppe übt für die Aufführung, und etwas weiter weg sehen wir Jongleure. Die ganze Atmosphäre wird irgendwie festlicher. Erneut hoffe ich, dass ich den Fall schnell lösen kann und dann Zeit habe, alles zu genießen. Sosath, der Koch, und ich freuen uns bereits auf die Jongleurdarbietung. Was auch immer passiert, lange muss ich wohl nicht ermitteln. Elith soll direkt nach dem dreitägigen Fest vor Gericht gestellt werden, und das beginnt in sieben Tagen.

Vases-al-Gipt reitet ein Stück vor uns. Vor einigen Stunden hat er uns eine Nachricht zukommen lassen, dass wir uns dem Domizil seines Bruders nähern. Der Bote, der diese Nachricht überbracht hat, soll Makri und mich dorthin führen, während die anderen weiterreiten. Die turanianische Abordnung wird in den ungeschmälerten Genuss von Lord Khurds Gastfreundschaft kommen. Wir nicht.

»Würde es Sinn machen, Euch zu bitten, keinen Anlass für ein Ärgernis zu geben?«, erkundigt sich Zitzerius, als sich unsere Wege trennen.

»Ihr werdet kaum merken, dass wir hier sind«, sage ich.

»Was Ihr auch tut«, ermahnt Zitzerius mich streng, »mischt Euch in nichts ein, was verpönt ist.«

»Kopf hoch, Zitzerius.« Makri lenkt ihr Pferd neben uns. »Ich bin Expertin, was Elfentabus angeht. Ich bin schließlich selbst eins. Ich werde Thraxas schon von allen Fettnäpfchen fernhalten.«

Makri ist eine gute Reiterin. Das war sie schon, als sie nach Turai gekommen ist. Makri ist in fast allen Dingen gut. Es ist richtig enervierend. Und seit sie das Schiff verlassen hat, ist auch ihre Laune sichtlich besser geworden.

»Ich bin so wohlgemut wie ein Elf im Baum«, meint sie und lacht. Doch dann wird sie nachdenklich. »Allerdings ist mir aufgefallen, dass die Elfen in den Bäumen keineswegs besonders wohlgemut aussehen. Aber sie sind ausgezeichnete Chorsänger.«

Unser Führer leitet uns über einen schmalen Pfad. Für einen Elf ist er auffällig säuerlich. Meine Bemühungen, Konversation zu machen, verpuffen ins Leere. Ich erfahre nur, dass er Coris-al-Nihmt heißt und ein Cousin meines Freundes Vases ist, mehr nicht.

Aber wir müssen uns zum Glück nicht lange ertragen. Coris führt uns rasch zu einer weiteren kleinen Lichtung, wo drei andere Elfen uns erwarten. Zwei sind schon älter. Coris begrüßt sie knapp, verbeugt sich vor uns und reitet davon.

»Seid gegrüßt, Freunde von Vases-al-Gipt. Willkommen in unserem Heim.«

Es sind, wie sich herausstellt, Vases' Bruder, seine Mutter und seine Schwester.

»Ihr müsst nach der langen Reise müde sein. Wir haben Speisen vorbereitet, und Eure Räume sind bereits für Euch gerichtet. Bitte folgt uns.«

Sie gehen zu einem Baum. Eine Leiter ist flach an dem Stamm angebracht, und sie führt weit hinauf in den Wipfel. Ich bedenke sie mit einem zweifelnden Blick und sehe dann Makri an.

»Wie gefällt dir diese Höhe?«

»Ich bin nicht gerade besonders scharf darauf.«

»Ich auch nicht.«

Wir beißen die Zähne zusammen und klettern hinauf. Wir klettern lange, und ich bemühe mich, nicht hinunterzusehen. Es fällt mir schon schwer, die Treppe zu meinem Büro hinaufzusteigen, und bin von dieser Heimstatt alles andere als begeistert. Erleichtert betrete ich das Ende der Leiter und stehe auf einer Plattform. Das Elfenhaus erstreckt sich über die höchsten Äste des Baumes und reicht bis in den nächsten hinüber. Wir befinden uns am äußersten Rand der großen Elfensiedlung. Von hier aus bis zur Inselmitte erstrecken sich fast über den ganzen Wald die Häuser der Inselbewohner. Die Besiedelungsdichte nimmt zum Zentrum hin immer mehr zu. Von hier aus kann man vermutlich bis in die Mitte der Siedlung gelangen, ohne auch nur einmal den Fuß auf den Boden zu setzen.

Als wir das Haus betreten, begrüßt uns eine gemütliche und heimelige Atmosphäre. Die Räume sind zwar einfach konstruiert, aber hell und mit Gobelins und Teppichen in warmen Farben geschmückt. Man lädt uns ein, uns aus den Wasserkrügen zu bedienen, uns zu waschen und uns dann zum Essen frisch zu machen.

»Ein sehr nettes Plätzchen«, meint Makri, als wir allein sind.

Das finde ich auch. »Schade, dass es nicht am Boden steht. Es wird mir schwer fallen, jeden Tag die Leiter hoch und runter zu kraxeln.«

Es ist mittlerweile später Nachmittag. Nach dem Essen habe ich vor, sofort mit den Ermittlungen zu beginnen.

»Ich muss Elith aufsuchen. Es wird Zeit, die Verdächtige zu befragen und die Dinge ins Rollen zu bringen. Wenn ich sie schnell von dem Verdacht befreien kann, gelingt es mir vielleicht, noch ein bisschen auszuspannen, bevor wir nach Turai zurücksegeln. Ich brauche eine kleine Pause. In letzter Zeit habe ich viel zu viel gearbeitet.«

Vases hat dafür gesorgt, dass mich sein Bruder dorthin bringt, wo Elith eingesperrt ist. Ich will so schnell wie möglich aufbrechen. Cermith ist sehr erfreut, dass ich so schnell wie möglich anfangen will. Er ist etwas jünger als Vases und etwas weniger vornehm.

»Keiner in unserer Familie glaubt ernsthaft, dass Elith dieses schreckliche Verbrechen begangen haben kann.«

Makri will sich ein bisschen umsehen, und ich folge Cermith auf dem langen Weg über die Hängebrücken und Holzstege in den Bäumen zum Zentrum von Avula, wo Elith eingekerkert ist. Er sagt mir, dass sie in einem selten benutzten Gefängnis an der Rückseite von Lord Khurds Baumpalast sitzt.

»Habt Ihr schon überlegt, sie aus dem Gefängnis zu befreien?«

Diese Frage schockiert Cermith. »Nein. Wir gehen davon aus, dass ihre Unschuld bewiesen wird.«

»Das solltet Ihr lieber nicht. Immerhin könnte sie auch schuldig sein. Ich habe vor, einige vor die Köpfe zu stoßen, um die Wahrheit herauszufinden. Aber es kann nie schaden, einen Plan in Reserve zu haben.«

Die hölzernen Brücken führen an anderen Häusern vorbei. Die Elfen starren mir nach, als ich vorübergehe. Ich kann mir denken, dass sie vermutlich schon lange niemanden mehr mit einer solch imposanten Figur gesehen haben. Die Elfen sind eine ziemlich dünne Rasse. Selbst im hohen Alter neigen sie nicht zu gemütlicher Leibesfülle. Ich erkundige mich bei Cermith, ob es vielleicht irgendwelche Tavernen auf Avula gibt. Er sagt mir, dass sie nichts haben, was mit einer Taverne vergleichbar wäre, aber sie brauen durchaus Bier und sammeln sich in kleinen Hainen, um dem Laster zu frönen. Das klingt nicht schlecht. Ich gestehe ihm, dass mir das Bier ausgegangen ist, und bitte ihn, mir so schnell wie möglich welches zu besorgen.

Schließlich kommen wir an eine große Lichtung. Es ist die größte freie Fläche, die ich bisher auf der Insel gesehen habe.

»Das Wettkampffeld«, erklärt mein Führer. »Es wird oft benutzt. Lord Khurd hat es gern, wenn seine Elfen gut vorbereitet sind. Hier werden die Spiele abgehalten. Es gibt auch einen Turnierwettkampf für die jüngeren Elfen. Bleibt Ihr während des ganzen Festes?«

»Ich weiß es nicht. Das hängt davon ab, wie die Ermittlungen laufen.«

»Das ist eine merkwürdige Art, seinen Lebensunterhalt zu verdienen«, bemerkt Cermith.

»In Turai nicht. Dort, wo ich lebe, stolpert man auf Schritt und Tritt über etwas, das untersucht werden muss.«

»Zahlt man Euch gut für Eure Dienste?«

»Nein«, antworte ich wahrheitsgemäß. »Aber ich entschädige mich dafür beim Wagenrennen.«

Cermith lacht. Ich mag ihn. Er ist genauso liebenswürdig wie sein Bruder. Er hat von meinem Triumph über Lord Khurd beim Machplat-Spiel gehört und ist so freundlich, mir zu verraten, dass die Avulaner sich nicht mehr daran erinnern können, wann ihr Herrscher das letzte Mal bei diesem Spiel besiegt wurde. Das schmeichelt mir natürlich ungeheuerlich.

Es ist angenehm mild am Abend. Zudem ist es gar nicht so schlimm, durch die Baumwipfel zu gehen, wenn man sich erst einmal daran gewöhnt hat, und außerdem brauchen wir weniger Zeit für den Weg, als ich erwartet habe. Cermith bleibt schließlich stehen und deutet auf ein großes Holzgebäude kurz vor uns.

»Der Baumpalast«, erklärt er.

Daneben steht ein Baum, der so groß und beeindruckend ist, dass es sich um den Hesuni-Baum handeln muss. Er sieht eigentlich noch ganz gesund aus und hat jede Menge goldfarbenes Blattwerk. Daneben befinden sich zwei Weiher, ein großer und ein kleiner. Wir gelangen über eine schmale Hängebrücke zum Palast, aber als wir ihn fast erreicht haben, gibt es plötzlich Geschrei. Mehrere Elfen tauchen am Portal auf. Sie reden aufgeregt miteinander. Als sie uns sehen, laufen sie auf uns zu und stürmen vorwurfsvoll auf Cermith ein. Er wirkt verwirrt und will es mir erklären, aber das ist nicht nötig. Elith-la-Gipt ist aus dem Gefängnis verschwunden, so viel habe ich verstanden.

»Ist sie geflohen?«

Die Elfenwachen nicken. Sie erkennen Cermith und finden es sehr verdächtig, dass der Onkel der Flüchtigen gerade in diesem Moment vorbeikommt, doch bevor sie die Sache weiter vertiefen können, kommt vom Hesuni-Baum lautes Wehklagen. Cermith und die anderen Elfen sind erschrocken und spähen über die Brücke in die Tiefe, um herauszufinden, was passiert ist. Cermith läuft zum Palast, weil er ahnt, dass seine Nichte in Schwierigkeiten stecken könnte. Ich folge ihm, so gut ich kann, aber ich kann kaum Schritt halten. Überall schreien Elfen, es werden Fackeln angezündet, und der allgemeine Aufruhr wird immer heftiger. Direkt vor dem Baumpalast sieht Cermith einen Elf, den er kennt, auf einer Hängebrücke unter uns und beugt sich hinunter. Er ruft ihm etwas zu und versucht in Erfahrung zu bringen, was los ist.

»Es ist Gulag-al-Floros«, schreit der Elf zurück. »Er ist tot. Er ist neben dem Hesuni-Baum ermordet worden. Elith-la-Gipt hat ihn umgebracht.«

Cermith fällt beinah von der Hängebrücke, so schockiert ist er von der Nachricht. Eine Weile findet er keine Worte und ringt nach Luft, während das allgemeine Geschrei immer mehr anschwillt. Der Hohe-Baumpriester der Elfen ist ermordet worden, und man muss mir nicht erst erklären, dass dies die größte Sensation ist, die Avula jemals erlebt hat.

»Elith!«, keucht Cermith. »Wie konnte sie das tun?«

»Wir wissen nicht, ob sie es überhaupt getan hat«, kläre ich ihn barsch auf. »Und jetzt bringt mich zum Tatort, und zwar rasch. Wenn ich die Sache aufklären soll, dann muss ich einiges in Erfahrung bringen, und zwar schnellstens.«

Ich schubse ihn, nicht gerade sanft, und es genügt, um ihn aus seiner Lethargie zu reißen. Wir laufen am Palast entlang und klettern über eine Leiter zum Hesuni-Baum hinunter. Dort haben sich schon viele Elfen versammelt, und es herrscht unbeschreiblicher Lärm und Verwirrung.

Ich klopfe mit der Hand auf mein Schwert, das sicher an meiner Hüfte hängt, und hole einen kleinen Flakon mit Kleeh heraus, den ich mir für Notfälle aufbewahrt habe. Während der scharfe Schnaps meine Kehle hinunterläuft, fällt mir auf, dass ich mich zum ersten Mal seit Monaten wieder so richtig wohl fühle. Thraxas, der Detektiv. Ich werde diesen Elfen mal zeigen, wie man eine Untersuchung führt.

8. Kapitel

Als wir endlich den Boden erreichen, stehen etwa fünfzig Elfen in einem Kreis zwischen dem großen Weiher und dem gewaltigen Hesuni-Baum und machen so viel Lärm, dass sie den Alten König Lazarius aufwecken könnten. Cermith hält sich etwas zurück, aber ich dränge mich vor. Im Mittelpunkt des Kreises steht ganz verloren eine schlanke junge Elfe, vermutlich Elith-la-Gipt. Neben ihr liegt ein anderer Elf. Der nicht nur vermutlich tot ist. Er hat eine hässliche, blutige Wunde in der Brust.

Und Elith hält ein blutverschmiertes Messer in der Hand.

»Elith-la-Gipt hat den Baumpriester getötet«, wiederholen die Elfen wie in einem Kanon. Ihre Stimmen klingen entsetzt und ungläubig.

Die Lage meiner Klientin hat sich soeben drastisch verschlechtert.

Die herumstehenden Elfen scheinen nicht zu wissen, was sie tun sollen. Niemand versucht, die Schuldige wegzuzerren, den Toten zu untersuchen oder überhaupt etwas zu unternehmen. Ich trete einen Schritt vor.

»Thraxas, Detektiv«, werfe ich in die Runde. »Gast von Lord Khurd.«

Ich untersuche den Leichnam. Das Licht wird schwächer, und ich bin mit niedergemetzelten Elfen nicht so vertraut wie mit abgeschlachteten Menschen. Aber ich würde sagen, der hier ist erst einige Minuten tot.

»Hast du das getan?«, frage ich Elith.

Sie schüttelt den Kopf. Dann wird sie ohnmächtig. Ich fluche. Eigentlich hätte ich gern noch ein bisschen mehr erfahren. Drei große Elfen mit den Insignien von Lord Khurd tauchen auf und übernehmen die Kontrolle. Als die Menge ihnen die Tatsachen berichtet, verschwindet einer von ihnen sofort. Vermutlich informiert er seinen Lord von den Ereignissen. Die beiden anderen heben Elith auf. Ihr langes goldenes Haar schleift über das Gras, während sie sie wegschaffen.

»Wohin bringt Ihr sie?«, will ich wissen.

Sie würdigen mich keiner Antwort. Ich folge ihnen. Die Menge trottet hinter uns her, und ich verliere Cermith aus den Augen. Ich bemerke, dass einer der Elfen besonders lautstark trauert. Er benimmt sich wie der arme Bruder. Bevor wir die großen Holzleitern erreichen, die zum Baumpalast von Lord Khurd hinaufführen, tauchen noch mehr seiner Bediensteten auf. Zwar zeigt ihr Verhalten keine Spur Feindseligkeit, wie es sicherlich die Palastwache in Turai bei einem ähnlichen Anlass an den Tag gelegt hätte, aber sie machen dennoch unmissverständlich deutlich, dass ihr Lord diese Angelegenheit jetzt in die Hand genommen hat und die Menge nicht weitergehen kann.

»Thraxas von Turai«, verkünde ich gebieterisch, als sie sich mir in den Weg stellen wollen. »Assistent des Vizekonsuls Zitzerius.«

Ich versuche, wichtig auszusehen, und ich komme damit durch. Meine Leibesfülle verleiht mir eine gewisse Stattlichkeit. Elith wird die Leiter hochgetragen, und ich folge ihr auf dem Fuß.

Wir klettern lange, an Plattformen vorbei, die mit Schnitzereien von Adlern verziert sind, die wiederum von Efeu umwunden und mit Bändern aus vergoldeten Blättern geschmückt sind. Der Baum, der den Palast trägt, scheint sich endlos in den Himmel zu recken, und mir tun alle Glieder weh, als wir endlich den Wipfel erreichen. Auf der letzten Plattform erwartet uns bereits Khurd.

Seine Bediensteten legen Elith vor ihm ab. Sie rührt sich. Lord Khurd starrt auf sie hinunter.

»Du hast Gulag-al-Floros umgebracht, den Hohen-Priester des Hesuni-Baums!«

Elith blinzelt, antwortet jedoch nicht. Sie scheint benommen zu sein, vielleicht von dem Schock. Aber es könnte auch etwas anderes sein. Ihre Pupillen kommen mir merkwürdig geweitet vor, aber ich kann das bei den Elfen schlecht erkennen. Die ganze Rasse hat so verdammt große Augen.

»Das wird jedenfalls behauptet«, antworte ich und trete neben sie. »Aber bisher hat niemand einen Beweis gegen sie vorgebracht.«

Der Elflord ist eindeutig nicht erfreut über meine Gegenwart. »Verlasst meinen Palast!«

»Ich lasse niemals einen Klienten im Stich. Und sollte nicht jemand einen Heiler holen? Sie sieht aus, als könnte sie seine Dienste brauchen.«

»Und wie hat sie meinem Bruder gedient?«, brüllt ein Elf hinter uns. Er will sich auf Elith stürzen, aber seine Gefährten halten ihn zurück.

Mir gefällt das gar nicht. Meine Klientin wird von einer Horde feindseliger Elfen umringt, und der Herr der Insel scheint nicht geneigt, den Argumenten zu ihren Gunsten Gehör zu schenken. Und nur weil die Elfen in dem Ruf stehen, gerecht und tolerant zu sein, schließt das noch lange nicht aus, dass Lord Khurd es für das Beste hält, die Mörderin von der höchsten Plattform hinunterzuwerfen und Schluss aus. Ich bin erleichtert, als Vases endlich eintrifft. Er tut zwar nicht viel mehr, als dazustehen und beunruhigt zu wirken, aber ich denke, dass seine Tochter nicht Gefahr läuft, vor seinen Augen gelyncht zu werden.

Lord Khurd ordnet an, dass Elith an einen sicheren Ort gebracht und scharf bewacht wird. Er gestattet Vases, mitzugehen und sich um sie zu kümmern. Dann befiehlt er den Wachen, ihm die Augenzeugen zu bringen, damit er die ganze Geschichte aus deren Munde hört. Und als Letztes knurrt er, ich solle ihm aus den Augen gehen.

Ich gehorche ohne Widerrede. Ich muss selbst mit den Zeugen sprechen. Ich will mich gerade mit einem Schluck Kleeh für den langen Abstieg über die Leiter wappnen, als mir das Bild des jungen Elfen durch den Kopf schießt, der aus der Takelage gefallen ist. Schnell stecke ich den Flakon wieder weg und klettere lieber nüchtern hinunter.

Vor dem Hesuni-Baum ist immer noch eine Menge versammelt. Einige tragen die weißen Roben der Schauspieler.

»Noch mehr Böses ist uns widerfahren«, meint eine Elfe stöhnend zu ihren Freundinnen, die mit einem kollektiven Seufzer antworten.

Ich verstehe, warum sie sich aufregen. Wenn der wichtigste religiöse Führer deines Landes schon ermordet werden muss, dann doch bitte schön nicht ausgerechnet in dem Moment, in dem du die ganze Bude voller ausländischer Staatsgäste hast, die du beeindrucken willst. Kein Wunder, dass Lord Khurd sauer ist. Allerdings ist das ein Problem der Elfen. Meines dagegen ist es, Informationen zu sammeln und Elith von dem Verdacht reinzuwaschen. Es sei denn, sie ist wirklich unwiderruflich schuldig. In dem Fall habe ich einen Plan B für den Ausbruch aus dem Gefängnis in der Hinterhand. Für die Entweihung des Hesuni-Baumes erwartet Elith nur die Verbannung. Für den Mord an dem Hohe-Baumpriester erwartet sie die Todesstrafe. Und ich werde nicht zulassen, dass Elith wegen Mordes verurteilt wird. Erstens schulde ich das ihrem Vater, und zweitens geht mir Lord Khurd wirklich auf die Nerven.

Ich stelle mich einer Gruppe von Elfen vor und frage sie, ob einer von ihnen tatsächlich gesehen hat, wie Elith Gulag-al-Floros das Messer in die Brust gerammt hat. Sie wissen es nicht. Das alles muss passiert sein, bevor sie dazukamen. Die nächste Gruppe antwortet ganz ähnlich. Ein Elf, niemand weiß genau wer, hat Gulag tot aufgefunden. Elith lag mit dem Messer in der Hand neben ihm.

Ich werde allerdings bei meinen Ermittlungen von den Elfen gehindert, da Khurd ausgeschickt hat, um Zeugen einzusammeln. Mehr als einmal will ich gerade jemanden befragen, als er oder sie zum Baumpalast gescheucht wird. Aber wenigstens schicken mich die Diener nicht weg oder drohen mir, mich einzusperren. Als es schließlich dunkel wird, habe ich so viel in Erfahrung gebracht, wie mir möglich war, und beschließe, erst mal mit Vases-al-Gipt zu sprechen. Ich bin gerade unterwegs zum Baumpalast, als ich mit einem Elf zusammenstoße. Er hebt den Kopf, und ich erkenne das Gesicht unter der Kapuze. Es ist Gorith-al-Dent, und er scheint nicht erfreuter über meinen Anblick zu sein als auf der Schiffsreise.

»Mischst du dich schon wieder ein?«, raunzt er mich an.

Ich würdige ihn keiner Antwort, aber mir fällt sein hasserfüllter Blick auf, bevor ich weitergehe. Dieser Elf verbringt jedenfalls nicht viel Zeit damit, sich auf Äste zu schwingen und die Sterne zu besingen. Irgendetwas an ihm stört mich, und ich nehme mir vor, ihm später auf seine spitzen Elfzähne zu fühlen.

An den Leitern zum Baumpalast habe ich das Glück, direkt hinter Prinz Dös-Lackal und seinem Hofstaat anzukommen. Die Wachen lassen ihn durchgehen, und ich beeile mich, damit ich mich als Mitglied seines Hofstaates ausgeben kann. Als ich zum zweiten Mal an diesem Tag die lange Leiter hochsteige, beschleicht mich der Verdacht, dass es vielleicht doch keine so gute Idee ist, in den Baumwipfeln zu leben. Meine Gelenke machen das nicht mehr allzu lange mit. Leider sieht mich Prinz Dös-Lackal.

»Seid Ihr ebenfalls in den Palast eingeladen?«, erkundigt er sich.

»Aber ja, Hoheit«, lüge ich dreist und schlendere an ihm vorbei. Der Pförtner mag es kaum glauben. Ein Elf mit hängenden Schultern und gesenktem Blick kommt auf uns zu. Ich gehe an ihm vorbei und rufe laut Vases-al-Gipts Namen.

Dann schnappe ich mir Vases' Arm und ziehe den erschreckten Elf in den Vorhof.

»Wo ist sie?«

»Thraxas, das alles ist so schrecklich. Ich kann nicht ...«

»Ja, ja, ja«, unterbreche ich ihn ungeduldig. »Dafür haben wir jetzt keine Zeit. Bring mich einfach zu ihr. Wenn ich jetzt nicht mit ihr spreche, bekomme ich vielleicht nie wieder die Chance.«

Vases nickt. Damals im Krieg gehörte er nicht zu den Elfen, die lange herumgeredet haben, wenn Taten gefordert waren. Er führt mich über den Hof und eine weitere Leiter zu einer noch höher gelegenen Plattform hinauf. Von dort reicht eine Hängebrücke fast über die ganze Länge des Palastes. Lord Khurds Diener sind überall, aber niemand versucht, den Heiler aufzuhalten.

»Sie wird in einem Gebäude im hinteren Teil des Palastes festgehalten. Ich kann uns zwar dorthin bringen, aber ich glaube nicht, dass man uns zu ihr lässt.«

»Ich finde schon einen Weg.«

Wir befinden uns jetzt hoch über dem Palast und weiter vom Erdboden weg, als mir lieb ist. Ich sehe auf den grünen Baldachin der Baumwipfel unter uns hinab und stelle mir vor, welche Folgen ein einziger Fehltritt haben könnte. Wir erreichen das Ende der Hängebrücke und steigen in einen anderen Hof hinunter. Der ist dunkler und weniger prächtig als der an der Vorderseite des Gebäudes. Vases deutet auf eine Tür, vor der drei Elfen stehen. Sie sind bewaffnet. Es sind die ersten Elfen, die ich in Avula sehe, die ihre Schwerter offen tragen.

»Es sind Wachelfen«, flüstert Vases. »Ich wollte sie nicht verlassen, aber Lord Khurd hat angeordnet, dass ich gehen sollte, bevor er kommt, um sie zu befragen.«

»Wo ist er jetzt?«

»Er hört sich die Berichte der Zeugen an, die die ganze Sache miterlebt haben. Vermutlich wird er bald hier sein. Der Tod unseres Hohen-Baumpriesters ist eine Katastrophe, Thraxas. Ich will nicht weiterleben, wenn meine Tochter des Mordes überführt werden sollte.«

»Triff bloß keine überstürzten Entscheidungen«, rate ich ihm. »Ich gehe jetzt hinein.«

Die Wachen halten mich auf. Also spreche ich den einzigen Zauber, den ich in meinem Gedächtnis habe. Das ist ein Schlafzauber. Er funktioniert gut, wie immer. Die drei Wachen sinken sanft zu Boden. Vases bleibt die Luft weg.

»Du hast die Wachen von Lord Khurd mit einem Zauber ausgeschaltet?«

»Was hast du denn gedacht? Irgendwelche raffinierten Lügengeschichten? Ich muss Elith sehen und zwar jetzt.«

»Aber wenn Khurd ...«

Ich habe keine Zeit, mir sein Gejammer anzuhören, und betrete die Zelle. Elith sitzt auf einem Holzstuhl und starrt aus dem vergitterten Fenster.

Ich begrüße sie und stelle mich als Freund und Kriegskamerad ihres Vaters vor.

»Warum seid Ihr hier?«

»Euer Vater hat mich engagiert, damit ich die Beschädigung des Hesuni-Baumes aufkläre. Er sagt, dass Ihr unschuldig seid, also glaube ich ihm. Und jetzt hab ich noch ein paar andere Kleinigkeiten am Hals, einen Mord zum Beispiel. Aber gut, damit werde ich auch fertig. Sagt mir alles und beeilt Euch. Was ist mit dem Baum passiert, und wieso könnt Ihr Euch an nichts erinnern? Wie seid Ihr aus dem Gefängnis entkommen, und warum hat man Euch mit einem Messer neben dem toten Priester gefunden?«

Elith ist schockiert. Die Behandlung durch ihren Vater hat ihr zwar sichtlich gut getan, aber sie ist immer noch extrem durcheinander, was nicht verwunderlich ist. Ich blicke ihr direkt ins Auge und befehle ihr, sich zu konzentrieren.

»Wir haben keine Zeit für Plaudereien, also kommt zum Punkt. Lord Khurd ist unterwegs hierher und drei seiner Wachsoldaten schlafen, dank meines Schlafzaubers. Das wird ihn nicht sonderlich heiter stimmen. Also muss ich in der kurzen Zeit, die uns bleibt, alles erfahren. Seufzt nicht, weint nicht und schweift nicht ab. Erzählt mir einfach, wie es passiert ist.«

Diese Worte ringen Elith-la-Gipt ein schwaches Lächeln ab.

»Ich kann mich jetzt wieder daran erinnern, dass Vater von Euch gesprochen hat«, meint sie. »Ihr taucht in vielen seiner Kriegsgeschichten auf. Es ist gut, dass Ihr gekommen seid. Aber Ihr könnt wirklich nichts für mich tun.«

»Das überlasst mir. Erzählt mir von dem Baum. Habt Ihr ihn beschädigt?«

Sie schüttelt langsam den Kopf. »Ich glaube nicht. Aber es könnte sein. Ich kann mich einfach nicht daran erinnern. Sie haben gesagt, ich hätte es getan.«

»Wer hat das gesagt?«

»Gulag, der Baumpriester. Und sein Bruder Lasses.«

»Und warum könnt Ihr Euch nicht erinnern?«

Sie blickt mich ausdruckslos an und antwortet dann, sie könnte es eben nicht. Als Klientin geht sie mir schon jetzt auf die Nerven.

»Was wolltet Ihr bei dem Baum?«

»Ich bin nur spazieren gegangen. Wir wohnen in der Nähe.«

Ich hätte sie gern noch weiter dazu befragt, aber die Zeit ist knapp, und wir haben ja noch einen Mord auf der Liste.

»Wie seid Ihr heute aus Eurer Zelle gekommen?«

»Ich war nicht eingesperrt. Lord Khurd hat mich nur in einem Raum des Palastes unter Arrest gestellt, und ich habe ihm mein Wort gegeben, dass ich nicht versuchen würde, ihn zu verlassen.«

»Und warum habt Ihr Euer Versprechen gebrochen?«

Sie zuckt mit den Schultern.

Ich werde langsam ungeduldig. »Habt Ihr eigentlich nur diese hilflose Elfen-Girlie-Nummer drauf? Ist Euch nicht klar, in was für einer Jauche Ihr steckt?«

Elith sitzt einfach nur da: groß, schlank, blond und anscheinend mit einem nachhaltigen Anfall von Amnesie geschlagen. Ich frage sie, was passiert ist, nachdem sie den Palast verlassen hat.

»Ich bin in den Wald hinuntergestiegen und zu dem Hesuni-Baum gegangen.«

»Und warum?«

»Ich wollte mich mit Gulag-al-Floros treffen. Er war der Hauptankläger wegen der Beschädigung des Baums.«

Sie hält inne und Tränen laufen ihr über das blasse Gesicht.

»Was ist dann passiert?«

Sie antwortet nicht. Ich ändere meine Taktik. »Euer Cousin Eos-al-Gipt ist auf der Reise von Turai nach Avula gestorben. Kanntet Ihr ihn gut?«

Elith erschrickt. »Nein«, sagt sie schnell. »Ja«, gibt sie dann zu. »Ich kannte ihn. Warum?«

»Weil sein Tod mich wundert. Wisst Ihr einen Grund, aus dem er sich so ungeschickt verhalten haben könnte?«

Elith verstummt, und ich bin mir ziemlich sicher, dass sie

mir etwas verheimlicht. Ich frage sie erneut, was passiert ist, als sie den Palast heute Nachmittag verlassen hat.

»Sie hat Gulag erdolcht, das ist passiert!«, dröhnt eine Stimme hinter mir, während die Tür auffliegt. Lord Khurd marschiert herein, und vier Elfen mit gezogenen Schwertern flankieren ihn.

»Wie könnt Ihr es wagen, einen Detektiv bei einem privaten Gespräch mit seinem Klienten zu stören!«, schreie ich ihn an. »Habt Ihr denn keine Ahnung von Euren eigenen Gesetzen hier auf Avula?«

Khurd schreitet auf mich zu und schiebt sein Gesicht drohend vor meines. Dafür muss er sich allerdings mächtig bücken. Seine Männer umringen mich und zielen mit ihren Schwertspitzen auf meine kaum zu verfehlende Körpermitte.

»Habt Ihr meine Wachen schlafen gelegt?«, will er wissen.

»Wachen? Ich habe keine Wachen gesehen. Nur einen leeren Hinterhof mit einer gemütlichen Zelle an seinem anderen Ende. Würdet Ihr mir jetzt bitte ein wenig Zeit mit meiner Klientin gewähren? Ich muss darauf bestehen ...«

Die Diener wollen mich ergreifen. Ich will aber nicht ergriffen werden, also weiche ich ihnen aus und mache mich bereit, um mich zu verteidigen. Elith verhindert eine hässliche Messerstecherei, indem sie ihre Hand auf meinen Arm legt.

»Hört auf«, sagt sie sehr leise. »Ich weiß es zu schätzen, dass Ihr mir helfen wollt, Thraxas, aber Ihr könnt nichts für mich tun. Lord Khurd hat Recht. Ich habe Gulag-al-Floros getötet.«

»Streicht diese Aussage!«, rufe ich rasch. »Die Frau steht unter Stress und weiß nicht, was sie sagt.«

»Sie weiß sehr wohl, was sie sagt«, gibt Khurd zurück. »Sie hat unseren Hohen-Baumpriester ermordet. Drei Elfen können diesen Vorfall bezeugen. Und in diesem Augenblick beschwören sie ihre Aussage vor meinen Schreibern.«

Das ist zwar eine sehr unglückliche Wendung der Ereignisse, aber wie die Leute in ZwölfSeen immer zu sagen pflegen: Thraxas lässt niemals einen Klienten hängen.

»Zeugen machen auch manchmal Fehler«, sage ich.

Lord Khurd überrascht mich mit einem Lächeln. Er hat seine Fassung wiedergewonnen.

»Thraxas, ich könnte Euch fast mögen, wenn Ihr nicht so ein Clown wärt. Aber man muss auf jeden Fall Eure Hartnäckigkeit bewundern. Ihr dringt ohne Einladung in meinen Palast ein, schleicht Euch zu dieser Zelle und legt drei meiner Wächter mit einem Zauber schlafen. Dann befragt Ihr Elith-la-Gipt entgegen meiner ausdrücklichen Erlaubnis. Und obwohl sie das Verbrechen zugibt, und ungeachtet der Tatsache, dass drei Zeugen unabhängig voneinander beeiden, dass sie es begangen hat, steht Ihr hier und haltet mir einen Vortrag über das Klienten-Detektiv-Privileg. Ihr habt sicher niemals geglaubt, dass ich Eurer Sache wohlwollend gegenüberstehe, aber seid versichert, wenn mein hochgeschätzter Heiler Vases-al-Gipt nicht in so hohen Tönen von Eurem Mut gesungen hätte, den Ihr während der Orgk-Kriege unter Beweis gestellt habt, hätte ich Euch nicht einmal auf mein Schiff gelassen. Und er hatte Recht, jedenfalls teilweise. Er hat mir gesagt, dass Ihr niemals eine Sache aufgebt, wenn Ihr sie einmal angefangen habt. Das ist eine bewundernswerte Eigenschaft ... Im Krieg, aber nicht jetzt. Elith ist schuldig. An dieser Tatsache könnt Ihr nichts ändern. Und jetzt müsst Ihr es mir überlassen, die Gerechtigkeit walten zu lassen, wie es mein Recht und meine Pflicht ist.«

Ich hebe zum Protest an, aber er hebt die Hand und bringt mich zum Schweigen. Dann winkt er seinen Wachen. »Das reicht, Thraxas. Diese Elfen werden Euch aus dem Palast führen. Zweifellos werden wir uns beim Fest wiedersehen.«

Das ist für den Moment alles. Die vier bewaffneten Elfen

eskortieren mich aus der Zelle, über den Hof, die Hängebrücke hinauf und aus dem Palast.

Als ich wieder festen Boden unter den Füßen habe, gehe ich zum Hesuni-Baum. Ich habe noch keine Lust, nach Hause zu gehen. Die große Lichtung ist jetzt vollkommen verlassen. Das Mondlicht spiegelt sich im Wasser der beiden Weiher, und der Hesuni-Baum erhebt sich majestätisch am anderen Ende des Wassers. Ich will mir den Baum ansehen und marschiere hinüber.

Für mich sieht er aus wie ein ganz gewöhnlicher großer Baum. Ich nehme keine Spuren seiner geistigen Kräfte wahr, aber das ist auch nicht anders zu erwarten. Ich bin ein Mensch, kein Elf, und darüber hinaus auch nicht sonderlich spirituell veranlagt. Ich kann auch keine Spur von Zauberei entdecken. Genau genommen bringe ich hier gar nichts in Erfahrung. Und auch als ich das Gras untersuche, wo Gulag gelegen hat, kann ich nur feststellen, dass seitdem eine Menge Elfen darübermarschiert sind.

»Sucht Ihr etwas, das Elith entlasten soll?«

Es kann einen ganz schön verärgern, dass diese Elfen sich einem ohne das geringste Geräusch nähern können. Ich wirble herum und hebe meinen Leuchtstab. Sein Licht fällt auf einen Elfen, der am Baum lehnt.

»Lasses-al-Floros?«

Er quittiert das mit einer leichten Verbeugung. Was macht er denn hier so allein? Wo sein Bruder ermordet wurde, denke ich, sollte er doch eigentlich seine Familie trösten oder wehklagen oder so etwas in der Art.

»Ich muss mich an meine neue Position gewöhnen und dem Baum dienen«, sagt er, als könnte er Gedanken lesen.

»Warum hat Elith Euren Bruder getötet?«

»Sie ist verrückt. Das wussten wir von dem Moment an, als sie den Baum verletzt hat.«

»Ist das der einzige Grund?«

»Ich glaube schon. Und jetzt verlasst mich bitte. Ich muss mit dem Baum kommunizieren.«

»Sicher, klar, der Baum ist wahrscheinlich mächtig aufgewühlt durch all diese Ereignisse. Kennt Ihr übrigens Gorithal-Dent?«

Lasses sieht mich finster an. Meine Hartnäckigkeit verstimmt ihn. »Nein«, antwortet er schließlich. »Kenne ich nicht.«

Ich glaube, dass Lasses lügt. Ich will ihn weiter befragen, als er anfängt, leise zu singen. Er schließt die Augen und rollt den Kopf von der einen Seite zur anderen. Das Licht von Fackeln und Stimmen von der anderen Seite der Lichtung kündigen Elfen an, die vom Palast kommen. Ich mache mich aus dem Staub. Der Weg zurück zu Cermiths Haus kommt mir ziemlich lang vor. Müde klettere ich in mein Ersatz-Heim und finde Makri in meinem Zimmer. Sie hockt da und liest in einer Schriftrolle.

»Wie läuft's?«, erkundigt sie sich.

»Es wird schwieriger«, erwidere ich. »Elith-la-Gipt ist gerade angeklagt worden, den Hohen-Baumpriester erdolcht zu haben.« Ich ziehe mir die Stiefel aus. »Und ich habe immer noch kein Bier gefunden. Langsam beschleicht mich der Verdacht, dass die Elfen es mir aus reiner Bosheit vorenthalten.«

9. Kapitel

Vases-al-Gipts Bruder hat Makri und mich vom ersten Moment unserer Ankunft an sehr gastfreundlich behandelt, und wir sind ihm dafür auch äußerst dankbar. Wir können unsere Mahlzeiten mit Cermiths Familie einnehmen oder allein, ganz wie wir wünschen, und sie machen keinerlei Versuche, unser Kommen und Gehen zu reglementieren. Wenn es ihnen merkwürdig oder anstößig vorkommt, jemanden mit Orgk-Blut unter ihrem Dach zu beherbergen, dann lassen sie es sich jedenfalls nicht anmerken. Makri gesteht mir, dass ihr Glauben in das Elfenvolk teilweise wieder hergestellt ist.

»Nach der Reise dachte ich noch, ich würde sie alle hassen. Aber Vases-al-Gipts Verwandte sind wirklich nett. Als du unterwegs warst, haben sie mich gefragt, ob sie mir etwas bringen könnten, und dann hat Cermith mich eingeladen, mit ihm auf einen Baum zu klettern und die Sterne zu betrachten.«

Elfen haben eine Schwäche für die Nacht. Sie stehen spät auf und bleiben lange wach, um die Schönheiten des mitternächtlichen Himmels zu erleben. Jedenfalls die meisten. Vielleicht müssen ja die Bauern unter den Elfen früher aufstehen. Ich frage Makri danach, aber sie weiß es auch nicht.

»Auf der Innungshochschule lernen wir nur elfische Mythen, ihre Geschichten und die Geschichte ihrer Kriege und dergleichen kennen. Die Frage, ob Elfen früh aufstehen, um ihre Kühe zu melken, ist niemals aufgekommen. Das ist eigentlich merkwürdig, weil Professor Azulius gerade im letzten Semester immer wieder betont hat, wie wichtig der durchschnittliche Bürger in der Geschichte der Stadtstaaten war. ›Geschichte besteht nicht nur aus Königen, Königinnen und Schlachten‹, hat er immer gesagt. Glaubst du, dass es niedere Elfenklassen gibt, die die Abwässerkanäle im Baumpalast reinigen?«

»Das denke ich doch. Sie können schließlich nicht alle Epen dichten und in die Sterne gucken. Weißt du, auch ich habe fast meinen Glauben an das Elfenvolk verloren. Mir ist zwar klar, dass ich ihnen Schwierigkeiten verursache, aber sie waren vom ersten Tag der Reise an so unfreundlich wie ein zweifingriger Troll. Jedenfalls weit weniger herzlich als meine Gastgeber bei meinem letzten Besuch auf den Inseln.«

»Das ist doch schon lange her«, meint Makri ganz richtig. »Vielleicht sind sie nach dem letzten Krieg Fremden gegenüber misstrauischer geworden. Wusstest du schon, dass vermutlich die ganze Insel unter schlechten Träumen leidet?«

»Wirklich? Alle?«

»Anscheinend«, erklärt Makri. »Cermith jedenfalls hat welche. Ich glaube allerdings nicht, dass die Elfen gern darüber reden. Mit Fremden über Krankheiten zu sprechen, ist strengstens verpönt.«

»Leiden nur die Avulaner darunter oder auch die Elfen von den anderen Inseln?«

Das weiß Makri nicht. Sie hofft, dass die anderen Elfen gesund sind, denn sie freut sich schon mächtig auf die Theateraufführungen. Mich begeistert diese Aussicht weniger.

»Drei Versionen der Legende von Königin Leeuven. Hätten sie sich nicht etwas anderes ausdenken können?«

»Natürlich nicht. Die Aufführungen bei dem Fest drehen sich immer um Königin Leeuven. Deshalb feiern sie doch.«

»Das klingt ziemlich langweilig.«

»Na ja, sie wählen natürlich immer andere Episoden aus der Saga aus. Aber es ist alles ziemlich formal, weißt du. Die Zuhörer kennen die Geschichten bereits sehr gut. Es geht darum, wie sie erzählt werden. Beim letzten Fest haben die Venianischen Elfen eine so tragische Version vom Tod der Königin Leeuven dargeboten, die ja irrtümlich von ihrem Bruder getötet wurde, dass alle Zuschauer bitterlich geweint haben. Natürlich haben sie auch den Preis gewonnen. Und die Avulaner wollen das Lorbeerblatt diesmal unbedingt selbst erringen.«

Wie ich sehe, hat Makri keine Zeit verschwendet, noch mehr über die Kultur der Insel zu erfahren. Ich frage sie, ob sie auch etwas über den Jongleurwettbewerb herausgefunden hat. Sie informiert mich etwas von oben herab, dass dies zu dem Rahmenprogramm gehört, mit dem die Zuschauer vor dem Beginn des Theaterstücks in festliche Stimmung versetzt werden sollen.

»Gibt es da einen Favoriten? Vielleicht kann ich ja eine Wette platzieren.«

»Musst du denn auf alles wetten?«

»Ja.«

»Ich glaube nicht, dass es auf Avula Buchmacher gibt«, meint Makri skeptisch.

»Glaub das nur nicht. Nur weil auf dem Fest hochklassige Tragödien geboten werden, muss das noch lange nicht ausschließen, dass jemand irgendwo einen ordinären Wettbetrieb aufgezogen hat. Wenn du einen heißen Tipp für den Jonglierwettbewerb aufspüren kannst, dann kann ich sicher eine Wette darauf abschließen.«

Makri ist jedoch vollkommen auf das Theaterstück fixiert und hat mit Jonglieren wenig im Sinn. Aber sie hat Interesse an dem Turnierwettkampf. Sie bedauert allerdings, dass er nur für die unter Fünfzehnjährigen ist und hätte lieber echte Elfenkrieger gegeneinander kämpfen sehen. Aber letztlich, so sagt sie, ist ein Kampf besser als kein Kampf.

»Ich habe noch nie ein Turnier miterlebt«, erklärt sie ihre Begeisterung.

Deshalb ist sie ziemlich enttäuscht, als ich ihr verrate, wie dieser Wettkampf wahrscheinlich aussehen wird.

»Es sind wirklich nur Übungen, nichts zu Gewalttätiges. Sie benutzen Holzschwerter, und es gibt Beschränkungen, was du tun darfst und was nicht. Man darf zum Beispiel dem Gegner nicht in den Unterleib treten und auch nicht in die Augen stechen.«

»Keine Lendentreter? Keine Augenstecher? Was bringt das alles dann überhaupt?«

»Die Teilnehmer sind alle unter fünfzehn, Makri. Die Elfen wollen ihre Kinder nicht verstümmeln, sondern ihnen einfach nur ein wenig Übung im Schwertkampf verschaffen. Und sag mir jetzt nicht, dass du mit fünfzehn schon Drachen abgeschlachtet hast. Die Geschichte kenne ich auswendig. Aber eine Gladiatorin zu sein, ist nicht dasselbe, wie an einem zivilisierten Turnier teilzunehmen.«

Makri ist aber noch nicht zufrieden. »Das klingt wie reine Zeitverschwendung.«

Ich esse mein Abendessen von einem Tablett. Da meine Gastgeber bemerkt haben, dass ich mit einem gesunden Appetit gesegnet bin, schicken sie mir immer reichlich Nahrung. Es ist zwar nicht ganz das gargantueske Mahl, das ich aus der *Rächenden Axt* gewöhnt bin, aber es ist nah dran. Während ich die Weinflasche leere, die sie dazugestellt haben, fühle ich mich ein wenig mehr im Einklang mit der Welt.

»Hat Cermith eine Ahnung, warum alle Elfen schlechte Träume bekommen?«

»Nicht genau. Er meint, es hätte etwas mit der Beschädigung des Hesuni-Baums zu tun. Die Avulaner sind irgendwie mit ihm verbunden.«

»Ist er denn nicht wieder gesund? Auf mich wirkte er ziemlich ausgeglichen.«

Makri nickt. Baumheiler haben ihn wieder zu voller Blüte

gebracht. Und trotzdem verursacht den Elfen etwas Albträume? Das ist interessant.

»Und nun? Wenn Elith den Priester umgebracht hat, was kannst du dann noch für sie tun? Willst du sie ernsthaft aus dem Gefängnis befreien?«

»Vielleicht. So wie die Elfen die Sache handhaben, wäre das so einfach, wie einen Senator zu schmieren. Eliths vorige Zelle hatte nicht mal Stäbe vor dem Fenster. Sie hat nur ihr Ehrenwort geben müssen, dass sie nicht wegläuft.« Ich verstumme. Es ist sehr, sehr ungewöhnlich für einen Elfen, sein Wort zu brechen. So etwas tun sie einfach nicht. Es ist verpönt. Vases würde lieber sterben, als sich so mit Schande bedecken. Mir wird klar, dass Elith einen überwältigend übermächtigen Grund gehabt haben muss, den Palast zu verlassen. »Aber ich bin nicht davon überzeugt, dass sie schuldig ist. Es gefällt mir nur nicht, dass sie sich nicht daran erinnern kann, den Baum beschädigt zu haben. Entweder lügt sie, oder sie wird von jemandem erpresst. Oder ihr Gedächtnis ist von Zauberei oder Drogen manipuliert worden. Das Mordgeständnis gefällt mir genauso wenig. Sie hat sich die ganze Zeit, die ich bei ihr war, sehr merkwürdig verhalten. Als ich ihr das erste Mal begegnet bin, ist sie einfach ohnmächtig geworden. Du weißt, dass Elfenfrauen nicht so schnell umkippen. Dafür sind sie viel zu zäh. Und als ich sie befragt habe, war sie mit den Gedanken ganz woanders, das habe ich deutlich gemerkt. Sie hatte so einen seltsamen Ausdruck in den Augen.«

»Was für einen Ausdruck?«

Den kann ich nicht genau beschreiben. »So etwa, als wäre sie auf Boah.«

Das glaubt Makri nicht. »Du hast selbst gesagt, dass Boah die Elfeninseln noch nicht erreicht hat.«

»Hat es auch nicht. Und außerdem wirkt es bei ihnen nicht so wie bei Menschen. Ich habe gelegentlich einen dekadenten Elf in Turai gesehen, der welches genommen hat. Sie sind nicht so berauscht davon wie Menschen. Jedenfalls nicht genug, um so daneben zu sein, dass sie vergessen, wenn sie ein Kapitalverbrechen begangen haben. Ich gehe zu Lord Khurds Zauberer, Abra-al-Kabra. Vielleicht hat er ja einige Spuren von Magie feststellen können. Vermutlich hat Lord Khurd ihm befohlen, Elith zu untersuchen. Aber wenn er was findet, wird er es mir wahrscheinlich nicht gern auf die Nase binden wollen. Es wäre alles viel einfacher, wenn diese verdammten Elfen kooperieren würden. Aber ich wusste ja, dass es schwierig werden würde.«

Ich denke über alles nach. Es steht schlecht um Elith-la-Gipt, aber es hat fast immer schlecht für meine Klienten ausgesehen. Bisher hat niemand ein Motiv für den Mord gefunden, und ich wüsste nicht, warum eine ehrbare Elfe hingeht und den Hohen-Baumpriester aus einer Laune heraus ersticht. Und was die Zeugen angeht, will ich mich nicht beeinflussen lassen. Es gibt viele Möglichkeiten, warum Zeugen die Dinge falsch interpretieren. Zum Beispiel, um bei ihrem Elfenlord einen Stein im Brett zu haben. Ich werde mich ein bisschen am Hesuni-Baum umsehen und herauszufinden versuchen, wer noch etwas gegen Gulag-al-Floros hatte. Und ich werde einige Fragen wegen Gorith stellen. Ich misstraue ihm, und wenn auch nur, weil er mir gegenüber so feindselig war.

Makri reckt sich. »Cermith hat mir diese Rolle gegeben. Darin ist die Pflanzenwelt der Insel beschrieben. Er hat es in der Schule gelernt. Die Elfen gehen in Baumschulen, was eigentlich nicht weiter überraschend ist. Morgen untersuche ich ein bisschen die Pflanzenwelt hier und sehe mir dann an, was die Elfen so an Schwertern, Messern und Äxten zustande bringen. Glaubst du, dass sie mir ein paar Geschenke machen, weil ich doch ihr Gast bin? Gott sei Dank ist dieses rückgratlose Gör Isuas nicht mehr hier und fällt mir auf die Nerven.«

»Ehm ... Hallo«, sagt das rückgratlose Gör Isuas und betritt schüchtern unser Zimmer. Sie trägt einen grünen, weichen Hut, der vorn zugespitzt ist. Fast wie die Fee in einer Kindergeschichte. Sie wirkt darin noch jünger als sonst. Als Isuas auf Makri zugeht, verfängt sie sich mit dem Fuß im Teppich und landet auf der Nase. Es ist ein ziemlich erbärmlicher Anblick, aber Makris Miene ist wie aus Stein gemeißelt, als ich dem Kind hoch helfe. Sie reibt sich den Kopf und unterdrückt tapfer ihre Tränen.

»Ich wollte nur nachsehen, ob es Euch gut geht«, erklärt sie und dreht ihren Hut in den Händen.

»Bis vor einer Minute ging es uns blendend«, versetzt Makri bissig.

Ich bin immer noch der Meinung, dass es nicht schaden kann, Lord Khurds Tochter freundlich zu behandeln, also versuche ich, Makris abweisenden Ton abzumildern, und frage die junge Elfenprinzessin, ob sie froh ist, wieder zu Hause zu sein.

»Fühlt es sich gut an, wieder auf dem Trockenen zu sitzen?«

Isuas zuckt mit den Schultern. »Das ist ganz in Ordnung. Aber im Palast sind alle so schrecklich umtriebig.«

Mich beschleicht der Verdacht, dass es nicht ungewöhnlich sein könnte, dass niemand Zeit für Isuas hat.

»Werdet Ihr Elith retten, obwohl sie Gulag getötet hat?«

»Das werde ich. Und ich bin keineswegs davon überzeugt, dass sie ihn getötet hat.«

»Das hoffe ich eigentlich auch nicht«, erwidert die junge Elfe. »Ich mag Elith. Werdet Ihr mir noch ein bisschen Kämpfen beibringen?«, fragt sie dann unverhofft Makri.

»Nein«, schmettert Makri sie ab. »Ich habe zu tun.«

»Bitte«, bettelt Isuas. »Es ist wichtig.«

Makri vergräbt ihre Nase in die Rolle.

»Warum ist das wichtig?«, will ich wissen.

»Damit ich an dem Turnierwettkampf teilnehmen kann.«

Makri taucht hinter ihrer Rolle auf und lacht schallend. »An dem Turnierwettkampf? Den mit den Holzschwertern?«

»Ja. Er ist für alle Elfen unter fünfzehn. Mein ältester Bruder hat es vor sechs Jahren gewonnen. Mein zweitältester Bruder hat im Jahr danach gesiegt. Mein drittältester Bruder hat in dem darauffolgenden Jahr den Lorbeerkranz ...«

»Schon gut, wir haben's kapiert«, unterbricht Makri sie grob. »Und jetzt willst du auch mitmachen, aber das geht nicht, weil du zu schwächlich bist und nicht einmal den Hauch einer Chance hättest, die erste Runde zu überstehen, selbst wenn dein Vater dich melden würde, was er zweifellos nicht tut, eben weil du so schwächlich und ungeschickt bist.«

Isuas starrt verlegen zu Boden. Makri hat eine offenbar vollständige Zusammenfassung des Sachverhaltes in nur einem Satz geliefert.

»Sie erlauben mir nie irgendwas«, murrt Isuas.

»Wer könnte ihnen das verdenken?«, ätzt Makri.

»Bitte«, jammert Isuas. »Ich will an dem Turnier teilnehmen.«

Makri findet offenbar eine andere interessante Stelle in ihrer Schriftrolle. Ich runzle die Stirn. Es wäre mir lieber, wenn Makri ihre Abneigung gegen das Kind nicht so deutlich zeigen würde.

»Was sagen denn deine Eltern dazu, dass du dich anmelden willst?«

»Mein Vater will nichts davon wissen.«

»Vielleicht können wir ja mit deiner Mutter sprechen«, schlage ich vor. »Wenn Lady Yestar keine Einwände hat, dann kann Makri sicher mit deinem Unterricht fortfahren.«

Isuas' Miene hellt sich auf. Sie ist natürlich viel zu jung und unschuldig, um zu durchschauen, wie raffiniert ich eben unseren ungehinderten Zugang zum Palast gesichert habe, damit ich dort ermitteln kann. Bedauerlicherweise ist Makri weder jung noch unschuldig. Sie raunzt mich an.

»Vergiss es, Thraxas. Ich lasse mir nicht von dir das Kind an den Hals hängen, nur damit du herumspazieren und Fragen stellen kannst.«

»Makri wird entzückt sein, dir zu helfen, Isuas«, erkläre ich. »Wäre morgen Nachmittag ein geeigneter Zeitpunkt, um eine Audienz bei Lady Yestar zu erbitten?«

Die junge Elfe nickt und bringt sogar ein Lächeln zustande. »Ich lasse Euch auch eine Mahlzeit servieren.«

»Ausgezeichnet, Isuas. Glaubst du, sie könnten auch ein bisschen Bier auftreiben?«

»Bier? Ich glaube nicht, dass es im Baumpalast Bier gibt. Aber vielleicht können wir welches holen lassen. Ich weiß, dass Mutter Euch sehr gern empfangen wird.«

Das bezweifle ich allerdings sehr.

»Ich habe jeden Tag das geübt, was Ihr mir gezeigt habt«, sagt Isuas zu Makri, bevor sie geht.

Makri legt ihre Rolle weg und sieht mich gereizt an.

»Sehr clever, Thraxas, sehr schlau. Jetzt kannst du als Gast der Königlichen Familie im Palast herummarschieren und nach Herzenslust allen Leuten auf den Nerven herumtrampeln. Vorausgesetzt, du verlegst dich nicht zuerst darauf, sämtliche Biervorräte der Insel auszutrinken. Aber da spiele ich nicht mit. Ich weigere mich, dieses Kind noch länger zu unterrichten. Es ist eine hoffnungslose Schülerin. Außerdem mag ich Isuas nicht. Ich konnte mich gerade noch zurückhalten, ihr auf dem Schiff den Schädel einzuschlagen. Ich habe nur mitgemacht, weil ich mich gelangweilt habe. Hier auf Avula gibt es genug andere Dinge, die ich gern tun möchte, als für das unerwünschte Nesthäkchen der Königlichen Familie den Babysitter zu spielen.«

»Ich verstehe immer noch nicht, warum du sie so wenig magst, Makri. So schlimm ist sie doch gar nicht.«

»Ich ertrage es nicht, dass sie immer gleich losheult. Als ich in ihrem Alter war, wurde ein Tränenausbruch mit dem Tod bestraft. Und außerdem fällt sie alle naselang hin. Es macht mich verrückt. Dann ist sie auch noch so dürr. Ich kriege eine Gänsehaut, wenn sie immer freundlicher wird, je rüder ich sie behandele. Das ist nicht natürlich. Was sie braucht, ist eine ordentliche Tracht Prügel.«

»Bist du sicher, dass sie dich nicht daran erinnert, wie du selbst in ihrem Alter gewesen bist?«

»Was soll das denn heißen?«, fährt Makri hoch. »So war ich nie!«

»Das sagst du. Aber deine Voreingenommenheit ihr gegenüber erzeugt in mir den starken Eindruck, dass du als Kind auch einmal extrem verängstigt und schwach gewesen bist. Und dass du einfach nicht daran erinnert werden willst.«

»Unsinn!«, sagt Makri barsch. »Hör auf, den Analytiker zu spielen, Thraxas. Darin bist du wirklich abgründig schlecht.«

Ich zucke mit den Schultern. »Außerdem, wenn du ihr beibringst, wie man kämpft, kannst du ihr doch auch eine ordentliche Tracht Prügel verabreichen, oder nicht? Das würde sie sicherlich abhärten.«

»Ich habe einen Ruf zu verlieren«, widerspricht Makri. »Glaubst du, ich will sie als meine Schülerin in das Turnier schicken und dann erleben, wie die Elfen sich über sie totlachen? Stell dir vor, was das für ein Licht auf mich wirft! Und ich kann sie unmöglich in sechs Tagen so weit bringen, dass sie sich nicht lächerlich macht.«

»Vergiss nicht, dass sie jeden Tag geübt hat. Vielleicht hat sie sich verbessert. Außerdem werden Lord Khurd und Lady Yestar ihr sowieso nicht erlauben, an dem Turnier teilzunehmen, wenn es soweit ist. Also tu einfach so, als wolltest du es ihr beibringen. Es bringt mir ein oder zwei Tage im Palast. Nachdem ich Lord Khurd so wütend gemacht habe, weil ich seine Wachen schlafen gelegt habe, sehe ich keine andere Möglichkeit, um hineinzukommen.«

Ich kann Makri aber nur dazu überreden, dass sie morgen mit mir zum Palast geht.

»Wenn du mich dazu zwingst, sie zu unterrichten, gibt's Ärger«, droht mir Makri.

»Das musst du auch nicht«, versichere ich ihr. »Khurd würde Isuas nicht mal in die Nähe eines Kampfes lassen. Sicher, du lachst über Holzschwerter, aber auch dabei kann es ganz schön ruppig zugehen. Als ich jünger war, gab es auch in Turai Jugendturniere. Es war natürlich keine große Sache, so wie die Wettbewerbe für die Senatorensöhne, es waren eher kleine Veranstaltungen für die Sprösslinge der ansässigen Handwerker. Sie haben uns auf das Leben in der Armee vorbereitet. Eines Tages musste ich gegen den Sohn des Schmiedes antreten. Er hat mir mit einer Holzaxt den Arm gebrochen. Mein Vater war wütend. Er hat gesagt, dass ich die Familie beschämt hätte. Dann hat er meinen Arm in eine Schlinge gelegt und mich wieder zurückgeschickt, um weiterzukämpfen.«

»Und dann?«

»Dann habe ich dem Jungen des Schmiedes zwischen die Beine getreten und bin ihm anschließend ins Gesicht gesprungen. Das war selbst für die weit gefassten Regeln des Turniers etwas arg. Ich wurde disqualifiziert. Aber mein Vater war stolz auf mich.«

»Recht hatte er«, sagte Makri. »Ich verstehe nicht, warum sie dich disqualifiziert haben. Du hast getan, was nötig war.«

Daraufhin erzählt mir Makri ein paar Geschichten von ihren eigenen Kämpfen. Die meisten handeln von schrecklichem Gemetzel unter ihren orgkischen Gegnern, die alle viel älter und schwerer waren als sie. Ihre Laune bessert sich zusehends. Wenn Makri von Kämpfen reden kann, ist sie immer gut gelaunt. Es muss an ihrem orgkischen Blut liegen. Sie ist und bleibt eine Wilde, selbst wenn sie Botanik studiert.

10. Kapitel

Ich habe vor, am nächsten Morgen früh anzufangen. Da die Elfen erst spät aufstehen, sollte ich eigentlich genügend Zeit haben, den Tatort ungestört untersuchen zu können. Bedauerlicherweise bleibe ich bei Cermith hängen, als ich mir eine zweite Flasche Wein hole, und fange an, mit ihm Kriegsgeschichten auszutauschen. Wir hocken bis spät in die Nacht zusammen, und als ich aufwache, steht die Sonne hoch am Himmel und der Morgen ist längst verstrichen.

»Ich wollte Euch nicht stören«, sagt Cermith, als ich mich zu einem späten Frühstück aufraffe. »Ich weiß, dass Turanianer sehr gewissenhaft sind, was ihre Morgengebete angeht.«

»O ja, das hält mich oft auf«, gebe ich zu, setze mich an den Tisch und verzehre einen Laib Brot. Und noch einen. Das spüle ich mit dem Saft einer avulanischen Frucht herunter, die ich nicht kenne.

Dann frage ich Cermith, ob er Gorith-al-Dent kennt.

»Ich habe von ihm gehört. Ich glaube allerdings nicht, dass wir jemals miteinander gesprochen haben. Er stellt Langbögen her und lebt im Westen der Insel, wo die Bäume für sein Handwerk besser geeignet sind.«

»Habt Ihr eine Idee, welchen Grund er haben könnte, um den Hesuni-Baum herumzuschleichen und grimmig dreinzuschauen?«

Cermith kann sich keinen Grund vorstellen. Er hat noch nichts Ehrenrühriges über ihn gehört, aber ihm sind natürlich die Schwierigkeiten zu Ohren gekommen, in die seine Verwandten bei ihrem Besuch in Turai geraten sind.

»Ich mache mir Gedanken über diesen Hesuni-Baum,

Cermith. Lass uns einmal annehmen, dass Elith ihn nicht beschädigt hat, und gehen wir weiter davon aus, dass es kein willkürlicher Akt von Vandalismus gewesen ist, was mir ohnehin unwahrscheinlich vorkommt, dann ergibt sich die Frage, welches Motiv irgendein anderer Elf hätte haben können? Ich meine, was könnte er damit gewinnen?«

»Nichts.«

»Sicher? Makri hat mir gesagt, dass nicht nur alle Avulaner irgendwie mit dem Baum in Verbindung stehen, sondern dass die Priester sogar mit ihm kommunizieren können.«

»In gewisser Weise stimmt das auch«, räumt Cermith ein. »Obwohl die Kommunikation nicht der gleicht, die ein Elf mit einem anderen hat. Es ist mehr eine Art Gespür für das Leben um den Baum herum, denke ich.«

»Und wenn nun etwas Zweifelhaftes auf Avula vorginge? Könnte der Baum den Priestern das auch mitteilen?«

Jetzt muss Cermith lächeln. »Das glaube ich nicht. So eine Art von Kommunikation ist das nicht.« Er wird wieder ernst. »Aber eine Beziehung gibt es da schon. Vielleicht erfährt der Priester Dinge, die jenseits des Horizonts anderer Elfen liegen.«

»Was durchaus ein Motiv für den Versuch liefern könnte, ihn zu zerstören. Dadurch würde er sich sozusagen eines Zeugen entledigen.«

Makri ist skeptisch. »Du kannst aber von einem Hesuni-Baum keine Zeugenaussage bekommen, Thraxas. Du greifst nach Strohhalmen.«

»Sicher, ich greife nach Strohhalmen. Und letzten Sommer habe ich in Turai mit Delfinen geplaudert. Warum sollte ich dann nicht auch einen sprechenden Baum für möglich halten? Und was ist mit diesem anderen Zweig der Familie? Die Rivalen, die den Rang der Baumpriesterschaft für sich selbst fordern?«

Diese Frage behagt Cermith gar nicht. »Es gibt tatsächlich einen solchen Anspruch. Hith-al-Nold hat ihn gestellt. Der Disput über diese Erbfolge erstreckt sich schon über Jahrhunderte. Ich halte ihre Forderung zwar für schwach, aber es wird nicht viel darüber geredet. Außer im Ältestenrat.«

»Warum nicht?«

»Jeder Streit über die Baumpriesterschaft ist verpönt. Nur die Ältesten dürfen darüber diskutieren, und die Familien der Priester. Sie müssen die Dinge klären, und kein anderer Elf würde sich da einmischen oder auch nur öffentlich darüber reden.«

Ich gewinne allmählich den Eindruck, dass ein bisschen viel Dinge auf Avula verpönt sind. Das kann ganz schön schwierig werden, wenn man die strenge Ermahnung des Vizekonsuls berücksichtigt, dass ich auf keinen Fall irgendwelche Elfentabus verletzen soll. Also lasse ich das Thema unter den Holztisch fallen.

Makri hat es eilig, endlich aufzubrechen.

»Ich habe den Baumpalast noch nicht gesehen. Sieh mal, ich hab mir meine Fußnägel neu lackiert.«

»Lady Yestar wird begeistert sein. Hast du übrigens vor, in diesem Aufzug dorthin zu gehen?«

»Was gibt es an meinem Wams auszusetzen?«

»Dasselbe wie an allen anderen deiner Kleidungsstücke. Sie sind einfach einige Nummern zu klein für dich. Ist dir nicht aufgefallen, dass Elfenfrauen ihre Beine bedecken? Kannst du dir nicht ein paar schickliche Elfenkleider ausleihen?«

»Wohl kaum«, erwidert Makri hitzig. »Wie der Philosoph Sermonatius ganz richtig sagt: ›Versuch nie, dich als jemand anders auszugeben.‹«

»Ich traue Sermonatius nicht.«

»Warum nicht? Du hast ihn doch noch nie reden hören.«

»Er unterrichtet kostenlos, hab ich Recht? Wenn er gut wäre, würde er sich bezahlen lassen.«

Makri schüttelt den Kopf. »Thraxas, du verleihst dem Begriff Ignoranz ganz neue Dimensionen. Außerdem wäre Lady Yestar sicher enttäuscht, wenn ich wie eine Elfe aussehen würde. Isuas hat ihr sicher erzählt, was ich für eine Barbarin bin.«

Anscheinend will Makri dem mit den beiden Schwertern Nachdruck verleihen, die sie sich auf den Rücken geschnallt hat. Ich schärfe ihr ein, auf keinen Fall diese orgkischen Waffen zu zücken. Das dunkle Metall ist unverwechselbar, und wenn wir hier mit einer Waffe der Orgks herumfuchteln, werden wir vermutlich auf der Stelle von der Insel verbannt.

Cermith bringt uns zur Tür. »Hast du bemerkt, dass er während des ganzen Frühstücks gegähnt hat?«, frage ich Makri, nachdem wir gegangen sind.

»Vermutlich haben ihn deine Kriegserlebnisse gelangweilt.«

»Cermith war nicht von meinen Geschichten gelangweilt, sondern fühlt sich geehrt, dass er einen solch ausgezeichneten Krieger unter seinem Dach beherbergen darf. Wenn wir damals in Turai nicht ausgehalten hätten, dann wären die Orgks niemals aufgehalten worden. Sie wären mit ihren Kriegsschiffen und ihren Drachen längst über die Inseln hergefallen. Und die wären sicher untergegangen. Wenn man es recht bedenkt, dann schulden mir die Elfen sogar Dank, weil ich sie beschützt habe.«

»Ich dachte, dass die Elfen euch gerettet hätten?«

»Sie haben dabei geholfen. Vermutlich hätten wir es auch ohne sie geschafft. Aber was ich eigentlich sagen wollte, bevor du mich unterbrochen hast, war, dass Cermith deshalb gähnt, weil er schlecht geschlafen hat. Wahrscheinlich wieder diese Albträume. Wenn wir in die Nähe des Hesuni-Baumes kommen, dann halte Ausschau nach etwas, was ihn möglicherweise so sehr beeinflussen könnte, dass er den Elfen schlechte Träume schickt.«

»Und was wäre das, zum Beispiel?«

»Keine Ahnung. Halt einfach die Augen auf. Du bist doch gut bewandert, was das alte Wissen der Elfen angeht. Vielleicht fällt dir ja etwas auf, was mir entgeht.«

Wir gehen über die Hängebrücken zum Palast. Selbst in dieser Höhe ist die Vegetation dicht und üppig, und die Kletterpflanzen reichen bis zu den Wipfeln der Bäume. Der Boden ist nur selten zu sehen, und selbst diese kleinen Lichtungen sind voller blühender Büsche. Jede Menge Schmetterlinge flattern herum, und eine Vielzahl von Vögeln macht einen Heidenspektakel. Manchmal schwingt sich auch ein Affe neugierig zu uns herüber, bevor er nach einem prüfenden Blick wieder im Wald verschwindet. Makri mustert sie interessiert, aber ich hatte nie viel für Affen übrig.

Der Himmel über uns ist strahlend blau. Es ist zwar Winter, aber das Klima in Avula ist trotzdem warm und angenehm. Ganz im Gegensatz zu dem Elend in Turai, das viel weiter im Norden liegt.

»Der arme Ghurd. Ihm dürfte mittlerweile so kalt sein wie einer Eisfee. Aber natürlich empfindet ein Barbar aus dem Norden das nicht so wie ein zivilisierter Mann wie ich.«

Wir überqueren das Wettkampffeld. Einige junge Elfen üben für das Jugendturnier. Cermith musste lachen, als wir erwähnten, dass Isuas Makri gebeten hat, ihr Unterricht im Schwertkampf zu geben. Isuas ist bei den Avulanern keineswegs unbeliebt, aber ihr Mangel an Körperkraft scheint schon zu einem sprichwörtlichen Bonmot unter ihnen geworden zu sein.

»Khurd hat doch vier starke Söhne und drei gesunde Töchter«, meinte Cermith. »Niemand nimmt es ihm übel, dass sein achtes Kind ein Schwächling ist. Ich glaube, dass Lady Yestar ihn darin bestärkt hat, sie mit auf Reisen zu nehmen, damit sie kräftiger wird. Aber nachdem ich sie gestern gesehen habe, scheint das nicht viel geholfen zu haben.«

Unterwegs kommen wir an einigen kleineren Siedlungen vorbei. Als ein Elfenkind bei Makris Anblick panisch ins Baumhaus rennt, gesteht sie mir, dass sie sich wieder recht niedergeschlagen fühlt.

»Wenn ich es mir recht überlege, ist es vielleicht doch keine gute Idee, zum Baumpalast zu gehen. Wahrscheinlich ist er voller vornehmer Elfen, die dumme Bemerkungen über meine Fußnägel machen.«

»Du wolltest sie dir ja unbedingt lackieren.«

»Ich brauche das für mein Selbstbewusstsein«, gesteht Makri. »Hast du zufällig Thazis mitgebracht?«

»Thazis? Wir sind hier auf den Elfeninseln. Das ist das Paradies auf Erden und absolut drogenfreie Zone.«

»Weiß ich. Also, hast du was dabei?«

»Wofür brauchst du es? Kannst du nicht einfach die saubere Luft genießen?«

»Sie ist wundervoll. Was ist jetzt mit dem Thazis?«

»Klar hab ich was dabei. Glaubst du vielleicht, dass ich über eine fremde Insel spaziere, ohne eine Notration Thazis einzustecken?«

Ich gebe Makri eine Thazisrolle, und sie zündet sie sich mit einem zufriedenen Seufzer an. Ich folge ihrem Beispiel. Mir ist unbekannt, ob diese milde Droge auf Avula verboten ist, aber ich weiß genau, dass Lord Khurd auf keinen Fall begeistert sein dürfte, wenn er erfährt, dass wir es hier eingeschleppt haben. Wir rauchen sie auf einem einsamen Stück der Hängebrücke. Fetzen von Chorgesang wehen zu uns herüber. Es ist sehr angenehm. Die Teilnehmer des Festes üben anscheinend überall, wo sie ein freies Fleckchen finden.

»Jetzt bin ich entspannt«, erklärt Makri, nachdem sie zu Ende geraucht hat.

Prompt biegen acht maskierte Elfen mit gefährlich wirkenden Speeren um eine Ecke und marschieren drohend auf uns zu.

»Mist!«, flucht Makri. »Warum hast du mich dazu gebracht, diese Rolle zu rauchen?«

Ich kann einfach nicht glauben, dass wir wirklich mitten auf Avula angegriffen werden.

»Sie üben bestimmt für das Turnier.«

»Sie sehen aber nicht aus, als wären sie unter fünfzehn.«

Die Hängebrücke ist so breit, dass vier Personen nebeneinander gehen können. Die acht Elfen haben sich in zwei Reihen aufgestellt und Schlachtformation angenommen. Acht Speere sind auf uns gerichtet und verwehren jedes Durchkommen. Sie laufen los. Man kann auf einem so engen Raum keine acht mit Speeren bewaffnete Elfen bekämpfen, jedenfalls nicht, wenn man keinen soliden Schutzschild hat.

»Wie wäre es mit einem Zauber?«, schlägt Makri vor und zieht ihre beiden Schwerter.

»Ich habe leider nicht daran gedacht, mir einen einzuprägen.«

»Kannst du dich nicht einfach an einen erinnern?«

Bedauerlicherweise funktioniert das mit den Zaubersprüchen nicht so. Wenn man einen Zauber benutzt hat, dann ist er aus dem Gedächtnis gelöscht. Wenn man ihn noch mal benutzen will, muss man ihn sich aus seinem Handbuch neu einprägen. Außerdem bleibt uns keine Zeit für eine längere Diskussion. Sie haben uns fast erreicht. Normalerweise würde sich Makri selbst in einer so aussichtslosen Situation weigern zu fliehen. Wahrscheinlich würde sie versuchen, sie zu umgehen. Aber der beschränkte Raum bietet ihr dafür keine Möglichkeit. Wir stecken unsere Schwerter gleichzeitig in die

Scheiden zurück und springen in die Bäume. Ich erflehe in einem kurzen Stoßgebet einen möglichst soliden Ast, an dem ich mich festhalten kann. Leider wird das Gebet nicht erhört, und ich rausche durch die Blätter in die Tiefe. Ich greife wild nach allem, was mein Gewicht tragen könnte, und falle immer weiter hinunter, weil ich nichts finde. Schließlich lande ich mit einem heftigen Ruck auf einem massiven Stamm, etwa drei Meter über dem Erdboden. Mir verschlägt es den Atem, und ich habe eine Menge Kratzer, bin aber ansonsten unverletzt.

Über mir kracht es, und jemand flucht ausgiebig. Makri hat anscheinend etwas weiter oben einen Halt gefunden und hangelt sich jetzt zu mir herunter. Wir gleiten zu Boden und ziehen unsere Schwerter in der Erwartung unserer Angreifer. Aber von denen ist nichts zu sehen.

»Gehen wir«, sage ich, und wir gehen los, aber in dem dichten Unterholz kommt man nur langsam voran. Makri knurrt, während sie sich den Weg durch das Dickicht hackt. Sie bekommt immer schlechte Laune, wenn sie vor einem Gegner fliehen muss.

»Keine Sorge. Ich glaube, dass du ihnen bald wieder begegnen wirst.«

»Wer war denn das?«

Darauf weiß keiner von uns eine Antwort. Acht maskierte, schweigsame Elfen, die keinerlei Erkennungszeichen trugen.

Nachdem wir uns eine ganze Weile durch das dichte Unterholz gehackt und nach einem begehbaren Pfad gesucht haben, wirbelt Makri wütend zu mir herum.

»Gib mir noch etwas Thazis«, verlangt sie.

»Das können wir im Moment wirklich nicht gebrauchen, Makri, hab ich Recht?«

»Gib mir einfach noch eine Thazisrolle«, faucht sie mich an.

»He, schon gut, dreh nicht gleich durch. Ich weiß, wie sehr du es hasst, vor Widersachern davonzulaufen. Es ist nicht meine Schuld, dass sie uns an dieser engen Stelle überfallen haben.«

Makris Ärger ist plötzlich wie weggeblasen, und sie lässt sich schwer zu Boden sinken.

»Jetzt bin ich deprimiert. Ich fühle mich sogar so mies wie eine niojanische Hure. Diese blöden Stimmungsschwankungen.«

Ich frage sie, was eigentlich los ist.

»Wir sind vor einem Monat aus Turai ausgelaufen«, erklärt sie.

»Und?«

»Ich habe wieder meine Tage. Irgendwelche Beschwerden deswegen?«

Ich seufze. »Nein, natürlich nicht. Aber vermeide es möglichst, den Baumpalast vollzukleckern. Lord Khurd wäre sicher wütend, wenn das passiert.«

»Zum Teufel mit Khurd!«, sagt Makri und zündet sich ihre Thazisrolle an. »Natürlich habe ich nichts dabei, weil ich keine Chance hatte zu packen, bevor ich ins Meer gesprungen bin. Vielleicht kann mir Lady Yestar ja ein Handtuch oder so etwas leihen.«

Mittlerweile habe ich selber auch dringend eine Entspannung nötig. Ich rauche noch eine Thazisrolle und denke über unsere Lage nach. Hier irgendwo muss doch ein Pfad sein. Uns bleibt nichts anderes übrig, als uns weiter durchzuschlagen, bis wir ihn gefunden haben. Allerdings weiß ich nicht genau, ob in den avulanischen Wäldern nicht gefährliche Raubtiere lauern. Auf jeden Fall tummeln sich hier zahllose Insekten, und einige scheinen der Meinung zu sein, dass nichts besser schmeckt als Thraxas, der Detektiv.

»Wenn dieses Gehacke meine Schwerter abstumpft, dann

wird jemand dafür bezahlen!«, droht Makri. »Ich hasse das. Meine Beine sind ganz zerkratzt. Warum hast du mir nicht empfohlen, etwas Passenderes anzuziehen? Du kannst ruhig mal vorausgehen. Bisher habe ich die ganze Arbeit gemacht. Und leg gefälligst einen Zahn zu, Thraxas, sonst hängen wir hier den ganzen Tag herum.«

Es ist sehr anstrengend, und nach kurzer Zeit bade ich in meinem Schweiß. Schließlich kommen wir auf eine kleine Lichtung. Ich lasse mich einfach auf den Boden fallen.

»Zum Teufel damit!«

»Gib mir noch eine Thazisrolle!«

Ich hatte eigentlich vor, meinen Vorrat an Thazis pfleglich zu behandeln, aber die Situation scheint geradezu nach einer kleinen Rolle zu verlangen, also zünden wir uns noch eine an, rauchen sie und marschieren weiter. Wir halten uns ungefähr in Richtung des Palastes. Wenigstens hoffen wir das. Ich versuche, mich an der Sonne zu orientieren, aber die Sonne ist unter dem dichten Blätterbaldachin kaum zu sehen. Makris Stimmung schwankt weiterhin zwischen Wut und Enttäuschung. Ich bin selbst ziemlich aufgebracht.

»Diese verdammten Speerträger! Wenn ich gewusst hätte, was uns erwartet, wäre ich nicht gesprungen.«

»Wir hätten bleiben und sie bekämpfen sollen. Ich bringe sie um, wenn ich sie in die Hände kriege. Mist, gerade hat mich was gestochen.«

Nach scheinbar endlosen Stunden des Hackens, Hauens, Fluchens und Lamentierens erreichen wir endlich eine Lichtung, auf der eine Leiter zu den Hängebrücken hinaufführt.

»Sankt Quaxinius sei gedankt!«

Wir klettern hoch. Als wir endlich die obere Plattform erreichen, muss ich mich vor Erschöpfung hinsetzen. Makri hat ihre Schwerter gezogen und hält eifrig nach den Speerträgern Ausschau, aber die Hängebrücke ist leer. Wütend schiebt sie ihre Waffen in die Scheiden zurück.

»Ich habe wirklich verdammt schlechte Laune«, sagt sie.

Ich reiche ihr zum Trost noch eine Thazisrolle. Wir rauchen und gehen dann weiter.

»Wo sind wir?«

»Keine Ahnung. Sieh mal, da in dem Baum sitzt ein Elf.«

Wir rufen ihm zu, in welcher Richtung der Palast liegt, und er zeigt mit der Hand dorthin.

»Ich habe nicht die geringste Lust, mit Lady Yestar zu plaudern«, erklärt Makri. »Gib mir lieber noch eine Thazisrolle, damit meine Laune sich ein bisschen bessert.«

Eine gute Idee. Es hat schließlich keinen Sinn, gereizt zu sein, wenn wir ankommen. Also zünden wir uns noch zwei Rollen an und rauchen sie im Gehen. Wo wir auch sein mögen, anscheinend ist dieser Teil der Insel nur sehr spärlich bewohnt. Wir treffen keine weiteren Elfen.

»Ich hasse diesen blöden Wald«, sagt Makri.

Das ist eine Thazisrolle wert. Wir gehen weiter.

»Sieh mal. Elfenhäuser. Findest du sie nicht auch komisch?«

Makri kichert. »Ein Haus auf'm Baum.«

Jetzt, wo sie es erwähnt, kommt es mir auch seltsam vor.

»Wir sollten lieber noch ein bisschen Thazis rauchen, bevor wir zum Palast kommen. Ich will keine schlechte Laune haben, mit meiner Menstruation und so.«

»Völlig richtig«, stimme ich ihr zu und zünde uns noch zwei Thazisrollen an. Dann fällt mir mein Flakon ein.

»Einen Schluck Kleeh dazu?«

»Gern, danke«, meint Makri artig.

Die Hängebrücke führt zur Mitte der Insel, und sie endet an einer langen Leiter, die hinunter zu der großen Lichtung führt. Auf der anderen Seite sehen wir den Baumpalast. Die

Elfen starren uns an, als wir an ihnen vorbeigehen. Wir grüßen sie herzlich.

Als wir die Lichtung betreten, bleibt Makri plötzlich nachdenklich stehen.

»Hast du gesagt, dass Thazis von den Elfen nicht geraucht wird? Vielleicht ist es ja nicht sehr beliebt bei ihnen. Wir sollten noch eine Rolle hier hinter dem Baum rauchen, bevor wir in den Palast gehen.«

Eine gute Idee, wie ich finde.

»Du hast echt viele gute Ideen«, sage ich zu Makri.

»Ich weiß. Ich denke über viele Dinge viel nach«, antwortet sie und inhaliert den Thazisrauch. »Über viele wichtige Dinge.«

»Ich denke auch viel über viele wichtige Dinge nach.«

»Es ist echt gut, über viele wichtige Dinge nachzudenken.«

Nach dem vielen Thazis fühlt sich mein Mund seltsam pelzig an. Ich trinke etwas Kleeh, um den Geschmack wegzubekommen, und reiche dann Makri die Flasche. Sie hustet, als ihr die brennende Flüssigkeit in die Kehle rinnt. Wir sitzen unter dem Baum, blicken in den wunderschönen blauen Himmel und verfolgen den taumelnden Flug der Schmetterlinge.

»Mir war nie klar, wie wunderschön Schmetterlinge sind«, meint Makri.

»Mir auch nicht. Sind sie nicht wirklich wunderschön, die Schmetterlinge?«

Wir sehen ihnen noch ein bisschen länger zu. Ein paar Wolken schieben sich über den Himmel.

»Wohin gehen wir eigentlich?«, erkundigt sich Makri schließlich.

Ich denke eine Weile darüber nach.

»Zum Palast.«

»Ja, richtig. Und warum?«

»Weißt du doch. Um ihn anzusehen. Und mit den Elfen zu reden.«

Makri blinzelt. »Richtig.«

Wir sitzen noch ein bisschen in der Sonne.

»Sollten wir nicht langsam losgehen?«, fragt Makri nach einer Weile.

»Wohin?«

»Zum Palast.«

»Wenn du unbedingt möchtest.«

Unser anregendes Gespräch wird von einer heftigen Debatte unterbrochen. Eine große Gruppe weiß gekleideter Elfen taucht aus dem Wald auf, und alle reden gleichzeitig aufeinander ein.

»Wir dürfen die Szene nicht auslassen, in der König Vandries seine Kinder dahinmetzelt«, sagt einer der Schauspieler aufgebracht. »Sie taucht traditionsgemäß nach der Szene auf, in welcher der Baum verbrennt ...«

»Dann wird es Zeit, mit der Tradition zu brechen«, kontert ein grauhaariger Elf, der vermutlich der Regisseur ist. Jedenfalls aus dem Ärger zu schließen, der sich über seinen Kopf ergießt.

»Und wer seid Ihr, dass Ihr es wagt, die Erzählung der uralten Legende von Königin Leeuven einfach so zu verändern?«, will eine Schauspielerin wissen. Vermutlich handelt es sich bei ihr um die Darstellerin der Königin, jedenfalls nach dem goldenen Diadem in ihrem Haar zu urteilen.

»Ich bin der Mann, der von Lord Khurd dazu bestellt wurde, das Spiel aufzuführen«, kontert der grauhaarige Elf.

»Ein fürchterlicher Missgriff!«, rufen mehrere Schauspieler pathetisch.

»Tut einfach, was ich Euch sage, wenn Ihr diesen Preis gewinnen wollt ...«

Die Gruppe ist während dieses Disputs über die Lichtung

marschiert und verschwindet jetzt auf der anderen Seite im Wald.

Wir starren hinter ihnen her.

»Weißt du, Makri, ich dachte eigentlich immer, dass diese Elfenschauspieler sich etwas würdevoller benehmen. Die Elfe mit dem Diadem erinnert mich an ein Mädchen vom Bewegungschor, das ich einmal kannte. Ich musste ihr helfen, aus Turai zu fliehen, nachdem sie das Theater angezündet hatte.«

Danach verstummen wir wieder.

»Ich habe noch keine einzige Thazisrolle geraucht, seit wir in Avula gelandet sind«, erklärt Makri. »Hast du zufällig was dabei?«

»Ich glaube schon«, gebe ich zurück und krame in meinem Beutel herum.

Mit einer Thazisrolle in der Hand schlendern wir auf den Palast zu. Noch mehr Elfen begegnen uns. Sie starren uns an, sagen aber nichts. Als wir zwischen den beiden Weihern vor dem Hesuni-Baum hindurchgehen, bleibt Makri stehen und bewundert den Ausblick.

»Ich habe Durst«, sagt sie und kniet sich hin, um etwas zu trinken.

»Ich auch. Weißt du, ich habe fast das Gefühl, dass ich dieses Thazis etwas spüre.«

Makri meint, dass es ihr gut geht. Vermutlich wird es mir auch gut gehen, wenn ich etwas mehr getrunken habe. Mir ist fast so, als würde uns jemand etwas zurufen, aber das ist nur ein flüchtiger Eindruck. Makri bückt sich und spritzt sich Wasser ins Gesicht. Ich folge ihrem Beispiel. Es ist kühl und erfrischend. Ich trinke noch einen Schluck und fühle, wie das Wasser den Thazisrausch vertreibt. Jetzt fällt mir auf, dass uns tatsächlich jemand etwas zuruft. Es ist ein Elf, und er sieht ärgerlich aus.

»Wisst Ihr denn nicht, dass es verboten ist, aus den Heiligen Weihern zu trinken, die den Hesuni-Baum wässern?«, ruft er.

»'tschuldigung«, sage ich.

»Das hat keiner erwähnt«, meint Makri.

Der Weiherwart sieht uns angewidert an. Es ist Lasses, der Bruder des ermordeten Baumpriesters.

»Betet, dass Ihr rein an Körper und Seele seid, ihr beiden. Ansonsten fürchtet Euch vor der Wirkung des Heiligen Wassers.«

Ich spüre, dass nichts, was ich sage, Lasses besänftigen könnte, also entschuldige ich mich einfach noch mal und marschiere auf die Leiter zu, die zum Baumpalast führt.

»Das nächste Fettnäpfchen. Woher hätten wir wissen sollen, dass diese Weiher heilig sind? Sie sollten ein Schild aufstellen oder so was.«

Ich erwarte Schwierigkeiten mit den Wächtern am Fuß der Leiter, aber sie winken uns beinah liebenswürdig hinauf.

»Lady Yestar erwartet Euch.«

Wir klettern hoch.

»Was meinte der Elf damit, als er uns vor der Wirkung des heiligen Wassers gewarnt hat?«, erkundigt sich Makri.

»Wer weiß? Wahrscheinlich wollte er uns nur Angst einjagen. Ich meine, es kann ja kaum giftig sein, wenn sie damit den Hesuni-Baum wässern.«

»Hesuni«, sagt Makri. »Ein komischer Name.«

Sie kichert wieder. Mir wird klar, dass bei ihr die Wirkung des Thazis noch nicht ganz abgeklungen ist. Ich reiße mich mit Mühe zusammen, als wir die Plattform mit dem großen hölzernen Portal erreichen, das in den Palast führt. Auch hier lässt man uns ohne Schwierigkeiten passieren.

»Das muss man Isuas lassen«, sage ich. »Es macht wirklich vieles einfacher, dass sie ein gutes Wort für uns eingelegt hat.«

»Absolut«, stimmt mir Makri zu. »Sie ist ein nettes Kind. Ich mochte sie schon immer.«

Wir durchqueren einige gut beleuchtete Räume und Flure. Der Baumpalast ist zwar größer als alle anderen Elfenhäuser auf der Insel, aber weit kleiner als die Paläste, die für die Menschenkönige erbaut wurden. Außerdem strahlt er eher Gemütlichkeit als Luxus aus. In dem ganzen Gebäude herrscht ein angenehmer Duft, entweder von Weihrauch oder aber durch das natürliche Aroma des Holzes. Wir werden in einen Empfangssalon geführt, der ebenfalls weit kleiner ist als der entsprechende Raum im Kaiserlichen Palast in Turai, aber dafür ist er gemütlich und einladend. Ein Gobelin an der Wand zeigt, wie ein Rotwild aus einem Teich trinkt.

»Lady Yestar wird Euch gleich empfangen«, sagt der Lakai.

»Könnt Ihr mir vielleicht ein Bier besorgen?«, frage ich hoffnungsvoll.

Der Diener sieht mich zweifelnd an. »Ich glaube nicht, dass wir Bier im Palast haben.«

In dem Moment betritt Lady Yestar den Salon. Ein kleines Silberdiadem in ihrem Haar ist das einzige Zeichen ihres Ranges. Isuas hängt an ihrem Rockzipfel. Als das Kind Makri sieht, schreit sie vor Freude auf und reißt ihrer Mutter beinah den Ärmel vom Kleid, weil sie die beiden unbedingt vorstellen will.

»Das ist Makri!«, ruft sie. »Sie hat einen Drachen getötet, als sie noch eine Gladiator-Sklavin bei den Orgks war, und sie hat mal gleichzeitig acht Trolle besiegt, und dann hat sie alle niedergemetzelt und ist entkommen und ist nach Turai gegangen, und wenn sie jetzt mit Thraxas ermittelt, bringt sie auch Leute um, und sie hat mich ihr Schwert anfassen lassen, und sie hat ein orgkisches Schwert, und das hat sie erbeutet, als sie alle Orgks abgeschlachtet hat, und sie zeigt mir, wie man kämpft, und sie war Meisterin bei den Gladiatoren!«

Nach dieser atemlosen Vorstellung überrascht mich Lady Yestar mit schallendem Gelächter. Es ist das erste Mal, dass ich eine Elfe lachen sehe, seit diese ganze unselige Geschichte angefangen hat. Ich habe fast vergessen, dass sie das ja auch können.

11. Kapitel

Lady Yestar ist ganz anders, als ich erwartet habe. Als Gemahlin Lord Khurds und aufgrund ihrer eigenen, sehr vornehmen Herkunft hatte ich mir vorgestellt, dass sie eher kühl und zurückhaltend wäre, auf diese unnachahmliche Art und Weise distanziert, die nur ein Elf aus einem alten, aristokratischen Geschlecht beherrscht. Einige der großen Elfenfamilien können ihren Stammbaum bis zur Großen Flut zurückverfolgen. Dieser Vorfall ist für die Menschen zu einem Mythos geworden, aber für die Elfen ist er einfach nur ein Datum im Geschichtsbuch.

Und Yestar sieht schon beeindruckend aus: Sie ist groß, blass und hat beinah ätherische Züge. Der erste Eindruck legt nahe, dass sie eine Elfe ist, welche die Angelegenheiten eines turanianischen Ermittlers nicht einmal wahrnimmt. Aber da habe ich mich geirrt. Wie sich herausstellt, ist sie eine sehr freundliche, fröhliche und intelligente Elfenlady, die uns herzlich begrüßt, während sie über den Begeisterungsausbruch ihrer Tochter lacht. Außerdem schminkt sie sich die Augen, was unter den Avulanerinnen ziemlich selten vorkommt.

Isuas wiederum scheint in der Gegenwart ihrer Mutter wie verwandelt. Sie stolpert zwar immer noch über Teppiche, aber ihre Schüchternheit ist verflogen, und sie benimmt sich auch nicht mehr wie das hoffnungslos unzulängliche Kind einer sehr beschäftigten und wichtigen Familie.

Mein Respekt für Lady Yestar steigt noch weiter, als sie mir auf meine höflich vorgebrachte Bitte um eine Flasche Bier erklärt, dass es zwar im Palast und anderen ähnlich eleganten Orten nicht genossen wird, aber dennoch gebraut und von vielen gemeinen Elfen auch mit Vergnügen getrunken wird.

»Ich könnte meine Dienerschaft fragen, wo Ihr vielleicht andere Elfen trefft, die dem Getränk frönen.«

Mittlerweile habe ich die Wirkung des Thazis längst abgeschüttelt, bin aber nicht sicher, dass Makri das ebenfalls gelungen ist. Überrascht bemerke ich, wie sie Isuas liebevoll eine Kopfnuss gibt und ihren grünen Schlapphut bewundert.

»Möchtet Ihr ihn gern haben?«, meint Isuas und reibt sich den Hinterkopf.

Makri möchte und akzeptiert das Geschenk hocherfreut.

»Geiler Hut«, sagt sie und stülpt ihn sich auf ihre Mähne. Sie sieht ziemlich lächerlich aus.

»Geil« ist ein Wort aus der orgkischen Umgangssprache, das Makri benutzt, wenn sie etwas schätzt. Es ist allerdings an einem Ort wie diesem hier vollkommen unpassend, um nicht zu sagen verpönt, aber glücklicherweise scheint Lady Yestar nie mit der orgkischen Umgangssprache in Berührung gekommen zu sein und lässt den Ausdruck kommentarlos durchgehen.

»Ihr müsst ein sehr interessantes Leben führen«, meint Lady Yestar. »Isuas erzählt ständig Geschichten von Euch.«

»Allerdings, ziemlich interessant«, stimmt Makri ihr zu. »Ich war Gladiatorenmeisterin der Orgks und bin jetzt Kellnerin in der *Rächenden Axt*. Außerdem studiere ich an der Innungshochschule in Turai. Und ich sammle Geld für die Vereinigung der Frauenzimmer. Sie versuchen, die Stellung der Frau in Turai zu verbessern. Behandeln die Männer auf Avula Frauen auch wie eine niedere Lebensform? Turanianische Männer sind schrecklich. Ihr würdet nicht glauben, was ich mir als Kellnerin alles gefallen lassen muss.«

Als Eröffnung für ein geistreiches Gespräch mit Avulas Herrscherin ist das ebenfalls ziemlich unpassend, aber Lady

Yestar reagiert auch darauf mit einem Lachen. Außerdem gesteht sie uns, dass auch sie einige schreckliche Männer kennen gelernt hat, damals. Ich trinke einen Schluck Wein und lasse die beiden plaudern. Lady Yestar mag Makri offensichtlich, und das ist gut so. Ich hoffe nur, dass Makris wohlwollende Laune lange genug anhält, dass sie weiter vorgibt, Isuas im Schwertkampf zu unterrichten. Auch wenn Lady Yestar diese Idee sicher im Keim ersticken wird, wirft es doch ein gutes Licht auf uns, wenn Makri wenigstens ihre Begeisterung für diese Idee vortäuschen kann. Aber möglicherweise kommt dieses Thema gar nicht erst auf, denn Makri und Lady Yestar haben sich gerade dafür erwärmt, sich gegenseitig in der Schilderung besonders hirnloser Männchen zu überbieten, deren Weg sie gekreuzt haben. Dann kommen sie auf die Legende von Königin Leeuven zu sprechen, bis Isuas, die sich sichtlich langweilt, die beiden unterbricht.

»Erzählt Mutter, wie Ihr ins Meer gesprungen seid. Weißt du, dass Makri gar nicht an Bord war, als wir Anker gelichtet haben? Sie ist auf die Pier hinausgelaufen und hat dabei gegen all diese Männer gekämpft. Sie hat die meisten niedergestreckt und ist dann ins Meer gesprungen, und Thraxas hat sie mit einem Boot aufgefischt.«

»Tatsächlich. Wie apart. Habt Ihr das Auslaufen des Schiffes verpasst?«

»Ich war nicht zu der Reise eingeladen«, gesteht Makri.

Lady Yestar will wissen, warum nicht. Diese Wendung des Gesprächs gefällt mir gar nicht.

»Nun, das orgkische Blut, Ihr versteht«, mische ich mich rasch ein. »Wir wollten keine peinliche Situation verursachen …«

»Thraxas war wütend auf mich, weil ich ihn um eine Menge Geld beim Kartenspiel gebracht habe«, unterbricht mich Makri. »Er ist ein sehr schlechter Spieler.«

Da. Da haben wir's.

»Und was habt Ihr getan?«

»Sie hat den Mund aufgemacht, wo sie ihn eigentlich hätte geschlossen halten sollen«, knurre ich und werfe Makri einen drohenden Blick zu.

»Makri kann mich für das Turnier trainieren«, ruft Isuas. Sie kann sich einfach nicht mehr länger beherrschen. Zum Glück. Lady Yestar lächelt. Sie hat auch ein wunderschönes Lächeln. Und perfekte, weiße Zähne.

»Ach ja. Das Turnier. Isuas möchte unbedingt daran teilnehmen. Ihre Brüder haben sich alle sehr gut bei diesem Turnier geschlagen. Wie auch eine ihrer Schwestern. Bedauerlicherweise ...«

Sie möchte nichts sagen, was ihre Tochter herabsetzen könnte, also bleibt ihr nichts anderes übrig, als den Satz unvollendet zu lassen.

Aber dafür haben wir ja Makri. »Ihr meint, sie würde versagen, weil sie keine Schwertspiele kennt? Wenn das wirklich das einzige Problem ist, dann überlasst die Sache mir. Ich werde sie schon auf den erforderlichen Standard trimmen.«

Ich bin baff. Makri muss wirklich unter dem Drogeneinfluss stehen. Eigentlich merkwürdig, denn sie spricht normalerweise nicht stärker auf Thazis an als ich. Ob das Wasser aus dem Heiligen Weiher sie irgendwie beeinflusst hat?

»Sie wird ihre Sache gut machen«, fährt Makri fort. »Um Erfahrung zu bekommen, muss sie einfach anfangen. Ich versichere Euch, dass ich das Kind so weit ausbilden kann, dass es eine gute Vorstellung liefert. Sie hat sogar auf dem Schiff hervorragende Fortschritte gemacht.«

Isuas strahlt wie ein Honig-Einhorn. Lady Yestar denkt nach.

»Nun ja, wenn Ihr sicher seid ... Ich möchte nicht riskieren, dass meine Tochter verletzt wird, aber ich habe sie schließlich auch ermutigt, mit meinem Gemahl zu segeln, damit sie etwas kräftiger wird.«

Sie wendet sich an Isuas. »Bist du ganz sicher, dass du das möchtest?«

Isuas hüpft aufgeregt herum. Ja, ja, ja, sie ist ganz, ganz sicher, dass sie es will.

»Ausgezeichnet«, erklärt Makri und schiebt sich den Hut aus den Augen. »Wir fangen sobald wie möglich an.«

»Wird nicht Lord Khurd vielleicht Einwände haben?« Ich gebe mein Bestes.

»Wir werden es ihm einfach noch nicht verraten«, manövriert Lady Yestar mich aus. »Es soll eine Überraschung werden.«

»Ich habe auch ein Übungsschwert«, meint Isuas, die ihre Aufregung immer noch nicht in den Griff bekommt. »Kommt und seht es Euch an.«

Makri lässt sich fortzerren, um das Übungsschwert zu besichtigen. Mir ist klar, dass sie all das bitterlich bereuen wird, wenn sie morgen früh aufwacht.

»Haben viele Frauen in Turai durchbohrte Nasen?«, erkundigt sich Lady Yestar höflich.

»Nur zwei. Die andere ist eine fahrende Musikerin, die ihr Haar grün färbt. Ich vermute, dass dieses grüne Haar ebenfalls nicht mehr lange auf sich warten lässt.«

»Aber dies ist wohl kaum hilfreich, wenn sie eine Erfolg versprechende Kandidatin für die Kaiserliche Universität werden will?«

»Das sage ich ihr auch andauernd. Aber Makri steckt voller Widersprüche. Muss an ihrer Blutmischung liegen.«

»Hofft Ihr, dass Ihr mich wegen der traurigen Angelegenheit von Elith-la-Gipt ausfragen könnt?«

Ihre Direktheit überrumpelt mich.

»Ja«, antworte ich wahrheitsgemäß, »das hoffe ich.

Schließt Ihr Euch ebenfalls der allgemein verbreiteten Überzeugung an, dass sie all dieser Verbrechen schuldig ist, die man ihr zur Last legt?«

Die Elfenlady schweigt eine Weile, während sie nachdenkt.

»Möglicherweise. Ich habe alle Berichte gehört. Und außerdem gibt es Zeugen, die gesehen haben wollen, wie sie den Hohen-Baumpriester erstochen hat. Aber ich kenne Elith schon fast ihr ganzes Leben lang. Es fällt mir schwer zu glauben, dass sie jemanden ermorden könnte. Habt Ihr denn Grund zu der Annahme, dass sie unschuldig ist, abgesehen einmal von Eurem Drang, meinen Ehemann auf die Palme zu treiben?«

Ich versichere Lady Yestar, dass ich keineswegs den Drang verspüre, Lord Khurd auf eine Palme zu treiben. Und auch nicht auf irgendeinen anderen Baum.

»Wir haben nur vor ein paar Tagen in aller Freundschaft eine Partie Machplat gespielt, und … ähm … und …«

»Ihr habt ihn besiegt.«

Ich entschuldige mich dafür. Lady Yestar winkt ab. Ich erkläre ihr, dass ich eher den mächtigen Drang verspüre, meinem Freund Vases-al-Gipt zu helfen.

»Ich weiß, dass er ins Exil gehen will, wenn seine Tochter schuldig gesprochen wird. Ich möchte nicht mit ansehen müssen, wie mein alter Waffenbruder dazu gezwungen ist, mit seinen heilerischen Fähigkeiten in irgendwelchen drittklassigen Siedlungen im Westen hausieren zu gehen.«

»Habt Ihr denn etwas in Erfahrung bringen können, was ihr helfen könnte?«

Ich muss zugeben, dass ich diesbezüglich bisher wenig Fortschritte gemacht habe.

»Ich kann weit sehen, in viele Richtungen«, orakelt Lady Yestar. »Ich habe auch die Schwierigkeiten von Elith-la-Gipt untersucht, aber ich war nicht in der Lage, den Nebel zu durchdringen, der sie umhüllt. Aber Eure Anwesenheit bringt neue Energie in die Affäre, Detektiv. Vielleicht sollte ich es noch einmal versuchen.«

Sie verstummt, und ihr Blick schweift in die Ferne. Die Sonne scheint durch die Fenster, und Vogelgesang dringt herein. Mir fällt plötzlich auf, dass mir dieses Gemach von allen Räumen des Palastes, in denen ich bisher war, am besten gefällt. Und Lady Yestar gefällt mir auch. Was sie wohl sieht? Wer weiß schon, wozu eine mächtige Elfenlady so alles fähig ist?

Schließlich kehrt sie wieder in die Gegenwart zurück. »Ich sehe, dass Ihr ein mächtiger Zauberer hättet werden können«, meint sie. »Wenn Ihr willens gewesen wärt, zu studieren, als Ihr jung wart.«

Darauf erübrigt sich eine Antwort, also halte ich den Mund.

»Ihr wisst, dass wir seit einiger Zeit von schlechten Träumen verfolgt werden? Ich sehe, dass sie auf irgendeine Art und Weise mit Elith in Zusammenhang stehen. Und auch mit dem Hesuni-Baum, obwohl unsere Heiler mir versichert haben, dass er wieder gesund ist.«

Lady Yestar starrt erneut ins Leere. Dann lächelt sie. »Ach? Der Jongleur-Wettstreit? Selbst hier auf Avula möchtet Ihr wetten?«

Ich fühle mich unwohl. Wenn Lady Yestar die Gabe der Hellseherei besitzt, dann wäre es mir lieber, wenn sie sich auf die Angelegenheit mit Elith konzentrieren würde, statt sich um meine schlechten Gewohnheiten zu kümmern. Sicher wird sie mir gleich raten, weniger zu trinken.

Sie fällt erneut in ihre Halb-Trance. Aus einem anderen Raum dringt die aufgeregte Stimme eines Kindes herüber. Isuas gibt ihrer Begeisterung über irgendwas lautstark Ausdruck.

»Und Makri wird ihr Angebot sicherlich bedauern, wenn sich ihr Verstand klärt. Habt Ihr aus einem der Weiher getrunken?«

Ich nicke.

»Das solltet Ihr nicht tun.«

»Es tut mir Leid. Ist das verpönt?«

»Nein. Wir tun es einfach nur nicht.«

Die Elfenlady konzentriert sich erneut. »Etwas wurde in der Nähe des Hesuni-Baums verkauft.«

»Wie bitte?«

»Etwas wurde verkauft.«

Das ist interessant, aber Lady Yestar kann leider nicht mehr herausfinden. Sie kann mir weder sagen, wer was verkauft hat noch an wen, aber sie merkt deutlich, dass ein Handel getätigt wurde. Ich frage sie, ob ihre Hellseherei ihr auch einen Eindruck vermittelt hat, ob Elith schuldig oder unschuldig ist.

»Nein. Ich konnte nicht erkennen, wer unseren Hohen-Baumpriester ermordet hat. Wie Ihr ja wisst, verhüllt der Hesuni-Baum alle magischen Effekte im näheren Umkreis mit einer dichten Wolke.«

Lady Yestar ist mittlerweile wieder mit beiden Augen in die Wirklichkeit zurückgekehrt und sieht mich durchdringend an. »Wenn es Euch gelingen sollte, Elith-la-Gipts Unschuld zu beweisen, wäre ich hocherfreut. Wenn sich allerdings ihre Schuld herausstellen sollte, werden weder ich noch mein Gemahl einen Versuch dulden, Beweise zu ihren Gunsten zu beeinflussen, noch akzeptieren, dass Ihr sie heimlich von der Insel schafft.«

Ich schenke mir die Mühe, mich gegen diesen Vorwurf zu verteidigen.

»Sie wird exekutiert werden, wenn sie schuldig gesprochen wird«, erkläre ich nachdrücklich, und ich sehe, dass diese Aussicht Lady Yestar nicht sonderlich freut.

»Ich würde gern mit jemandem sprechen, der mir etwas über die rivalisierenden Fraktionen um die Stellung des Hohen-Baumpriesters verraten kann«, sage ich.

»Das wiederum ist tatsächlich verpönt.«

»Aber vermutlich sehr hilfreich.«

Lady Yestar betrachtet mich eine Weile forschend. Ich weiß nicht, ob mein ehrliches Gesicht oder ihr Entsetzen über eine mögliche Exekution von Elith sie umstimmt, aber schließlich verrät sie mir, dass Visan, der Wahrer des Wissens, vielleicht bereit ist, mir etwas darüber zu erzählen, wenn sie, Lady Yestar, ihm die ausdrückliche Erlaubnis dazu gibt.

Unser Gespräch wird von Isuas unterbrochen, die mit Makri im Schlepptau hereinplatzt.

»Makri hat mir gerade einen neuen Angriff gezeigt!«, jubiliert sie.

Wir müssen langsam aufbrechen. Makri verspricht, morgen wiederzukommen und mit der Ausbildung anzufangen. Lady Yestar will sie zu einer verborgenen Lichtung führen, wo sie ungestört sein werden. Ein Diener führt uns aus dem Palast.

»Hast du immer noch Lust, dem Kind das Kämpfen beizubringen?«, erkundige ich mich bei Makri.

»Ich denke schon«, erwidert sie.

Was auch immer Makris Verhalten beeinflusst, seine Wirkung hält lange an. Ich betrachte prüfend ihre Augen und sehe, dass sie fast denselben abwesenden Ausdruck haben wie der, den ich in Elith-la-Gipts Blick wahrgenommen habe.

»Geiler Hut«, wiederholt Makri, immer noch erfreut.

Ihr lang anhaltender Rausch verursacht einen amüsanten Zwischenfall, als wir einen Korridor entlangmarschieren, von dem zu beiden Seiten Türen abgehen. Eine der Türen schwingt plötzlich auf, und Abra-al-Kabra stürmt heraus. Er stößt gegen Makri, die überrascht stehen bleibt, während der Zauberer hinfällt.

»Immer schön aufpassen«, meint sie tröstend, während sie ihm aufhilft.

Abra-al-Kabra ist höchst missgelaunt und erhebt sich mit dem Habitus eines Elfen, dessen Würde verletzt wurde.

»Könnt Ihr nicht aufpassen, wo Ihr hingeht?«, zischt er und schreitet davon. Das enttäuscht mich ein wenig. Von Lord Khurds Hexenmeister hätte ich eigentlich eine zauberhaftere Bemerkung erwartet.

Unser Diener führt uns weiter. Bevor ich ihm jedoch folge, bücke ich mich kurz und hebe einen Papyrusfetzen auf, auf den ich absichtlich meinen Fuß gestellt hatte, als er dem Zauberer aus der Tasche geflattert ist. Vermutlich ist er nur ein Einkaufszettel, aber ich nehme gern die Gelegenheit wahr, in den privaten Aufzeichnungen von wichtigen Leuten zu stöbern. Und in denen von Elfen.

Am Ende des letzten Korridors vor dem großen Portal, das nach draußen führt, flüstert mir der Diener ins Ohr: »Wenn Ihr zu der Lichtung mit den Drei Eichen am Strom geht, werdet Ihr dort häufig ein geselliges Zusammensein derer vorfinden, die dem Biere gewogen sind.«

Ich danke ihm überschwänglich und stelle ihm dann eine Frage. »Wir haben einige Schauspieler unten auf der Lichtung gesehen. Sie schienen sich mit einem grauhaarigen Elf zu streiten. Ist das möglicherweise der Regisseur des Theaterstücks?«

»Das könnte Sofius-al-Kabra gewesen sein, der von Lord Khurd berufen wurde, Avulas Beitrag für das Fest zu inszenieren und zu leiten.«

»Sofius-al-Kabra? Ist der zufällig mit dem Zauberer Abra-al-Kabra verwandt?«

»Er ist sein Bruder.«

Interessant.

»Hatte er denn nicht das Bedürfnis, ebenfalls ein Zauberer zu werden?«

»Aber sicher doch, Herr. Sofius-al-Kabra ist einer von

Avulas mächtigsten Zauberern. Es war für viele eine Überraschung, als man ihn mit der Leitung unseres Festspielbeitrags beauftragt hat.«

Die Türen werden geöffnet, und wir schlendern hinaus. Nur, um Zitzerius, Prinz Dös-Lackal, Lahmius Sonnenfänger und Harmonius AlpElf in die Arme zu laufen. Die Creme der turanianischen Delegation, und zweifellos in diplomatischer Mission unterwegs. Ich grüße sie höflich und trete zur Seite. Die beiden Zauberer gehen auch weiter, aber Prinz Dös-Lackal baut sich vor mir auf. Seine Miene verrät ungeschminktes Missfallen.

»Habt Ihr etwa schon wieder unsere Gastgeber belästigt?«

Ich bedauere seinen unfreundlichen Ton. Es wird mir das Leben in Turai nicht leichter machen, wenn der Königliche Prinz mir wie ein Böser Bann nachstellt.

»Wir waren Gäste von Lady Yestar«, erkläre ich ihm.

»Ich untersage Euch, Lady Yestar mit Euren sinnlosen Fragen zu behelligen«, befiehlt der Prinz.

Makri schlendert heran. Offenbar steht sie immer noch unter dem Einfluss von Thazis.

»Der Zweite der Thronfolge«, doziert sie durchaus wohlwollend, »hat nicht die Befugnis, turanianischen Bürgern Befehle zu erteilen, wenn sie sich in einem anderen Land aufhalten. Das entbehrt jeder gesetzlichen Grundlage. Ich habe Recht an der Innungshochschule studiert. Und erst letzten Monat das Examen bestanden. Wie gefällt Euch mein neuer Hut? Ich finde ihn echt geil.«

Der Prinz ist außer sich. »Wie könnt Ihr es wagen, mich über unsere Gesetze zu belehren!« Seine Stimme trägt ziemlich weit.

»Na ja, Ihr habt offenbar eine Belehrung bitter nötig. Das kann Zitzerius Euch bestätigen. Er ist Anwalt.«

Alle Blicke richten sich auf Zitzerius. Dem ist sichtlich unwohl in seiner goldgesäumten Toga, während er versucht, der diffizilen diplomatischen Klemme Herr zu werden, dass er einerseits Makri Recht geben muss, andererseits aber den Prinz nicht verstimmen will. Zu spät. Prinz Dös-Lackal wirft ihm einen giftigen Blick zu, dreht sich auf dem Absatz herum und stolziert in den Palast.

»Vielen, vielen Dank«, bemerkt Zitzerius eisig.

Ich entschuldige mich. »Tut mir Leid, Vizekonsul. Wir wollten Euch nicht in Verlegenheit bringen. Aber wir sind wirklich von Lady Yestar hierher eingeladen worden. Diese Einladung konnten wir ja wohl kaum ausschlagen, meint Ihr nicht auch?«

Der Vizekonsul zieht mich von dem Portal weg und senkt die Stimme. »Habt Ihr etwas herausgefunden?«

»Nichts Entscheidendes. Aber ich bin immer noch ziemlich misstrauisch wegen der ganzen Angelegenheit.«

»Das ist eine wirklich unangenehme Situation für Lord Khurd, ist Euch das klar? Es ist sehr unpassend, dass dies ausgerechnet so kurz vor dem Fest passieren musste. Er erwartet viele bedeutende Gäste, und schon vor dem Mord an dem Hohen-Baumpriester war er in einer sehr peinlichen Lage. Soweit ich es mitbekommen habe, munkeln einige Mitglieder des Ältestenrats hinter vorgehaltener Hand, dass Lord Khurd abdanken sollte, weil die Schande der Beschädigung des Hesuni-Baumes ein so schlechtes Licht auf die Avulaner wirft. Und seit Gulag-al-Floros ermordet wurde, ist diese Schande noch gewachsen, auch wenn Lord Khurd sich wacker hält und sich nichts anmerken lässt. Ich wiederhole noch einmal, Thraxas, ich verstehe Euren Wunsch, Eurem Freund und Kriegskameraden zu helfen, aber man kann dem Elfenlord wohl kaum vorwerfen, dass er die Angelegenheit so schnell wie möglich abschließen will.«

»Das kann man wahrscheinlich wirklich nicht, Zitzerius.

Und ich werfe Euch auch nicht vor, dass Ihr ihn in diesem Punkt unterstützt. Ich weiß, dass Lord Khurd ein wichtiger Verbündeter von Turai ist. Aber ist Euch noch nicht aufgefallen, dass ich ihm einen Gefallen tue? Sein Prestige wird wohl kaum steigen, wenn er den falschen Elf verurteilt.«

»Das«, erwidert Zitzerius, »dürfte sehr stark davon abhängen, ob es jemand herausfindet.«

»Ihr wollt sagen, eine schnelle Verurteilung von Elith wäre das Beste, ganz gleich, ob sie es getan hat oder nicht?«

»Genau.«

Ich sehe Zitzerius einen Moment ins Gesicht. In den Bäumen hinter uns kreischen sich bunte Papageien fröhlich an.

»Zitzerius, wenn wir in Turai wären, würdet Ihr nicht wollen, dass ein Unschuldiger für ein Verbrechen verurteilt wird, das er nicht begangen hat, ganz gleich wie bequem das für den Staat wäre. Auch wenn Ihr ein überzeugter Anhänger der Königlichen Familie seid, habt ihr immer Leute vor Gericht verteidigt, die der König liebend gern möglichst rasch am nächsten Galgen hätte baumeln sehen. Ihr seid sogar noch viel aufrechter als ich, zum Teufel!«

Zitzerius widerspricht mir nicht, sondern sieht eine Minute lang den Papageien zu.

»Ihr würdet besser daran tun, die Dinge so zu lassen wie sie sind«, erklärt er schließlich. »Wenn Lord Khurd nicht wüsste, dass es noch schlechter für ihn aussehen würde, wenn ein Menschengast und sein eigener bevorzugter Heiler während des Festes eingekerkert wären, dann würdet Ihr längst in einer Zelle schmoren, weil Ihr seine Wachen eingeschläfert habt. Es wäre sehr unklug, wenn Ihr ihn noch weiter reizen würdet.«

Er hält inne. Die Papageien kreischen weiter. »Aber es interessiert Euch vielleicht zu erfahren, dass die Palastgerüchteküche wissen will, dass Elith-la-Gipt eine Affäre mit Gulag-al-Floros hatte. Das fällt natürlich ebenfalls unter die Tabus. Hohe-Baumpriester dürfen nicht außerhalb ihres Clans heiraten.«

»Hat die Palastgerüchteküche auch ausgekocht, warum sie ihn umgebracht hat?«

Zitzerius zuckt mit den Schultern.

»Wie Ihr wisst, kolportiere ich niemals irgendwelche Gerüchte«, erklärt er und eilt dann rasch durch das Portal in den Palast. Makri ist schweigsam, während wir zu Cermiths Baumhaus zurückgehen. Selbst die neugierigen Affen können sie nicht aus ihrer Versunkenheit reißen. Wir sind fast da, als sie wie angewurzelt stehen bleibt.

»Was zum Teufel war in dieser Thazisrolle?«, fragt sie und schüttelt den Kopf.

»Thazis, was sonst?«

»Ich habe das Gefühl, als wäre ich eben von einer Reise durch den Magischen Raum zurückgekehrt.«

»Mir ist schon aufgefallen, dass du nicht wie sonst bist.«

Makri schüttelt erneut den Kopf, und eine Brise weht ihre Haare beiseite. Ihre spitzen Elfenohren werden sichtbar.

»Habe ich wirklich eingewilligt, dieses schreckliche Kind in Kampftechnik zu unterrichten?«

»Ich fürchte ja.«

Sie setzt sich hin und lässt ihre Beine über die Hängebrücke baumeln. »Jetzt bin ich echt niedergeschlagen.«

»Dazu hast du auch allen Grund. Dir bleiben sechs Tage, um Isuas umzukrempeln.«

»Jetzt brauche ich eine Thazisrolle.«

12. Kapitel

Wir nehmen unser Abendessen mit Cermith und seiner Familie ein. Es verläuft ziemlich ruhig. Cermith bespricht zwar mit seiner Frau Einzelheiten des Festes, aber Makri bleibt stumm, und ich bin zu sehr mit Essen beschäftigt, um viel zum Gespräch beizusteuern. Erneut bin ich mit der Verpflegung mehr als einverstanden. Der Rehbraten ist fantastisch, und der Fisch ist erst am Morgen von einem Cousin der Familie gefangen worden. Er hat ein eigenes Fischerboot.

In Turai interessieren sich die meisten Menschen nur unter zwei Aspekten für die Elfen: Sie sind mächtige Krieger, die uns gegen die Orgks helfen, und bestenfalls noch die Schöpfer schöner Gedichte und Lieder. Wir stellen uns nie vor, dass sie auch Fischerboote haben. Oder sich streiten, wenn sie ein Theaterstück inszenieren.

Makri ist ungewöhnlich schweigsam. Später sagt sie mir, dass sie sich merkwürdig fühlte, seit sie das Wasser aus dem Hesuni-Weiher getrunken hatte.

»Doch jetzt bin ich fast wieder normal. Ich frage mich nur, warum es auf dich nicht ähnlich gewirkt hat?«

»Vielleicht wirkt es ja vor allem auf Elfen? Oder auf jemanden, der Elfenblut in den Adern hat.«

Was auch immer der Grund dafür sein mag, es hat jedenfalls etwas damit zu tun, dass Elith ihr Gedächtnis verloren hat. Ich werde mir diese Weiher bei nächster Gelegenheit etwas genauer ansehen. Was Lady Yestar wohl damit meinte, als sie sagte, dass etwas in ihrer unmittelbaren Nähe verkauft wurde?

»Ich gehe zu der Lichtung mit den Drei Eichen am Strom.«

»Warum?«

»Wegen Bier. Anscheinend ist es ein Treffpunkt für nächtliche Trinker.«

»Musst du eigentlich immer Himmel, Erde und die drei Monde in Bewegung setzen, um Bier zu finden?«

»Ja. Willst du mitkommen?«

Makri schüttelt den Kopf. Sie murmelt etwas von einer Ungerechtigkeit, hinterlistigerweise unter Drogen gesetzt und so dazu gebracht worden zu sein, einzuwilligen, Isuas in Kampftechnik zu unterweisen.

Das verwirrt mich auch. Ich habe wohl gemerkt, dass Lady Yestar Makri mochte, aber nach all dem Wirbel um die Landung einer Person mit Orgk-Blut in den Adern auf der Insel, hätte ich eigentlich erwartet, dass die Königin etwas zögerlicher wäre, ausgerechnet dieser Person zu erlauben, ihr jüngstes Kind in Schwerttechnik zu unterrichten. Wie wird die Bevölkerung reagieren? Und was ist mit dem bereits verstimmten Ältestenrat? Lord Khurd wird bestimmt wütend sein, wenn er diese Neuigkeiten erfährt.

»Wegen Lord Khurd mache ich mir keine Gedanken«, meint Makri. »Ich bin eher um meinen Ruf als Kriegerin besorgt. Wie soll ich dieses Kind trainieren? Sie ist etwa so gut zu gebrauchen wie ein einbeiniger Gladiator. Selbst gegen einen wütenden Schmetterling könnte sie sich nicht wehren.«

»Sei auf jeden Fall freundlich zu ihr«, rate ich Makri. »Lady Yestar wird nicht dulden, dass du sie mit einem blauen Auge und blutiger Nase nach Hause schickst. Und vergiss nicht: Keine Tritte in den Unterleib, in die Augen oder Kehle und Knie. Das ist gegen die Regeln.«

»Keine Tritte und Schläge auf Unterleib, Augen, Kehle oder Knie?« Makri ist verzweifelt. »Das wird ja immer schlimmer. Was soll das Ganze dann noch? Das hat mit Kämpfen ja nichts mehr zu tun.«

»Ich habe dir doch gesagt, dass sie ihre Kinder nicht verstümmeln wollen. Wenn Isuas zu ihrem ersten Kampf hinausstolpert und ihrem Kontrahenten einen Dolch ins Auge rammt, dann wird sie disqualifiziert, und das dürfte niemanden sonderlich erfreuen.«

»Aber auf den Dolchstoß gegen die Augen habe ich mich verlassen«, beschwert sich Makri. »Welche Chance hat sie denn sonst?«

»Du musst ihr einfach eine ordentliche Schwerttechnik beibringen. Du weißt schon, die Art, in der Gentlemen sich duellieren.«

»Das ist Affenkram. Dieses Turnier ist albern.«

Ich gebe ihr im Großen und Ganzen Recht.

»Ich hab nie an einem teilgenommen«, behauptet Makri. »Wenn ich kämpfe, dann ordentlich oder gar nicht. Was ist mit diesen Kampfspielen im Weiten Westen, von denen wir gehört haben? Ziehen sie da auch Samthandschuhe an?«

»Nein, nicht überall. Einige dieser Kampfspiele sind eine ziemlich blutige Angelegenheit. Sie kämpfen mit echten Waffen, und niemand stört sich daran, wenn Blut fließt. Die Kriegerwettkämpfe in Samserika waren wegen ihrer hohen Anzahl von Toten berüchtigt. Sind sie wohl auch immer noch. Trotzdem ziehen sie die besten Schwertkämpfer der ganzen Welt an, vor allem wegen der hohen Siegprämie.«

Das weckt Makris Interesse. »Du bist doch in Samserika gewesen, stimmt's? Hast du die Wettkämpfe gesehen?«

»Ich habe mitgemacht.«

»Wirklich? Und wie hast du abgeschnitten?«

»Ich habe sie gewonnen.«

Makri sieht mich skeptisch an.

»Du hast die Kriegerwettkämpfe in Samserika gegen die besten Schwertkämpfer der Welt gewonnen?«

»Allerdings.«

»Glaub ich nicht.«

Ich zucke mit den Schultern. »Es kümmert mich nicht, ob du mir das glaubst.«

»Wieso redet denn niemand in ZwölfSeen davon? Sie haben dort doch sicher von dieser beachtlichen Leistung gehört?«

»Das ist schon lange her. Außerdem habe ich unter einem anderen Namen teilgenommen, weil ich damals gerade einen ungenehmigten Urlaub von der Truppe genommen hatte. Warum schaust du mich so zweifelnd an?«

»Ich dachte, du hättest deine Jugend damit verbracht, aus verschiedenen Zaubererschulen geworfen zu werden.«

»Das stimmt. Danach habe ich gelernt, wie man kämpft. Glaubst du, es ist nur ein Zufall, dass ich als Detektiv in Turai so lange am Leben geblieben bin?«

Während ich meinen Mantel anlege, fällt mir wieder der Papyrusschnipsel ein, den ich dem Zauberer von Khurd gestohlen habe. Ich kann ihn nicht entziffern, also zeige ich ihn Makri.

»Ist das Königliche Hochelfensprache?«

Sie nickt. »Wo hast du das her?«

»Der Fetzen ist Abra-al-Kabra aus der Tasche gefallen, als du ihn umgerannt hast. Kannst du es übersetzen?«

Makri liest das Papyrus einen Augenblick und sagt, dass es sich um eine Liste handelt. Ich hatte schon erwartet, dass es so etwas Langweiliges sein würde.

»Was für eine Liste? Ein Einkaufszettel?«

»Nein. Das ist eine Zusammenfassung von Abra-al-Kabras Bericht an Lord Khurd. Es ist eine Liste von allen Verdächtigen für den Mord an Gulag-al-Floros. Er hat Zauberei benutzt, um die Gegend zu überprüfen, und hat alle identifiziert, die nahe genug gewesen sind, um Gulag zu erstechen. Du stehst drauf. Cermith auch.«

»Wir waren auf der Hängebrücke weiter oben. Wer steht noch drauf?«

»Elith-la-Gipt«, liest Makri vor. »Lasses-al-Floros, Gulags Bruder. Merith-al-Flor, Cousin von Lasses und Gulag. Pires-al-Senth, eine Palastwache, Kelima-la-Min, eine Teppichweberin. Und Gorith-al-Dent.«

Ich nehme das Papyrus wieder an mich.

»Makri, habe ich dir schon gesagt, wie sehr ich deinen Intellekt zu schätzen weiß? Vor allem dein Sprachtalent?«

»Nein. Aber du hast einmal gesagt, dass sich spitzohrige Orgk-Schlampen die Mühe schenken sollten, die Königliche Elfenhochsprache zu lernen.«

Ich lache nachsichtig. »Ein kleiner Scherz, den du mit Humor aufgenommen hast, wenn ich mich recht entsinne. Wenn die Vereinigung der Frauenzimmer das nächste Mal eine Sammlung für die Bildung der breiten Masse der turanianischen Frauen veranstaltet, dann kannst du auf einige Gurans von meiner Seite zählen. Dieses Papier vereinfacht meine Ermittlungen beträchtlich.«

»Wieso hast du eigentlich immer so viel Glück?«, will Makri wissen.

»Ich übe viel.«

Ich verlasse Makri und frage Cermith nach der Richtung zu der Lichtung mit den Drei Eichen am Strom. Er sagt es mir.

»Es ist ein Treffpunkt für Waffenschmiede und Poeten.«

Ich nehme meinen Leuchtstab mit und marschiere wohlgemut über die Hängebrücke.

»Folge dem Schweif des Drachens, dann kannst du dich nicht verirren«, hat mir Cermith gesagt. Dieser Drachenschwanz entpuppt sich als ein Sternbild, das eine Linie bildet. Es ist sogar in Turai zu sehen, aber ich glaube, da oben weist es in eine andere Richtung. Allerdings weiß ich nicht, wie das möglich sein kann.

Ich überquere die Hängebrücken vorsichtig, weil ich in der Dunkelheit nicht in die Tiefe stürzen will. Es ist eine Erleichterung, als ich an den beschriebenen Baum gelange, von dem eine Leiter bis zum Boden führt. Von hier aus halte ich mich auf dem Pfad, bis ich an eine Weggabelung gelange. Dort gehe ich nach links, bis ich zur Lichtung komme.

Obwohl das eine Elfeninsel ist, in der es keine bösen Nachtgeschöpfe und keine kriminellen Banden gibt, jedenfalls theoretisch nicht, empfinde ich ein leises Unbehagen, als ich so ganz allein durch den finsteren Wald gehe. Ich würde es zwar niemals zugeben, aber der Wald beunruhigt mich weit mehr als die Stadt. Ich habe das Gefühl, dass er lebt und genau weiß, dass ich nicht hierher gehöre. Ich stelle meinen Leuchtstab auf stärkste Helligkeit und eile weiter. Allein der Gedanke, dass ich bald ein Bier bekommen werde, kann mich aufheitern. Das ist auch lange überfällig.

Ich bin vollkommen darauf konzentriert, dem Weg zu folgen. Als mich eine Stimme von rechts hinter mir anspricht, hüpfe ich fast auf den nächsten Baum.

»Ein enormer Mensch mit einem leuchtenden Stab! Wie außerordentlich interessant!«

Ich wirbele herum. Es gefällt mir gar nicht, dass mich jemand so überrumpeln konnte. In dem Licht des Stabes sehe ich eine schlanke junge Elfe stehen. Sie ist etwa achtzehn Jahre alt und grinst mich an. Sie hat die Kapuze zurückgeschlagen, und ihr Haar ist für eine Elfe auffällig kurz geschnitten.

»Wie geht es Euch so?«, begrüßt sie mich. »Sucht Ihr nach Bier, enormer Mensch?«

Ich werfe ihr einen finsteren Blick zu. »Ich heiße Thraxas.«

»Das weiß ich«, erwidert sie freundlich lächelnd. »Alle auf Avula wissen, dass ein Ermittler namens Thraxas herumläuft und viele Fragen stellt. Wollt Ihr den Drei Eichen Fragen stellen, enormer Mensch?«

»Nein. Ich will ein Bier trinken. Und würdet Ihr vielleicht aufhören, mich ›enorm‹ zu nennen? Ist das vielleicht eine höfliche Art einem Fremden gegenüber?«

»Entschuldigt. Ich wollte nur poetisch sein. Aber ich nehme an, dass ›enorm‹ kein sehr poetisches Wort ist, wenn man es auf einen Menschen anwendet. Würde Euch ›beeindruckend bebaucht‹ besser gefallen?«

»Nein, es wäre immer noch ziemlich mies«, sage ich.

»Fürstlich proportioniert?«

»Könnten wir vielleicht einen Augenblick meine Leibesfülle hintanstellen? Was wollt Ihr?«

»Dasselbe wie Ihr. Bier.«

Sie kommt zu mir, und wir gehen nebeneinander weiter.

»Ich nehme an, Ihr seid eher eine Poetin als eine Waffenschmiedin?«

»Allerdings. Ich bin Sendru-la-Vallis. Ihr dürft mich Dru nennen.«

»Nett, Euch kennen zu lernen, Dru.«

Nachdem ich mich von dem Schreck erholt habe, ist mir ein bisschen Gesellschaft eigentlich ganz angenehm. Dru ist offensichtlich ein Elfenmädchen, das kein Problem hat, mit Fremden zu plaudern. Sie sagt mir, dass sie fast jede Nacht zu den Drei Eichen kommt, um sich mit anderen Poeten zu treffen.

»Und um Bier zu trinken«, fügt sie hinzu.

»Ich dachte, die Dichter der Elfen trinken Wein.«

»Nur die Älteren«, klärt Dru mich auf. »Und ich darf wohl sagen, dass Wein sehr gut dazu passt, Epen zu verfassen. Aber die Poesie entwickelt sich weiter, wisst Ihr. Seht, da ist die Lichtung. Es gibt einen Hügel, von dem aus man durch die feine Gischt eines Wasserfalls die Sterne betrachten kann. Es ist sehr inspirierend. Wir Poeten haben diesen Ort schon immer geliebt.«

»Aha. Und was ist mit den Waffenschmieden?«

»Sie benutzen die Kraft des reißenden Stroms für ihre Schmieden. Das ist zwar nicht sonderlich poetisch, aber wir kommen gut mit ihnen aus. Ist es wahr, dass Ihr mit einer Frau reist, die Orgk-Blut in den Adern, bemalte Fußnägel und einen Ring in der Nase hat?«

Wie ich sehe, verbreitet sich Makris Ruhm bereits genauso schnell wie meiner. »Ich gehe nirgendwo hin ohne sie. Außer heute Abend. Sie braucht Ruhe.«

Dru scheint ein bisschen enttäuscht, aber sie sagt, dass sie sich freut, einen Detektiv kennen zu lernen.

»Ich brauche neue Erfahrungen, und es gibt so wenig Möglichkeiten für eine junge Elfe, die Insel zu verlassen. Ich wollte eigentlich nach Turai segeln, aber mein Vater hat es mir nicht erlaubt. Wollt Ihr allen Fragen stellen?«

»Vielleicht einigen. Aber hauptsächlich will ich mir Bier bestellen.«

Wir haben die Lichtung erreicht. Selten hat sich mir ein einladenderer Anblick geboten. Unter den mächtigen Eichen sind Bänke aufgebaut, und in dem hohlen Stumpf eines mächtigen, leider verstorbenen Baumes steht ein Elf und schenkt Bier aus. An zwei großen Tischen sitzen kräftige Elfen mit Lederschürzen, vermutlich die Waffenschmiede, und an einem weiteren Tisch dichter am Strom hocken jüngere, dünnere Elfen, wohl die Poeten. Sie winken Dru zu, und auch einige der Waffenschmiede heißen sie lautstark willkommen. Die Atmosphäre ist gesellig und offenbar entspannt genug, so dass meine Anwesenheit zwar einige Bemerkungen hervorruft, aber keinen Schatten über die Veranstaltung wirft.

Ich marschiere geradewegs zu dem Elf in dem Baumstumpf, ziehe einige Münzen Elfenwährung aus der Tasche und verlange ein Bier. Er reicht es mir in einem schwarzen

Ledergefäß. Ich trinke es mit einem Zug aus, reiche das Gefäß zurück und verlange noch eines. Er füllt den Krug aus einem Fass hinter sich und gibt ihn mir wieder. Ich leere ihn erneut in einem Zug und gebe ihn zurück.

»Noch ein Bier. Bitte.«

Ich nehme das dritte Bier und verfahre mit ihm wie mit den beiden andern. Mittlerweile sieht der Elf mich etwas überrascht an.

»Möchtet Ihr vielleicht …?«

»Noch ein Bier.«

Als ich den vierten Krug leere, höre ich gutmütiges Lachen von den Waffenschmieden hinter mir.

»Er ist ein mächtiger Trinker«, sagt einer.

Ich leere den fünften Krug und gehe mit Nummer sechs und sieben zu ihrem Tisch.

»Bringt mir lieber noch zwei«, sage ich zu dem Schankwirt und werfe ihm noch ein paar Münzen zu. »Das heißt, lieber drei. Nein vier. Ach was, bringt mir einfach Nachschub, bis ich Euch bitte, aufzuhören. – Ist hier am Tisch noch Platz für einen durstigen Mann?«, frage ich.

Die Poeten sind sicher auf ihre Art ganz interessant, aber ich halte die Waffenschmiede für die bessere Gesellschaft, solange ich so durstig bin. Sie sehen genau aus wie Elfen, die nach einem harten Tag in der Schmiede ein paar Krüge Bier zu schätzen wissen. Sie sind kräftig, jedenfalls so kräftig, wie Elfen sein können. Nicht so gut gebaut wie ich, aber in ihrer Gegenwart beschleicht mich nicht das Gefühl, übergroß ausgefallen zu sein, was mich neben den meisten Elfen unweigerlich überkommt.

Die Waffenschmiede rücken zusammen und lassen mich mit auf die Bank. Ich leere einen Krug, setze den nächsten an und vergewissere mich mit einem schnellen Blick, dass der Kellner auch wirklich mit dem Nachschub unterwegs ist.

»Ihr hattet wohl einen harten Tag?«, erkundigt sich der Elf neben mir leutselig.

»Einen harten Monat. Mir ist auf Lord Khurds Schiff das Bier ausgegangen, und seitdem habe ich nach welchem gesucht.«

Als der Kellner mit den Krügen auftaucht, bestelle ich bei ihm eine Runde für den ganzen Tisch, was recht gut ankommt.

»Er versucht, uns mit Bier zu bestechen«, rufen die Elfen lachend. »Seid Ihr gekommen, um uns Waffenschmiede zu verhören, Detektiv?«

»Nein, ich will hier nur Bier trinken. Und außerdem, wird es nicht allmählich Zeit, den Kellner zu rufen? Kennt jemand gute Trinklieder?«

Man sollte natürlich einen elfischen Waffenschmied nur fragen, ob er ein gutes Trinklied kennt, wenn man weiß, wie er darauf reagieren wird. Ich weiß es. Ich kann mich noch gut an Elfen wie diese, oder solche, die ihnen sehr ähnlich waren, aus dem Krieg erinnern. Unter ihnen fühle ich mich weit heimischer als unter Lord Khurd-al-Dahs Gefolge. Ein Trinklied erklingt, und nachdem es ein paar Mal herumgegangen ist, ruft mir einer der Elfen weiter unten am Tisch doch tatsächlich zu, dass er sich an mich erinnert.

»Es war damals in Turai während des Krieges! Du hast mit diesem Barbar zusammengekämpft ... wie war noch mal gleich sein Name?«

»Ghurd.«

»Ghurd! Gelobt sei der alte Barbar!«

Der Elf knallt seinen Krug entzückt auf den Tisch.

»Thraxas! Als ich gehört habe, dass ein Menschen-Detektiv hierher unterwegs ist, habe ich nicht erwartet, dass du das bist!«

»Ich kenne diesen Mann«, erklärt er daraufhin seinen Gefährten. »Er hat sehr gut gekämpft und uns außerdem niemals dürsten lassen!«

Das stimmt. Ich habe die Kellergewölbe geplündert, nachdem die orgkischen Drachen die Tavernen und Kaschemmen verbrannt hatten.

»Bist du das, Voluth? Damals hattest du noch keinen Bart!«

»Und du nicht einen solchen Bauch!«

Voluth grölt vor Lachen. Ich kann mich noch sehr gut an ihn erinnern. Er ist von Beruf Schildermacher und war ein sehr zäher Kämpfer. Er bestellt mehr Bier und fängt dann an, Kriegsgeschichten zum Besten zu geben. Geschichten, in denen ich, wie ich erfreut feststelle, sehr gut wegkomme. Ich lächele herzlich in die Runde. Genau so etwas hatte ich im Sinn, als von einer Expedition zu den Elfeninseln geredet wurde. Bier, Trinklieder und eine gesellige Runde.

Womit ich nicht sagen will, dass ich nicht auf alles achte, was mir hilfreich sein könnte. Natürlich kreist das Gespräch bald um den angeblichen Mord von Elith-la-Gipt an Gulag-al-Floros. Wenn sie eine Affäre gehabt haben, dann wissen die Waffenschmiede jedenfalls nichts davon. obwohl einige meinen, dass Gulag noch recht jung für einen Hohen-Baumpriester war. Sein Bruder ist noch jünger und, wie ich ihren Bemerkungen entnehme, wesentlich unbeliebter.

Die Poeten haben sich mittlerweile auf dem Boden am Fuß des kleinen Hügels verstreut, betrachten die drei Monde und rezitieren sich gegenseitig Verse. Dru redet angeregt mit einem anderen jungen Elfen. Das heißt, sie scheinen sich eher zu streiten. Ich kann ihr Gespräch nicht hören, aber es scheint von Sekunde zu Sekunde immer heftiger zu werden. Plötzlich klingt Gesang durch das Wäldchen.

»Die Chöre üben gern spät«, erklären mir die Elfen und lauschen mit der Haltung von Elfen, die ein sehr feines Urteilsvermögen für solche Dinge haben.

»Das klingt wie der Chor von Ven. Nicht schlecht, obwohl

ich eher glaube, dass der Chor aus Corinthal dieses Jahr vorn liegen wird.«

»Ist eigentlich der Wettkampf bei den Veranstaltungen überall so heftig?«, erkundige ich mich. Wenn ja, so denke ich mir, finde ich vielleicht auch heraus, ob man hier irgendwo Wetten platzieren kann.

»Sehr heftig«, versichert Voluth. »Da dieses Fest nur alle fünf Jahre stattfindet, üben die Chöre Jahre. Deshalb will natürlich auch niemand an dem entscheidenden Tag eine schlechte Vorstellung abliefern. Bei den Theatergruppen ist es noch schlimmer. Es ist eine ungeheure Ehre, den ersten Preis zu erringen. Vor zehn Jahren haben ihn die Avulaner gewonnen. Mit einer spektakulären Darbietung der berühmten Episode, in der Königin Leeuven gegen ihren Stiefbruder in den Krieg zieht. Lord Khurd hat den Regisseur zum Ehrenvollen Ritter von Avula geschlagen. Das ist ein Titel, der bisher nur an Elfen verliehen wurde, die sich auf dem Schlachtfeld ausgezeichnet haben. Der Elf brauchte bis zum heutigen Tag keinen einzigen Krug Wein oder eine Rehkeule zu bezahlen.«

»Aber letztes Mal haben wir nicht so gut abgeschnitten«, wirft ein anderer Elf ein. »Es war eine eher gesetzte Aufführung. Keine Gefühle. Die ganze Insel war enttäuscht.«

»Was ist mit dem Regisseur passiert?«

»Er ist voller Wut davongesegelt und meinte, die Juroren würden eine gute Inszenierung nicht einmal dann erkennen, wenn Königin Leeuven persönlich ihnen eine vom Himmel herunterreichen würde. Seitdem haben wir ihn allerdings nicht mehr zu Gesicht bekommen.«

Das führt rasch zu einem ausgiebigen Gespräch über die jeweiligen Vorzüge der drei Teilnehmer des diesjährigen Wettstreits. Soweit ich folgen kann, gibt es zwar keinen klaren Favoriten, aber die öffentliche Meinung sieht die Fassung aus Korinth leicht vorn.

»Aber Ven wird auch eine gute Inszenierung abliefern. Einige Sänger von Avula sind vor einer Woche hinübergesegelt, und als sie wiederkamen, haben sie von einer beeindruckenden Probe berichtet, die sie dort gesehen haben.«

»Und was ist dieses Jahr mit Avula?«, erkundige ich mich.

Die Elfen am Tisch verziehen eher ungehalten ihre Lippen.

»Ihr gebt Euren Leuten selbst keine große Chance?«

»Keine große, nein. Wir haben zwar einige sehr gute Darsteller, aber wer hat jemals gehört, dass ein Zauberer Regie geführt hätte? Ich weiß nicht, was sich Lord Khurd dabei gedacht hat, ausgerechnet Sofius-al-Kabra auf diese Position zu berufen.«

Die Waffenschmiede sind sich in diesem Punkt vollkommen einig.

»Er ist kein schlechter Zauberer, das räumen wir ja ein, aber ein Regisseur? Er hat keinerlei Erfahrung. Mit ihm auf dem Regiehocker haben wir keine Chance auf den Preis. Und seit es öffentlich bekannt gegeben wurde, herrscht auf Avula Unzufriedenheit. Man munkelt sogar von heftigen Auseinandersetzungen im Ältestenrat wegen dieser Angelegenheit. Niemand will, dass unsere Aufführung zur Schande gerät, und wie man hört, wird genau das passieren.«

Es ist sehr merkwürdig. Niemand kann erklären, warum Lord Khurd diese unerwartete Entscheidung getroffen hat.

»Angeblich war auch Lady Yestar alles andere als erfreut. Aber die beiden streiten sich ja sowieso dauernd, das weiß jeder.«

Ich lenke das Gespräch geschickt auf die Jongleur-Wettbewerbe, womit ich sofort eine neue heftige Debatte vom Zaun breche. Die Vorzüge verschiedener Jongleure von Avula, Ven und Korinthal werden zwar lang und breit diskutiert, aber am Ende gibt es keinen klaren Favoriten. Der beste avulanische Jongleur ist offenbar eine junge Elfe. Sie heißt Shuthan-la-Hemas. Aber ob sie die erfahrenen Artisten der anderen Inseln besiegen kann, da gehen die Meinungen auseinander.

Ich senke die Stimme und flüstere Voluth etwas ins Ohr. Er grinst.

»Aber natürlich kannst du eine Wette platzieren. Obwohl Lord Khurd es nicht schätzt, wenn jemand auf die Veranstaltungen bei dem Fest wettet.«

»Ist es verpönt?«

»Nein, er mag es nur einfach nicht. Aber trotzdem wird es gemacht. Ich kann dir aber wirklich niemanden für die Jongleur-Wettbewerbe empfehlen. Aber wenn du eine sichere Wette auf den Ausgang des Jugendturniers abgeben willst, dann setze auf Firees-al-Nold. Er ist der Sohn von Yulis-al-Nold, dem besten Krieger der Insel, und er ist aus dem gleichen Holz geschnitzt wie der Vater. Firees hat den Wettkampf der Unter-Zwölfjährigen gewonnen, als er gerade mal neun war. Und er ist praktisch voll ausgewachsen, obwohl er erst vierzehn Jahre alt ist.«

Dies werde ich mir merken. Ich will gerade noch nach ein paar anderen guten Tipps fragen, als Dru mich unterbricht und sich einfach neben mir an den Tisch quetscht. Sie scheint ein bisschen unglücklich zu sein, aber ihre Miene hellt sich auf, als die Waffenschmiede sie liebevoll begrüßen.

»Die junge Dru. Mal wieder nichts als Flausen im Kopf, was?«

»Wissen deine Eltern eigentlich, dass du Gedichte schreibst und Bier trinkst, Mädchen?«

Dru erwidert ihre Grüße genauso herzlich. Sie scheinen sie alle zu kennen und zu mögen. Ich versuche, mir einen Ort in Turai vorzustellen, an dem sich Waffenschmiede und Poeten freundschaftlich verbrüdern. Vergebens. Vielleicht im Stadion Superbius beim Rennen, nur leider haben bei uns die Poeten kein Geld, das sie für Wetten ausgeben könnten.

»Hast du Thraxas schon kennen gelernt? Schreibst du auch ein Gedicht über ihn?«

»Aber ganz sicher«, erwidert Dru und lächelt.

»Dann mach lieber ein Epos draus!«, schreit Voluth lachend. »Er wirft eine Menge in die Waagschale, worüber man schreiben kann.«

Alles lacht, und ich bestelle mehr Bier.

»Ich wollte auch verhört werden«, erklärt Dru. »Ihr werdet mich doch nicht auslassen?«

»Er hat uns nicht verhört«, erklären ihr die Waffenschmiede.

»Warum denn nicht?«

Alle sehen mich an. Ich erzähle ihnen frei heraus, dass ich heute Abend zum ersten Mal seit Wochen bei einem Bier entspannen kann und mir diese Gelegenheit nicht mit Ermittlungen ruinieren will. Das scheint sie zu enttäuschen. Und während das Bier in Strömen weiterfließt, drängt sich plötzlich jeder, eine Einschätzung der Ereignisse zum Besten zu geben. Plötzlich befinde ich mich mitten in Ermittlungen, und das völlig gegen meinen Willen. Ein Kettenhemdhersteller am anderen Ende des Tisches kennt Vases-al-Gipt sehr gut und weigert sich rundheraus zu glauben, dass dessen Tochter eines Verbrechens fähig ist. Der Lehrling des Schmiedes neben ihm meint, dass seit einiger Zeit in der Nähe des Hesuni-Baums merkwürdige Dinge vorgehen, und behauptet, alle wüssten, dass die Elfen deswegen schlechte Träume haben. Vielleicht, so schließt er, habe Elith ja auch wegen eines schlechten Traums das Verbrechen begangen?

Allgemein hegen alle Mitgefühl für Elith, vor allem wegen des hohen Ansehens, das ihr Vater unter ihnen genießt. Aber übereinstimmend glauben sie, dass sie schuldig im Sinne der Anklage ist. Und ein Schmied, der größte Elf, den ich jemals gesehen habe, behauptet dann auch zu wissen, dass Elith des

Mordes schuldig ist. Seine Schwester wäre nämlich zu der Zeit in der Nähe des Hesuni-Baums gewesen und ist sich ganz sicher, dass sie den tödlichen Stoß gesehen hat.

»Ihr solltet mit ihr reden, Thraxas. Sie wird Euch erzählen, was sie gesehen hat.«

Außerdem erfahre ich etwas über Gorith-al-Dent. Er ist unter den Waffenschmieden zwar als Hersteller der gefürchteten Langbögen der Elfen bekannt, aber er stellt keine mehr her. Anscheinend hat er sein Geschäft aufgegeben. Niemand weiß, warum oder was er in der Zeit tut, in der er nicht mit Lord Khurd segelt.

Einige weiß gekleidete Schauspieler tauchen auf der Lichtung auf und unterbrechen diese Gespräche. Sie werden herzlich begrüßt. Ich erkenne in einigen von ihnen die Mitglieder der avulanischen Truppe wieder, die ich früher in der Nähe des Palastes gesehen habe. Sie haben in der Nähe geprobt.

»Wie geht das Stück von Königin Leeuven voran?«, werden sie von den Waffenschmieden gefragt.

»Mies. Wir brauchen erst mal ein Bier«, erwidern die Schauspieler, schneiden Grimassen und gehen rasch zu dem hohlen Baumstamm, um sich etwas zu trinken zu holen. Dann mischen sie sich unter die Poeten, und wenn ich die Gesprächsfetzen richtig verstehe, sind sie ebenfalls nicht gerade glücklich über ihren Regisseur.

Ich sehe Dru an und bemerke, dass sie ziemlich traurig aussieht.

»Habt Ihr Probleme mit Eurem Freund?«, frage ich sie mitfühlend.

Sie nickt. »Er ist einfach weggegangen, nachdem wir uns gestritten haben.«

»Worüber habt Ihr Euch denn gestritten?«

»Verhört Ihr mich jetzt?« Drus Miene hellt sich bei diesen Worten sichtlich auf.

»Nein. Das heißt, es sei denn, Euer Freund hätte den Hesuni-Baum beschädigt und den Priester umgebracht.«

»Das hat er nicht«, erwidert Dru und verfällt wieder in ihre Niedergeschlagenheit. »Aber sein Verhalten ist seit einiger Zeit so merkwürdig, dass es mich nicht überraschen würde, wenn er etwas ähnlich Dummes angestellt hätte. Außerdem hat er sehr gemein über mein neues Gedicht geurteilt.«

Ich drücke ihr mein Mitgefühl aus. Das zeigt deutlich, wie milde mich dieser Abend hier gestimmt hat. Normalerweise verschwende ich nicht viel Zeit oder Gefühle auf die Probleme junger Nachwuchsdichterinnen.

Je später es wird, desto mehr Elfen verschwinden. Dru geht ebenfalls mit ihren Freunden weg, und ich beschließe, auch aufzubrechen. Ich habe viel Bier getrunken, und es ist ein ziemlich weiter Weg zurück zu Cermiths Baumhaus. Ich frage an der Bar nach, ob sie vielleicht auch Bier in Flaschen oder Flakons haben, die ich mitnehmen könnte.

»Wir können Euch einen Weinschlauch mit Bier füllen, wenn Ihr wollt.«

»Das wäre hervorragend.«

Ich bezahle, verabschiede mich von meinen Trinkkumpanen und mache mich auf den Heimweg. Ich will nicht zugeben, dass ich nachts nicht so gut sehen kann wie die Elfen, also warte ich, bis ich mir den Weg mit dem Leuchtstab erhelle. Auf dem Heimweg bin ich froh gelaunt. Der Wald kommt mir auch nicht mehr bedrohlich vor.

»Das war natürlich das Problem«, sage ich vernehmlich. »Wie soll man durch einen Elfenwald kommen, ohne ein paar Bier intus zu haben? Jetzt bin ich in der richtigen Stimmung. Und es ist sehr nett hier.«

Ich grüße einige Bäume, die ich noch vom Hinweg kenne. Anscheinend bin ich schon kurz vor meinem Heim. Dann fällt mir ein, dass ich ja eine lange Leiter hinaufklettern muss, um dorthin zu gelangen. Mist. Diese Aussicht begeistert mich nicht gerade. Der Weg wird schmaler, und ich summe ein fröhliches Lied vor mich hin. Als ich um eine Ecke biege, warten dort vier maskierte Elfen mit Speeren auf mich. Sie stoßen einen Schlachtruf aus und sprinten auf mich zu, die Speere stoßbereit.

Ich bin vor Schreck zunächst wie gelähmt. Diese feindseligen Speerträger hatte ich vollkommen vergessen. Und ich befinde mich auf diesem engen Pfad schon wieder im Nachteil. Ich stoße das magische Wort aus, und der Leuchtstab erlischt. Dann werfe ich mich zur Seite in die Büsche. Im Unterholz können sie mich wenigstens nicht in Kampfformation angreifen. Ich krabbele noch tiefer hinein, halte dann an und lausche. Es ist nichts zu hören.

Ich bin überhaupt nicht in der Laune, mich zu verstecken, und ich habe noch weniger Lust, mich durch das Unterholz zu kämpfen. Mir reicht noch die Erfahrung von unserer ersten Begegnung, als sie mich gezwungen haben, von der Hängebrücke zu springen. Mich packt die Wut. Man sollte eigentlich erwarten, auf Avula herumspazieren zu können, ohne auf Schritt und Tritt von irgendwelchen Speer schwingenden Elfen gejagt zu werden. Ich nehme lieber das Risiko in Kauf, zum Weg zurückzuschleichen, so leise ich kann. Und das ist sehr leise. Als ich mich dem Pfad nähere, bleibe ich stehen und lausche. Ich halte sogar den Atem an, aus Angst, ein Geräusch zu machen. Das Mondlicht erleuchtet den Weg vor mir. Die vier Elfen stehen deutlich sichtbar mitten auf dem Pfad und warten schweigend.

Was soll ich jetzt tun? Es wäre unklug, sie anzugreifen. Ich habe zwar keine Angst vor einem Kampf, aber auf dem Pfad hätten sie Gelegenheit, wieder ihre Phalanx zu formieren. Und selbst wenn es mir gelänge, mich auf sie zu stürzen und sie niederzumetzeln, wäre Lord Khurd sicher alles andere als stolz auf mich. Schließlich bin ich nicht zur Elfenjagd hierher eingeladen worden.

Plötzlich verschwinden die Elfen. Einfach so. Sie lösen sich in Luft auf. Ich bin erstaunt. Ich habe schon viel Zauberei erlebt, aber das habe ich wirklich nicht erwartet. Es bringt mich ernsthaft durcheinander. Wenn vier unsichtbare Elfen im Wald anfangen, nach mir zu suchen, bin ich erledigt. Ich spanne meine Sinne an und versuche, ihren Geruch wahrzunehmen. Aber ich kann nichts weiter aufnehmen als das schwache Geräusch von Stimmen, die sich entfernen.

Nach einer Weile gehe ich zum Pfad zurück. Dort ist niemand. Ich lasse meinen Stab aufscheinen und bücke mich, um die Spuren im Gras zu untersuchen. Es sieht aus, als wären die Elfen einfach weitergegangen, nachdem sie unsichtbar geworden sind. Daraus werde ich nicht schlau, aber ich habe auch nicht vor, hier zu warten, bis sie wiederkommen. Ich mache mich schleunigst auf den Heimweg und bleibe nicht mehr stehen, bis ich endlich zu der Leiter komme, die zu Cermiths Baumhaus hinaufführt. Ich klettere sie erheblich zügiger hoch, als ich mir vorgestellt hatte.

13. Kapitel

Am nächsten Tag bin ich trotz des reichlichen Bierkonsums bester Dinge.

»Das muss an der gesunden Luft liegen«, vermutet Makri. »Ich fühle mich auch ganz gut. Was hast du heute vor?«

»Ich will der Schwester eines Schmieds einen Besuch abstatten. Angeblich hat sie den tödlichen Stoß gesehen. Und ich will mit Visan, dem Wahrer des Wissens, reden, wer auch immer das sein mag. Lady Yestar deutete an, dass er mir vielleicht mehr über die beiden Familien erzählen kann, die um die Baumpriesterschaft rivalisieren.«

»Wäre das nicht eigentlich verpönt?«

»Was ist hier auf dieser verdammten Insel nicht verpönt? Man könnte auch erwarten, es wäre verpönt, eine Frau ohne eine gründliche Untersuchung hinzurichten, aber anscheinend haben sie damit keine Probleme.«

»Erwartet Elith tatsächlich die Todesstrafe?«

»Das behaupten alle. Es wäre das erste Todesurteil auf Avula seit über hundert Jahren, und es soll sofort nach dem Fest vollstreckt werden. Es sei denn, mir fällt möglichst bald doch noch etwas ein.«

»Na dann viel Spaß. Ich muss jetzt diesem blöden Kind beibringen, wie man kämpft.« Makri hat ihre Schwerter auf den Rücken geschnallt und einige andere Waffen in einen Seesack gestopft. »Ich hatte außer den Schwertern nur noch zwei Messer dabei, als ich ins Meer gesprungen bin. Aber ich habe mir von Cermith noch ein paar Klingen besorgt. Und ein Übungsschwert.«

Mit unverhohlener Verachtung starrt sie auf das Holzschwert. Ich rate Makri, sich keine Sorgen zu machen. Sie kann Isuas auch damit töten, wenn sie nur kräftig genug zustößt.

Makri soll ihre Schülerin irgendwo im Westen der Insel treffen, auf einer Lichtung, die nur von der Königlichen Familie genutzt wird. Dort sind sie ungestört. Wir haben zwar überall auf der Insel junge Elfen für das Turnier üben sehen, aber Makri soll Isuas trotzdem Privatstunden geben. Das passt ihr ganz gut in den Kram.

»Wenn niemand zusieht, wird mein Ruf dieses Debakel vielleicht überleben.«

Sie ist immer noch sehr unglücklich darüber, wie die ganze Sache gelaufen ist, sagt sich jedoch, dass sie nun das Beste daraus machen muss.

»Gut, es wird zwar ein Desaster werden, diese Göre zu unterrichten, aber wenigstens bekomme ich so ein bisschen Bewegung und kann mein Waffentraining absolvieren. Außerdem bietet sich mir dabei eine Gelegenheit, die Königliche Hochelfensprache zu üben.«

Nachdem ich mein Handbuch zu Rate gezogen habe, präge ich mir den Schlafzauber ins Gedächtnis ein, zusammen mit einem anderen Spruch, der sich vielleicht noch als nützlich erweisen könnte. Makri und ich brechen gemeinsam auf und wenden uns nach Westen. Weil wir nicht mehr über die Hängebrücken marschieren wollen, borgen wir uns zwei Pferde von Cermith und reiten über einen der Hauptpfade des Dschungels. Auf unserem Weg kommen wir häufig an Darstellern vorbei, die verschiedene Aufführungen für das Fest einüben, das in fünf Tagen stattfindet. Ich halte kurz an und sehe einer jungen Elfe zu, die unter einer hohen Silberpappel eine ausgezeichnete Jongliernummer einstudiert. Sie hält vier kleine Holzbälle in der Luft, und ihre Partnerin wirft ihr erst einen und dann noch einen zweiten zu, so dass sie jetzt mit sechs Bällen gleichzeitig jongliert. Sie fliegen in einem schönen Bogen von der einen Hand in die andere.

»Sie sieht so aus wie jemand, auf den sich eine Wette lohnt«, murmle ich und reite hinüber. Ich frage sie nach ihrem Namen und erfahre, dass sie Usath heißt und aus Ven stammt. Ihre grüne Tunika ist mit silbernen Halbmonden bestickt. Unsere Ankunft lenkt sie zwar zunächst ein wenig ab, und sie zieht auch vernehmlich die Luft ein, als sie Makris Orgk-Blut wittert, aber sie lässt sich nicht lange irritieren und übt weiter. Sie ist ganz offensichtlich eine ausgezeichnete Artistin. Ihre Assistentin, ein junges Elfenmädchen, wirft ihr den siebten Ball zu, aber der verfehlt sein Ziel, und die anderen sechs Bälle landen ebenfalls im Gras.

Die junge Jongleurin stößt einen derben Fluch aus, bückt sich und hebt sie auf. Sie hat unsere Gegenwart bereits vergessen.

»Na ja, sie hat zwar bei dem siebten Ball Mist gebaut, aber auch mit sechs Bällen war sie ziemlich beeindruckend«, erkläre ich.

»Vielleicht ist sie gut für eine Wette«, stimmt mir Makri zu. »Ich werde Isuas fragen. Möglicherweise hat sie ja Informationen über die anderen Jongleure.«

Als ihr klar wird, was sie gerade gesagt hat, runzelt sie die Stirn.

»Wieso bin ich eigentlich so erpicht darauf, auf diese Jongleure zu wetten? Ich habe diese Wetterei doch immer verabscheut.« Sie dreht sich im Sattel herum. »Das ist deine Schuld. Du hast mich verdorben.«

»Daran ist nichts Schlimmes, Makri. Spielen tut dir ganz gut.«

»Ach ja? Wie das?«

»Das weiß ich nicht. Aber ich bin fest davon überzeugt. Weißt du, dank mir bist du jetzt eine viel bessere Person als die rüpelige, naive Gladiatorin, die vor knapp anderthalb Jahren nach Turai gekommen ist. Bier, Kleeh, Thazis und Spiel. All das habe ich dir beigebracht. Und wenn ich so darüber nachdenke, dann konntest du auch nicht sonderlich gut lügen, bis ich es dir gezeigt habe.«

Kurz danach trennen sich unsere Wege. Makri reitet zu Lady Yestars privater kleiner Lichtung und ich zu der kleinen Siedlung von Baumhäusern, in denen die Schwester des Schmieds lebt. Sie ist Weberin und sollte eigentlich an ihrem Webstuhl sitzen. Ich frage mich zu ihrem Arbeitsplatz durch, einer kleinen Holzhütte auf dem Boden, in der vier Webstühle und zwei weibliche Elfen mich erwarten. Eine von ihnen ist Kelima. Sie sitzt an ihrem Webstuhl, aber statt zu arbeiten starrt sie nur ins Leere. Ich stelle mich vor, erwähne meine Unterhaltung mit dem Schmied und erkundige mich, ob sie mir vielleicht ein paar Fragen beantworten würde.

Sie nickt unmerklich. Ihre Reaktion überrascht mich. Ihre Gleichgültigkeit könnte einen vermuten lassen, dass sie es ganz normal findet, wenn ein Menschendetektiv an ihrem Arbeitsplatz auftaucht, um wegen eines Mordes zu ermitteln.

»Wart Ihr auf der Lichtung, als sich der Mord ereignet hat?«

Sie nickt wieder.

»Würdet Ihr mir sagen, was Ihr gesehen habt?«

»Elith-la-Gipt hat Gulag-al-Floros ein Messer in die Brust gestoßen.«

»Seid Ihr sicher, dass sie es war?«

»Ich bin sicher.«

»Es war dunkel, als es passiert ist. Könntet Ihr Euch vielleicht geirrt haben, was die Identität des Mörders angeht?«

Kelima ist ziemlich sicher, dass sie sich nicht geirrt hat. Ich frage sie, was sie auf der Lichtung getan hat. Sie erwidert, dass sie sich ab und zu gern in der Nähe des Hesuni-Baums aufhält, wie alle anderen Avulaner auch.

»Kennt Ihr einen Grund, aus dem Elith-la-Gipt diese Tat begangen haben könnte? Könnt Ihr mir etwas über ihre Beziehung zu Gulag sagen?«

»Ich muss gehen«, erwidert Kelima plötzlich.

Sie steht auf und verschwindet. Ich bin erstaunt.

Ihre Kollegin hat bis jetzt schweigend dagesessen.

»Wohin geht sie?«, frage ich sie.

Die andere Elfe schüttelt den Kopf. »Ich weiß es nicht. Ihr Verhalten in letzter Zeit war sehr merkwürdig. Sie hat seit einem Monat nichts mehr gewebt.«

»Verschwindet sie häufiger so plötzlich?«

Offenbar tut sie das. Ich bin ein bisschen durcheinander. Eben noch hat sie meine Fragen beantwortet, und dann verschwindet sie plötzlich so mir nichts dir nichts. Und nicht etwa, weil meine Fragen sie gestört hätten. Es war beinah so, als wäre ihr etwas Wichtigeres eingefallen, das sie unbedingt erledigen musste.

Vor dem Haus wartet mein Pferd. Ich steige auf und reite in Gedanken davon. Diese Elfen. Liegt es an mir oder verhalten sie sich wirklich alle merkwürdig?

Ich reite zur Mitte der Insel zurück. Unterwegs überholen mich zwei Gruppen von Elfen zu Pferd. Ihre Mäntel und Tuniken weisen ein etwas dunkleres Grün auf als das der Avulaner. Allmählich füllt sich die Insel mit Gästen der Nachbarinseln, die zum Fest kommen. Als ich an der Abzweigung vorbeireite, die zu der privaten Lichtung führt, überkommt mich die Neugier, wie sich Makri und Isuas wohl anstellen. Ich lenke mein Pferd auf den Pfad. Soweit ich weiß, hat Makri noch nie jemanden unterrichtet. Ob sie wohl dazu in der Lage ist? Ich kann es nur hoffen. Solange Isuas glücklich ist, garantiert mir das freien Zutritt zum Palast.

Es gibt weder Zäune noch Wachen, welche die anderen Elfen daran hindern könnten, diese Lichtung zu betreten. Sie tun es einfach nicht. Avulaner benehmen sich im Großen und Ganzen gesehen weit besser als die Menschen in Turai. Der Mord an Gulag-al-Floros ist der erste gewaltsame Todesfall auf der Insel seit zwölf Jahren. In Turai ereignet sich alle vier Stunden einer.

Als ich die Lichtung sehe, steige ich ab und binde mein Pferd an. Ich schleiche auf Zehenspitzen weiter, weil ich mich nicht voreilig verraten will. Dann luge ich hinter der Deckung eines Baums am Rand der Lichtung hervor.

Makri und Isuas stehen sich gegenüber. Beide halten ein Holzschwert in der einen und einen hölzernen Dolch in der anderen Hand. Isuas trägt ein grünes Wams und eng anliegende Strumpfhosen, die ziemlich neu aussehen. Vermutlich hat ihre Mutter ihr eine neue Ausstattung für dieses Unternehmen zur Verfügung gestellt. Elfen glauben, dass so etwas Glück bringt. Makri hat ihr Elfenwams und ihre Sandalen ausgezogen. Mit nackten Füßen, Kettendress und ihrem weichen, grünen Hut sieht sie ziemlich exotisch aus, wenn auch nicht sonderlich wild. Ihr Haar ist so wild und dicht wie immer, aber sie hat die Strähnen vorne zu Zöpfen geflochten, damit sie ihr beim Kampf nicht im Weg sind.

Makri gibt Befehle. Ich verhalte mich still und versuche, die Worte zu verstehen. Ihre Stimme klingt jedenfalls ziemlich gereizt, als würde es nicht sonderlich gut laufen.

»Greif mich an. Erst mit dem Schwert, dann mit dem Dolch. Und versuch diesmal, es richtig zu machen.«

Isuas springt sie mutig an. Für eine Anfängerin ist das nicht schlecht, aber Makri pariert verächtlich ihren Schwerthieb und schlägt Isuas das Schwert aus der Hand. Die junge Elfe bemüht sich, den Angriff mit dem Dolch weiterzuführen, wie ihr befohlen wurde, aber Makri weicht einfach mit einer geschickten Körperdrehung aus und haut Isuas mit dem Griff ihres eigenen Dolchs auf den Kopf. Isuas kracht zu Boden.

»Das war schrecklich!«, kommentiert Makri und hebt dann die Stimme. »Los, steh auf und mach's diesmal richtig.«

»Ihr habt mir wehgetan!«, heult Isuas.

Makri zerrt das Kind unsanft auf die Füße, befiehlt ihm, aufzuhören zu jammern und ihr Schwert aufzuheben.

»Greif mich noch mal an und wirf dein Schwert diesmal möglichst nicht weg!«

Selbst aus der Entfernung sehe ich die Tränen in Isuas' Augen schimmern. Aber sie gehorcht und führt erneut einen ganz ordentlichen Stoß in Makris Richtung aus. Makri ist eine Meisterin der Doppelschwert-Technik, die weder im Westen noch im Süden so verbreitet ist wie zu ihrer Gladiatorenzeit im Osten. Sie pariert beide Klingen von Isuas gleichzeitig, macht einen Ausfallschritt, rammt dem Mädchen ihre rechte Hand ins Gesicht, tritt ihr die Beine unter dem Körper weg und zieht ihr noch im Fallen die flache Seite des Schwertes über. Die junge Elfe klappt wie von einem Armbrustbolzen getroffen zusammen und fängt an zu schreien. Der Schrei wird zu einem Gurgeln, das rasch verstummt, als Makri ihr den Fuß auf die Kehle setzt und sie feindselig anstarrt.

»Was zum Teufel war das denn?«, will sie wissen. »Ich habe dir nicht befohlen, deiner Mutter mit dem Schwert zuzuwinken, du nutzlose Göre. Ich habe dir befohlen, mich damit anzugreifen! Du bist erbärmlich! Ich hatte einen kleinen Hund, der eine Waffe besser halten konnte als du!«

Makri hat mittlerweile offenbar den Versuch aufgeben, ihre Königliche Hochelfensprache zu verbessern. Stattdessen beschimpft und verflucht sie Isuas in einer gottlosen Mischung aus Umgangselfisch und Orgkisch. Wobei die orgkischen Schimpfworte, die sie benutzt, nicht einmal aus dem Nieder-Orgkischen stammen, sondern dem viel rüderen Mischmasch-Orgkisch entnommen sind, das die Verkehrssprache in den Gladiatorengruben gewesen ist. Alles in allem ist ihre Schimpfkanonade ein fürchterlicher verbaler Ausfall. Ich folge diesem Schauspiel mit offenem Mund. Mir schwante zwar schon, dass Makri keine ideale Lehrmeisterin ist, aber ich habe nicht erwartet, dass sie ihre Schülerin gleich am ersten Tag in Stücke zerlegen würde.

Vermutlich spürt Makri, dass die junge Elfe unmittelbar vor dem Erstickungstod steht, und hebt den Fuß von der Kehle der jungen Elfe. Isuas schluchzt. Das scheint Makris Wut nur noch anzustacheln.

»Hör auf, du unfähige kleine Göre! Du wolltest lernen, wie man kämpft! Also dann, hoch mit dir und kämpfe, du Vaginux.«

Vaginux ist unterstes Mischmasch-Orgkisch und so ziemlich das Rüdeste, was man zu jemandem sagen kann. Sollte Isuas jemals auf die Idee kommen, diesen Ausdruck vor Lord Khurd zu wiederholen, dürfte er seine Flotte einschiffen, um Turai dem Erdboden gleichzumachen. Isuas zögert nach ihren beiden ersten Angriffsversuchen verständlicherweise, einen dritten zu wagen. Sie steht auf, aber langsam. Zu langsam. Makri tritt ihr so heftig in die Rippen, dass sie heulend wieder zusammenbricht.

»Hör auf, den Boden abzuhorchen, Dumpfbacke. Glaubst du, dass dein Gegner den ganzen Tag wartet, bis du allmählich wieder soweit bist? Schnapp dir deine Waffen und greif mich an! Und diesmal machst du es hoffentlich besser, sonst schieb ich dir dieses Schwert so weit durch den Hals, dass es dir unten wieder rauskommt, das schwör ich dir!«

Ich kann mich allmählich des Eindrucks nicht erwehren, dass dies doch ein bisschen weit geht, und trete aus der Deckung.

»Makri!« Ich bemühe mich, jede Spur von Entsetzen aus meinem freundlichen Tonfall zu verbannen. »Ich wollte nur mal sehen, wie es so läuft.«

Makri wirbelt herum. Mein Anblick bereitet ihr ganz offenkundig kein Vergnügen.

»Ich hab keine Zeit zum Plaudern, Thraxas. Ich bin beschäftigt.«

»Das sehe ich.«

Isuas liegt am Boden, hält sich die Rippen und schluchzt.

»Vielleicht möchtest du ja eine kleine Pause machen?«, schlage ich vor. »Wie wäre es mit einer Thazisrolle?«

»Dafür habe ich keine Zeit«, lehnt Makri ab. »Ich muss dieser Niete beibringen, wie man kämpft. Wiedersehn.«

Makri dreht sich wieder zu ihrer Schülerin um und schreit sie an, dass sie aufstehen soll. Isuas fängt an zu brüllen. Ich lege Makri die Hand auf die Schulter.

»Findest du nicht, dass du ein bisschen …«

Makri fährt herum und schiebt ihr Gesicht direkt vor meine Nase. Sie sieht ziemlich wild aus.

»Verschwinde von hier, Thraxas!«, schreit sie mich wütend an. »Geh ermitteln. Und belästige mich nicht länger.«

Ich bin schockiert. Zwar habe ich Makri schon früher in schlechter Laune erlebt, aber ich hatte nicht erwartet, dass sie wegen eines Jugendturniers eine solche Leidenschaft entwickeln würde. Ich beschließe, mich zurückzuziehen. Immerhin ist es wirklich Makris Angelegenheit und nicht meine. Ich kann nur hoffen, dass Lady Yestar mich nicht aus dem Palast verbannt, wenn sie von Makris barbarischem Verhalten erfährt.

Ich gehe denselben Weg zurück, den ich gekommen bin, und drehe mich noch ein letztes Mal um, bevor ich aufsitze und davonreite. Makri hat Isuas auf die Füße gezerrt und zwingt sie, sie wieder anzugreifen. Noch während ich zusehe, schlägt Makri Isuas mit dem Übungsschwert so heftig auf die Finger, dass die Elfe vor Schmerz aufschreit und ihr Schwert fallen lässt.

»Halt dein verdammtes Schwert fest, du elende Vaginux!«, schreit Makri laut und begleitet jede Silbe mit einem heftigen Schlag. Mich schaudert.

Während ich zurückreite, rufe ich mir ins Gedächtnis, wie mein Waffentraining gewesen ist. Auch ziemlich rau, wenn ich mich recht entsinne, aber ein Zuckerschlecken im Vergleich mit den Lektionen, die Isuas von Makri, der Wahnsinnigen, erhält. Ich hoffe sehr, dass Isuas diesen ersten Tag heil übersteht. Wenn ja, dürfte sie wohl kaum Lust auf eine zweite Lektion haben.

Ich reite um die Insel, bis ich an einen Pfad gelange, der zur Inselmitte führt. Er schlängelt sich am Ufer des Flusses entlang, der im Herzen der Hügel entspringt. Von hier aus kann ich fast den ganzen Weg bis zum Palast reiten. Nur das letzte Stück muss ich zu Fuß gehen, denn Pferde sind auf der großen Lichtung nicht erlaubt. Diesen Teil der Insel kenne ich noch nicht. Er ist weniger dicht bewaldet, hat einige Steppen und einige wenige bewirtschaftete Felder. Obwohl die meisten Häuser, an denen ich vorbeikomme, immer noch hoch oben in den Bäumen schweben, befinden sich hier auch mehr Gebäude auf dem Boden. Sie sind etwas einfacher konstruiert als Baumhäuser, verraten jedoch exzellente Handwerkskunst. Wie alles in Avula. Die Elfen scheinen einfach nichts Minderwertiges bauen zu können.

»Die Ossuni-Elfen führen alle Arbeiten mit Liebe und Perfektion durch«, hat Vases-al-Gipt einmal vor langer Zeit gesagt.

Ob seine Tochter tatsächlich eine Affäre mit Gulag-al-Floros hatte? Wenn ja, erhöht das auch die Wahrscheinlichkeit, dass sie den Baum beschädigt hat – oder nicht? Wollte sie sich an ihrem Liebhaber rächen, indem sie seinen kostbaren Hesuni-Baum zerstört? Vielleicht. Ich habe schon merkwürdigere Racheakte erlebt. Aber warum hat sie den Priester dann später ermordet? Ich glaube noch immer nicht, dass Elith zu einer solchen Tat fähig ist.

Aber auch wenn ich es gern leugnen würde, kann ich einfach nicht vor der Tatsache davonlaufen, dass ich eben mit einer Augenzeugin des Mordes gesprochen habe. Obwohl die Weberin Kelima einige Anzeichen für ein höchst merkwürdiges Verhalten an den Tag gelegt hat, klang sie nicht wie eine Elfe, die lügt oder nicht genau weiß, was sie da gesehen hat. Eliths Lage verschlechtert sich immer mehr. Ich bin vielleicht doch gezwungen, irgendwelche mildernden Umstände zu konstruieren, die ihr zumindest die Exekution ersparen.

Ich verwünsche alle Zeugen, die meinen Klienten das Leben schwer machen, und reite weiter. Warum benehmen sich so viele Elfen in letzter Zeit so merkwürdig? Damit meine ich nicht nur Elith. Gorith-al-Dent, zum Beispiel. Ich kann seine Abneigung mir gegenüber zwar verstehen, aber warum hat er plötzlich aufgehört, als Langbogenhersteller zu arbeiten? Das ist höchst untypisch für Elfen. Ich denke an den Seemann, der aus der Takelage zu Tode gestürzt ist. Das war auch sehr seltsam. Ganz zu schweigen von Kelimas Verhalten, die seit einem Monat nichts mehr gewebt hat, und dann plötzlich dringend irgendwo anders hinmusste. Sie ist weggegangen, ohne ihrer Kollegin auch nur den Versuch einer Erklärung zu geben. Was ist bloß mit ihnen allen los?

Ein Elf zu Pferd kommt mir auf dem Weg entgegen. Aber er reitet nicht an mir vorbei, sondern zügelt sein Pferd, bleibt stehen und starrt mich eindringlich an. Er ist alt, der älteste Elf, den ich bisher auf der Insel gesehen habe. Sein Haar ist weiß, und seine Stirn ist zerfurcht, dennoch hält er sich sehr aufrecht im Sattel.

»Ich bin Visan, der Wahrer des Wissens«, sagt er. »Ich glaube, Ihr wolltet mich sprechen?«

»Das will ich.«

»Dann sprecht.«

»Ich würde gern etwas über die umstrittene Nachfolge der Baumpriesterschaft in Erfahrung bringen.«

»Es ist verpönt, darüber mit einem Fremden zu reden. Außerdem ist es eine alte und verwickelte Geschichte, die jüngere Cousins von Zweigen miteinander verflochtener Familien betrifft, und die Ihr weder verstehen noch genießen könntet.«

»Ich habe noch nicht viel genossen, seit ich hier bin. Ich will auch nicht die ganze Geschichte hören. Mich interessiert nur das, was jetzt gerade passiert. Zum Beispiel, ob jemand es aus diesem Grund auf Gulag-al-Floros abgesehen haben könnte.«

»Ja.« Visans Unverblümtheit überrascht mich. »Hith-al-Nold behauptet, dass dieser Rang der Priesterschaft ihm zustehe. Er beschwert sich unaufhörlich bei dem Ältestenrat.«

»Wie stark ist seine Position?«

»Darüber zu reden ist verpönt.«

Visan verweigert mir auch die Antwort auf meine folgenden Fragen zu demselben Thema. Ich begreife, dass ich hier keine geheimen Einzelheiten in Erfahrung bringen werde.

»Na gut. Könnte Hith den Hesuni-Baum beschädigt haben, um Gulag in Verruf zu bringen?«

Visan sitzt ruhig, alt und gelassen auf seinem Pferd und denkt über meine Frage nach.

»Ja«, erwidert er schließlich. »Das ist möglich.«

»Ist jemand damals dieser Möglichkeit nachgegangen?«

Visan schüttelt den Kopf. »Bestimmt nicht. So etwas wäre auf unserer Insel niemandem in den Sinn gekommen.«

»Aber nachdem ich es nun vorgeschlagen habe …«

»Es ist durchaus möglich.«

Visan nickt mir zu und reitet dann weiter. Ich weiß nicht, ob ihn meine bohrenden Fragen nach etwas, was offensichtlich verpönt war, aufgeregt haben oder ob er ihrer einfach nur überdrüssig war. Wenigstens habe ich jetzt noch einen weiteren Verdächtigen ausgegraben.

Ich reite weiter, bis ich an einen Platz gelange, an dem neun oder zehn Pferde in einer Koppel herumlaufen. Hier muss ich mein Pferd abgeben und zu Fuß weitergehen. Doch schon nach kurzer Zeit stoße ich auf eine große Gruppe von Elfen, die erwartungsvoll in einen Baum starren. Ich vermute, dass es eine private Baumangelegenheit ist, die nur Elfen richtig zu schätzen wissen, und will weitergehen, als plötzlich eine Stimme verkündet: »Avulas größte Jongleurin bei der Vorbereitung auf das Fest: Shuthan-la-Hemas!«

Die Zuschauer applaudieren, als Shuthan-la-Hemas geschickt auf eine Astgabel springt und sich verbeugt. Sie ist eine schlanke, junge Elfe mit nackten Füßen und extrem langem Haar. Und den aufgeregten Bemerkungen im Publikum entnehme ich, dass große Dinge von ihr erwartet werden. Da ich immer noch Informationen suche, auf wen ich wetten soll, bleibe ich stehen, um mir ihre Nummer anzusehen.

Shuthan fängt recht zuversichtlich an, jongliert mit drei Bällen und gibt ein paar übliche Kunststücke zum Besten, während sie dem Publikum Grimassen schneidet. Das habe ich in Turai oft genug gesehen, aber sie legt rasch an Tempo zu. Sie lässt einen vierten und fünften Ball fliegen und jongliert weiter, während sie auf dem Ast herumhüpft. Die Menge jubelt und muntert sie mit Zurufen auf. Offensichtlich ist Shuthan-la-Hemas ihr Liebling.

Bedauerlicherweise läuft die ganze Sache aus dem Ruder, als sie versucht, einen sechsten Ball hinzuzunehmen. Sie kann ihn nicht fangen, der Ablauf gerät durcheinander, und die Bälle fallen herunter. Als Shuthan versucht, die Situation zu retten, stolpert sie ungeschickt über ihre eigenen Füße und fällt hinunter, auf die Köpfe der Zuschauer. Die stöhnen, auch vor Enttäuschung.

»Sie ist nicht mehr so gut wie früher«, sagen sie.

»Sie verfügt nicht mehr über dieselbe Geschicklichkeit wie damals.«

Andere murmeln, dass dieses Fest für Avula schlimm ausgehen wird. Ihr Theaterstück wird von einem unfähigen Zauberer geleitet, der Chor ist nicht einmal annähernd so gut wie der von Ven, und jetzt zeigt auch noch ihre beste Artistin Nerven.

»Wenn Firees-al-Nold das Jugendturnier nicht gewinnt, dann werden wir zum Gespött der Ossuni-Inseln«, meint ein enttäuschter Elf zu seinem Gefährten.

Ich gehe weiter. Die Avulaner tun mir zwar Leid, aber auf diese Artistin werde ich keinen einzigen Guran setzen.

Es ist schon spät am Nachmittag. Das Wetter ist mild, und eine leichte Brise kräuselt das Wasser der beiden Weiher am Hesuni-Baum. Auf der Lichtung herrscht mehr Betriebsamkeit als sonst, da die Elfen von den Nachbarinseln dem Baum ihren Respekt zollen. Sie ignorieren mich, als ich über das Gras schlendere. Ich bin nicht der einzige Mensch hier. Am kleineren Weiher zeigen ein paar Elfen einer Delegation aus Mattesh irgendwelche Sehenswürdigkeiten.

Der große Weiher ist mir verdächtig, seit Makri von seinem Wasser getrunken hat und so nachhaltig berauscht gewesen ist. Ich will einen Zauber an ihm ausprobieren, auch wenn mir klar ist, dass den Elfen das kaum gefallen wird. Eigentlich wollte ich frühmorgens hierher kommen, wenn es ruhiger ist, aber ich vermute, dass Khurd seine Diener beauftragt hat, die Teiche zu bewachen. Sie würden mich mit Leichtigkeit erwischen. Hier in der Menge kann ich hoffentlich unbemerkt zaubern.

Ich setze mich neben den Weiher, tauche beiläufig meinen Finger in das Wasser und träufele dann ein paar Tropfen auf ein Stück Pergament. Mit einem kurzen Blick in die Runde überzeuge ich mich, dass niemand auf mich achtet. Ich wirke wie ein gewichtiger Detektiv, der sich von seinen Anstrengungen erholt.

Rasch gleite ich in einen Zustand völliger Konzentration. Dann murmle ich die uralten Worte des Zaubers der Nicht-Zugehörigkeit. Ich habe diesen Spruch früher häufig benutzt und festgestellt, dass dieses magische Feld, das der Hesuni-Baum erzeugt, ihn wirkungslos macht. Ich beobachte den Weiher und warte. Nach einer Minute sehe ich, dass etwas in meiner unmittelbaren Nähe an die Oberfläche blubbert. Ich stehe auf, recke mich und schlendere den Rand entlang, wie ein Mann, der sorglos in den Tag hineinlebt. Auf dem Wasser treibt ein kleines Paket. Ich bücke mich, um meinen Stiefel zu richten, schnappe mir das Päckchen und gehe schnell weiter.

Ich bin sehr mit mir zufrieden. Vielleicht bin ich ja kein großer Zauberer, aber man muss schon einen kühlen Kopf behalten, wenn man in aller Öffentlichkeit zaubert, ohne dass eine Elfenseele es bemerkt.

»So einfach wie einen Senator zu schmieren«, murmele ich und schlendere über die Wiese.

Dann gehe ich hinter einen Baum in Deckung und hole das Päckchen aus meiner Tunika. Ich öffne die wasserdichte Ölhaut. Darin befindet sich weißes Pulver. Ich tauche meinen Finger hinein und streiche mir ein wenig davon auf die Lippen, um es zu schmecken.

Es ist Boah. Die stärkste Droge, die im Moment auf dem Markt ist. Die Geißel der Menschenländer, und jetzt anscheinend auch an der exklusivsten Örtlichkeit der Elfeninsel zu erwerben. Ich will mir gerade dazu gratulieren, dass ich endlich greifbare Fortschritte mache, als sich eine Hand schwer auf meine Schulter legt.

»Ich verhafte Euch im Namen von Lord Khurd-al-Dah!«

Ich werde von neun Elfen umringt, die ihre Schwerter gezückt haben und Lord Khurds Insignien tragen.

»Wenn Ihr versucht, einen Zauber auszusprechen, hacken wir Euch in Stücke, bevor Ihr auch nur die zweite Silbe herausgebracht habt.«

Ihr Anführer reißt mir das Päckchen aus der Hand.

»Habt Ihr eine Erklärung hierfür?«, will er wissen.

Die hab ich, will sie aber nicht an ihn verschwenden. Sie werden mich ohnehin vor ihren Lord schleppen, also kann ich mir den Atem sparen, bis ich da bin. Man führt mich über die Lichtung und die lange Leiter zum Baumpalast hinauf. Dort stecken sie mich in eine kleine Zelle mit einem Stuhl und einem schönen Blick durch die vergitterten Fenster auf die Baumwipfel.

»Draußen vor dem Fenster stehen Wachen mit schussbereiten Bögen. Sie haben Befehl zu schießen, wenn Ihr zu fliehen versucht. In Avula haben wir für Drogenhändler nicht viel übrig.«

Sie lassen mich allein. Ich setze mich auf den Stuhl. Irgendwie überrascht mich das alles nicht. In Turai und auch in anderen Städten im Westen bin ich so oft ins Gefängnis geworfen worden, dass es vermutlich nur eine Frage der Zeit war, auch in einem elfischen Gefängnis zu landen.

14. Kapitel

Die Zelle ist sauber und luftig. Auf einem Tisch steht ein Wasserkrug, und kurz nach meiner Inhaftierung kommt ein Wächter und bringt mir einen Laib Brot. Die Sonne scheint durch das Fenster, und im Wald höre ich irgendwo einen Chor üben. Was die Gemütlichkeit angeht, schneidet diese Zelle verglichen mit meiner Suite in der *Rächenden Axt* gar nicht so schlecht ab.

Mein erster Besucher ist Botschafter Torius. Ich habe unserem Botschafter in Avula noch keinen Antrittsbesuch gemacht, deshalb begrüße ich ihn herzlich und danke ihm dafür, dass er so rasch gekommen ist.

»Es beruhigt mich sehr, feststellen zu dürfen, dass unsere Botschafter ihre Aufgabe so ernst nehmen, turanianische Bürger in fremden Ländern zu beschützen, die ungerechtfertigterweise eingekerkert worden sind. Sobald Ihr mich hier herausgeholt habt, werde ich mich bei Vizekonsul Zitzerius für Euch verwenden.«

»Ich habe nicht vor, Euch herauszuholen«, erwidert der Botschafter.

»Nein?«

»Nein. Von mir aus könnt Ihr hier den Rest Eures Lebens vergammeln. Alle haben Euch geraten, Euch aus den Angelegenheiten der Elfen herauszuhalten. Ihr habt diesen Rat in den Wind geschlagen. Jetzt sitzt Ihr in der Zelle, was natürlich zu erwarten gewesen ist.«

»Kümmert es Euch denn gar nicht, ob ich wirklich ein Verbrechen begangen habe?«

Der Botschafter zuckt mit den Schultern. »Wenn Ihr es getan habt, wird Lord Khurd-al-Dah Euch bestrafen. Wenn nicht, wird er Euch über kurz oder lang freilassen. Er ist ein sehr gerechter Elf.«

»Warum habt Ihr Euch dann die Mühe gemacht, mich zu besuchen?«

»Ein turanianischer Botschafter tut immer seine Pflicht. Wie ich sehe, habt Ihr Wasser und Brot. Ausgezeichnet. Also ist auch für Eure leiblichen Bedürfnisse gesorgt. Und jetzt lebt wohl.«

Torius verschwindet. Ich bin sicher, dass ihm diese kurze Unterhaltung gefallen hat. Ich setze mich wieder hin und lausche dem Chor. Wen Torius wohl bestochen hat, um diesen gemütlichen Posten als Botschafter auf Avula zu ergattern?

Mein nächster Besucher ist ein älterer Elf, der sich als Rekis-al-Lin vorstellt. Er ist Mitglied des Ältestenrates. Er wird von einem Schreiber begleitet, der unser Gespräch notiert.

»Man hat mir die Verantwortung übertragen, diese Angelegenheit zu untersuchen. Warum hat man bei Euch ein Päckchen mit Boah gefunden?«

»Ich habe es aus dem Weiher gefischt.«

»Wie ist es dort hineingekommen?«

Ich sage ihm, dass ich das nicht weiß.

»Und wie habt Ihr es gefunden?«

»Ich habe danach gesucht.«

»Warum?«

»Nennt es die Spürnase des Detektivs.«

Ratsherr Rekis ist zwar nicht überzeugt, aber ich will ihm nicht verraten, dass ich das Boah mit einem Zauber aufgespürt habe. Das würde nur noch mehr Wirbel verursachen. Leider hat der Ratsherr seine Schwierigkeiten damit, mir zu glauben, dass ausgerechnet ich dieses Päckchen Boah in dem Weiher gefunden habe, wo doch so viele Elfen in der Nähe waren.

»Es erscheint uns viel nahe liegender, dass Ihr selbst das Boah aus Turai mitgebracht habt.«

»Warum sollte ich das tun? Jeder weiß, dass Elfen an Boah nicht interessiert sind. Es wirkt bei ihnen nicht.«

»Ihr wisst zweifellos, dass während des Festes viele Menschen auf der Insel sind. Vielleicht wolltet Ihr ihnen das Boah ja verkaufen. Und vielleicht seid Ihr selbst so abhängig davon, dass Ihr nicht ohne diese Droge reisen konntet. Wie auch immer es sein mag, Ihr sagt mir nicht alles, was Ihr wisst. Ihr werdet mir eine lückenlose Beschreibung von Euren Unternehmungen geben, seit Ihr Euren Fuß auf Avula gesetzt habt.«

Ich klappe den Mund zu. Jedes Mal, wenn ich in einer Zelle lande, befällt mich eine ungeheure Abneigung dagegen, eine lückenlose Beschreibung von meinen Unternehmungen zu geben. Wir werden von der Ankunft Abra-al-Kabras unterbrochen, Khurds Hexenmeister. Er starrt mich eine Weile an.

»Er hat einen Zauber gewirkt«, sagt er. »Aber ich weiß nicht, welchen.«

Ratsherr Rekis wirft mir einen eisigen Blick zu.

»Ihr habt einen Zauber in der Nähe des Hesuni-Baums gewirkt? Auf Avula ist das verpönt. Außerdem ist es ein Verbrechen. Was war das für ein Zauber?«

»Ein Liebeszauber. Mir war nach einem kleinen Abenteuer.«

Abra-al-Kabra spricht einige Worte, und es wird etwas kühler in der Zelle.

»Ich habe das Gebiet gedämpft«, erklärt er Rekis. »Der Gefangene wird keinen Zauber zur Flucht wirken können. Außerdem besitzt er sowieso nur wenig Macht.«

Dann schaut er auf mein Halsband.

»Ein Schutzamulett gegen Zauber? Mit Rotem Elfentuch? Woher habt Ihr das?«

»Es ist mir unterwegs zugeflogen.«

Sie lassen mich allein. Ich esse ein Stück Brot und fühle mich im Stich gelassen. Mein einziger anderer Besucher an diesem Tag ist der Wächter, der mir etwas zu essen bringt. Ich verlange, Lord Khurd zu sehen. Der Wächter informiert mich höflich, dass Lord Khurd beschäftigt ist.

Es wird Nacht. Ich war in so vielen Zellen, dass mich diese hier eigentlich nicht wirklich stört. Aber ich ärgere mich über die Zeit, die ich verliere. Sollte mir nicht längst jemand zu Hilfe gekommen sein? Vizekonsul Zitzerius, zum Beispiel. Oder Makri. Wenigstens sie hätte mich längst besuchen müssen. Vielleicht quält sie ja immer noch dieses unselige Elfenkind. Als ich endlich einschlafe, bin ich wütender als ein angeschossener Drache, und als ich am nächsten Vormittag aufwache, ist mein Zorn nicht schwächer geworden.

Es ist fast Zeit fürs Mittagessen, und allmählich nähere ich mich dem Punkt, an dem ich ernstlich erwäge, die nächste Person, die meine Zelle betritt, niederzuschlagen und einen Ausbruch zu riskieren. Der nächste Besucher ist Lord Khurd.

»Boah ist eine schmutzige Droge.« Er kommt recht schnell zum Punkt. »Es ist eine Geißel der Menschenländer und wurde noch nie auf Avula gesehen.«

»Nur, weil Ihr Euch nicht die Mühe gemacht habt, genauer hinzusehen. Und erspart es Euch bitte, mir einen Vortrag über Zauberei in der Nähe des Hesuni-Baums zu halten. Wenn ich das nicht getan hätte, wüsstet Ihr immer noch nichts von dem Boah.«

»Ihr behauptet immer noch, dass Ihr diese Substanz nicht selbst mitgebracht habt?«

»Natürlich habe ich das nicht getan. Glaubt Ihr ernsthaft etwas anderes?«

»Warum sollte ich das nicht tun?«, erkundigt sich der Elfenlord. »Ihr habt Euch bisher schwerlich als ein Mann präsentiert, der gern nüchtern ist. Ihr habt ein Fass Bier auf mein

Schiff gebracht, und als es leer war, habt Ihr gestohlen, um Eure Sucht zu befriedigen. Ihr habt vielleicht geglaubt, dass Ihr unbeobachtet gewesen seid, als Ihr drei große Weinschläuche aus Sosaths Küche entwendet habt, aber ich versichere Euch, dass dies keineswegs der Fall war. Seit Eurer Ankunft auf Avula seid Ihr beinah pausenlos auf der Jagd nach Bier, die schließlich in einem, wie ich aus verlässlicher Quelle hörte, bisher noch nie dagewesenen Exzess am bevorzugten Treffpunkt der Waffenschmiede gipfelte. Und das nur einen Tag, nachdem Ihr und Eure Gefährtin so viel Thazis inhaliert hattet, dass Ihr nicht einmal mehr wusstet, wer Ihr selbst wart. Die Geschichte, wie Ihr mit den Schmetterlingen geredet habt, wird schon auf ganz Avula zum Besten gegeben.«

»Ich habe nicht mit den Schmetterlingen geredet«, widerspreche ich ihm so würdevoll wie möglich. »Und wohin soll das Gespräch eigentlich führen?«

»Es führt zu dem Schluss, dass Ihr eine Person mit höchst schlechtem Einfluss seid. Thazis ist zwar auf Avula nicht verboten, aber wir raten dringend von ihrem Verzehr ab. Und jetzt hat einer meiner ehrbarsten Ratgeber mir hinterbracht, dass er nicht nur drei Thazisrollen im Zimmer seiner Tochter gefunden hat, sondern sie hat ihn auch darüber in Kenntnis gesetzt, dass sie nach Turai reisen will, um Gedichte zu schreiben. Seine Frau fürchtet, dass ihre Tochter mit einer durchbohrten Nase und einem Andenken orgkischer Liebe zurückkehren könnte.«

Irgendwie kommen wir ein bisschen vom Thema ab. Ich versichere Lord Khurd-al-Dah, dass er mich gern so viel kritisieren kann, wie er will, er jedoch nicht bestreiten kann, dass ich Beweise für höchst merkwürdige Vorgänge auf seiner Insel gefunden habe.

»Und was genau sind das für Merkwürdigkeiten?«

»Ich muss noch mehr Ermittlungen anstellen.«

»Nichts, was Ihr findet, kann die Tatsache ändern, dass Elith-la-Gipt Gulag-al-Floros erstochen hat. Ihr habt selbst mit einer Zeugin geredet.«

»Ich muss noch mehr Ermittlungen anstellen.«

Lord Khurd hat aber nicht vor, mich freizulassen. In drei Tagen fängt das Fest an, und mir wird allmählich die Zeit knapp.

»Ihr könnt doch Vases-al-Gipts Tochter nicht einfach ohne gründliche Untersuchung exekutieren.« Ich bleibe hartnäckig.

»Über ihre Strafe ist noch nicht entschieden worden.«

»Aber ihre Schuld scheint beschlossene Sache zu sein. Ihr müsst mir einfach gestatten, mit meinen Ermittlungen fortzufahren.«

Lord Khurd fühlt sich von meinem Tonfall beleidigt und erwidert scharf, dass seine Geduld mit mir langsam zur Neige geht.

»Na schön«, erwidere ich. »Obwohl es mich ehrlich überrascht, dass ein Elfenlord ein derartig schlechter Verlierer ist. In Turai würde sich die Aristokratie niemals so niederer Taktiken bedienen, wenn sie sich einer Niederlage gegenübersieht.«

Lord Khurds Kopf ruckt verblüfft herum.

»Was wollt Ihr damit sagen?«

»Na ja, es ist doch ganz klar, dass Ihr mich hier nur deshalb festhaltet, weil ich Euch auf dem Schiff so verheerend beim Machplat-Spiel geschlagen habe. Seitdem macht Ihr mir nur Ärger. Ihr behindert bei jeder Gelegenheit meine Ermittlungen, weil Ihr es einfach nicht ertragen könnt, gegen einen Menschen verloren zu haben.« Ich schlendere ans Fenster, während ich rede, und hebe meine Stimme, damit die Wachen draußen mithören können. »Ich vermute, dass es für den Machplat-Meister der Ossuni-Elfen einfach zu erniedrigend ist, dass sein Bezwinger über die Insel spaziert und allen von der ungenügenden Harfinisten-Stellung erzählt, die er sich ausgedacht hat. Die Waffenschmiede haben mich gewarnt, dass Ihr mich wahrscheinlich lieber ins Gefängnis stecken würdet, bevor Ihr das Risiko eingeht, noch einmal gegen mich am Spielbrett antreten zu müssen …«

Ich höre draußen vor meiner Zelle ein Geräusch, das verdächtig nach ersticktem Lachen klingt. Lord Khurd hat seine Tapferkeit und Ehre immer wieder im Kampf gegen die Orgks unter Beweis gestellt und kann das natürlich keine Sekunde länger hinnehmen.

Minuten später finde ich mich an einem niedrigen Tischchen wieder, vor mir einen wütenden Khurd-al-Dah und zwischen uns auf dem Tisch ein Machplat-Spiel, das einer der Wächter auf den zornigen Befehl seines Lords hastig angeschleppt hat.

»Spart Euch die Mühe, die Zelle abzuschließen!«, rufe ich dem Wächter hinterher. »Ich marschiere hier sowieso über kurz oder lang als freier Mann heraus. Also, Lord Khurd, sind wir …?«

»Genug der Worte«, knurrt Khurd. »Spielt!«

Ich schiebe meine Leichtfüße vor. Lord Khurd kontert eher konservativ. Aber ich bemerke, dass er heimlich seine Elefanten und auch seine schwer gepanzerten Berittenen aufrüstet.

Die Sonne scheint freundlich in die Zelle, und Papageien kreischen fröhlich in den Bäumen. Draußen erlebt Avula einen weiteren schönen Tag. In der Zelle ist die Stimmung nicht ganz so gut, jedenfalls nicht bei Lord Khurd. Kurz nach Beginn des Spiels sind seine Streitkräfte am Boden zerstört, zu Staub zermahlen unter den Rädern des unaufhaltsamen Thraxas-Kampf-Wagens. Khurd konnte nach seiner zögerlichen Eröffnung der Versuchung nicht widerstehen, einen wilden Angriff auf meine Streitkräfte zu starten. Er hat seine schweren Truppen eingesetzt, und ich habe diesem Schlag nur gerade so lange widerstanden, bis seine Truppen schließlich genau dort gelandet sind, wo ich sie haben wollte. Dann bin ich im Zentrum zurückgewichen, habe ihn von beiden Seiten in die Zange genommen und das vollführt, was man schlechterdings ein Massaker nennen muss. Sein Held, sein Seuchenspender, sein Harfinist, sein Zauberer und sein Heiler liegen tot unter einem traurigen Berg ebenfalls vernichteter Elefanten und dezimierter Trolle.

Khurd betrachtet grimmig die elenden Reste seiner stolzen Armee und räumt seine erneute Niederlage ein. Ich bin ein freier Mann, wie wir es vor dem Spiel vereinbart hatten.

»Gibt es vielleicht die Möglichkeit, etwas zu essen?«, erkundige ich mich, während ich meinen Umhang über die Schultern werfe.

»Ihr könnt die Küchen aufsuchen«, gesteht mir Lord Khurd zu, der die letzten Reste seiner guten Erziehung zusammenkratzt. »Die Wache zeigt Euch den Weg.«

»Danke. Ich nehme an, dass ich meine Klientin sprechen darf?«

Lord Khurd gewährt mir auch diese Gunst, was mich ziemlich erleichtert. Die Vorstellung, schon wieder in das Gefängnis einbrechen zu müssen, war alles andere als erfreulich.

Auf dem kurzen Weg zwischen der Zelle und dem Hauptgebäude des Palastes begegnen mir zwei streng dreinblickende Elfen, die einen neuen Gefangenen abführen. Ich kenne ihn, auch wenn ich seinen Namen nicht weiß. Es ist der junge Elf, mit dem sich die Poetin Dru auf der Lichtung bei den Drei Eichen am Strom gestritten hat. Seine Augen blicken ausdruckslos, und sein Gang ist etwas unsicher. Die Wachen müssen ihn stützen, als sie ihn in eine Zelle führen.

Mich geleitet man zu den Küchen. Dort treffe ich Sosath,

den Koch, den ich seit unserer Landung nicht mehr gesehen habe. Er ist über mein Auftauchen hocherfreut. Anscheinend hat er nicht vergessen, wie sehr ich seine Kochkünste zu schätzen weiß.

»Thraxas! Man hat dich rausgelassen? In der Küche hat man schon vermutet, dass Lord Khurd den Schlüssel zu deiner Zelle wegwerfen wird! Was ist passiert? Hat dein Botschafter eine Kaution hinterlegt?«

»Der turanianische Botschafter ist ungefähr so nützlich wie ein einbeiniger Gladiator. Nein, ich musste mich auf mich selbst verlassen. Ich habe Lord Khurd erneut beim Machplat geschlagen.«

Sosath lacht herzlich über diese Neuigkeit, und seine Hilfsköche stimmen in das Gelächter mit ein. Erneut amüsiert es die Elfen sichtlich, dass Lord Khurd verloren hat. Das zeigt nur, dass ein beliebter und respektierter Elfenlord nicht herumlaufen und mit seinen Fähigkeiten beim Machplat-Spiel prahlen sollte. Das geht allen auf die Nerven.

Sosath häuft mir Essen auf einen extragroßen Teller, und ich fange an, es in mich hineinzuschaufeln.

»Ich habe ein paar Fragen an dich, Sosath.«

Der Küchenchef sieht mich unsicher an. »Wir können dir nichts über Elith sagen, Thraxas. Es wäre höchst peinlich für uns, darüber mit dir zu reden, wenn ...«

»Ich wollte gar nicht über Elith reden. Haben du und deine Kumpel aus der Küche vor, eine Wette auf den Ausgang des Jonglier-Wettbewerbs zu platzieren?«

Sofort bin ich von Sosath und seinen Gehilfen umringt.

»Aber sicher. Ich wollte auf Shuthan-la-Hemas setzen«, antwortet Sosath. »Ich habe gesehen, wie sie früher einmal sensationelle Kunststücke vorgeführt hat. Aber wie ich höre, steckt sie gerade in einem künstlerischen Tief.«

»Das kann man wohl sagen. Gestern habe ich gesehen,

wie sie über ihre eigenen Füße gestolpert ist. Sie sah jedenfalls nicht aus wie eine Gewinnerin. Ich habe aber eine junge Frau namens Usath beobachtet. Sie kommt aus Ven. Sie hat sieben Bälle jongliert und ist vielleicht für noch ein paar mehr gut. Wisst Ihr etwas über ihre frühere Form?«

»Sie ist vor zwei Jahren auf Korinthal Jugendmeisterin geworden«, erwidert ein junger Koch. »Sie ist noch etwas unerfahren, aber sie schlägt sich gut. Ich glaube, sie wäre eine Wette wert, aber es gibt noch einen anderen Jongleur von Korinthal. Er heißt Arith-al-Methik und hat sich seit einiger Zeit einen guten Ruf erworben. Ihr solltet ihn Euch anschauen, wenn Ihr eine Gelegenheit habt.«

Ich danke ihnen für ihre Hilfe.

»Was sind das für Gerüchte, dass Makri Isuas in Kampftechnik unterrichtet?«

»Ich dachte, das sollte ein Geheimnis bleiben.«

»In den Palastküchen gibt es keine Geheimnisse«, erklärt mir Sosath. »Lady Yestar hat es vielleicht Lord Khurd noch nicht gesagt, aber wir machen schließlich den Hohen Elfschaften jeden Tag das Essen. Besteht die Chance, dass Makri dem Mädchen genug beibringt, dass sie bei dem Turnier mitmachen kann? Wäre es eine Wette wert? Isuas ist so schwach, dass wir vermutlich einen guten Schnitt machen würden. Man könnte sogar etwas an dem Mädchen verdienen, wenn sie nur dreißig Sekunden auf den Beinen bleibt.«

Ich denke darüber nach, während ich die Reste des Rehbratens mit einem Stück Brot auftunke.

»Ich glaube eher, dass Isuas vor dem Turnier aufgeben wird. Makri springt wirklich sehr rau mit ihr um. Sollte sich daran etwas ändern, lasse ich es Euch wissen. Aber verratet niemandem, dass Makri sie unterrichtet, sonst sinkt sofort die Quote.«

Nachdem ich meine guten Beziehungen zu den niederen

Elfenklassen durch einen wohlwollenden Plausch über Wetten zementiert habe, verlasse ich den Palast satt und guter Dinge. Genau die richtige Verfassung für Ermittlungen. Was auch ganz gut ist, denn ich habe viel Zeit verloren, was ich mir eigentlich nicht leisten konnte, wo ich noch so viel zu tun habe.

Ich finde Lasses-al-Floros in einer kleinen Hütte auf einem Baum in der Nähe des Hesuni-Baums. Er trägt ein gelbes Band um die Stirn, das seinen neuen Rang als Hoher-Baumpriester anzeigt. Er hat von den letzten Ereignissen gehört und scheint sehr traurig zu sein.

»Kaum zu glauben, dass diese Substanz das Heilige Wasser des Hesuni-Baums vergiften konnte. Das hat die ganze Insel in Schande gestürzt. Ich leide unter der Vorstellung, was mein verstorbener Bruder wohl diesbezüglich gesagt hätte.«

Wenigstens gibt der neue Baumpriester nicht mir die Schuld.

»Als Lord Khurd mich von der Angelegenheit informiert hat, sagte ich ihm, dass Ihr nicht der Mann wärt, der Boah auf unsere Insel bringt. Im Gegenteil, wir sollten Euch dankbar sein, dass Ihr die Angelegenheit aufgedeckt habt. Wisst Ihr, woher es stammt?«

Ich muss zugeben, dass ich das noch nicht weiß, versichere ihm aber, dass ich daran arbeite. Es ist irgendwie erleichternd, auf einen vornehmen Elfen zu stoßen, der mich nicht für alles verantwortlich macht, was hier schief läuft. Nachdem Lasses den Schock über den gewaltsamen Tod seines Bruders verwunden hat, entpuppt er sich als ein ruhiger und besonnener Elf. Ich frage ihn, ob es noch etwas gibt, was er bisher vergessen hat, mir zu erzählen.

»Keine merkwürdigen Vorfälle? Keine Ahnung, wer hier in der Nähe mit Boah gewesen sein könnte?«

»Leider nichts. Ich habe zwar mein Ohr am Boden gehabt,

aber seit mein Bruder umgebracht worden ist, war ich zu sehr mit den Beerdigungsvorbereitungen beschäftigt und natürlich auch damit, die Zügel der Priesterschaft in die Hand zu nehmen.«

Wenigstens scheinen wir den schlimmen Träumen der Avulaner auf die Spur gekommen zu sein. Lasses ist der festen Überzeugung, dass eine so mächtige Droge, die die Heiligen Wasser des Hesuni-Baums vergiftet, genügt, um den Elfen Albträume zu bereiten.

»Alle Avulaner kommunizieren mit dem Baum. Da Boah ein Nervengift ist, verursacht es Albträume. Wir müssen Euch wirklich dafür danken, dass Ihr es gefunden habt. Ich versuche jetzt, die Gegend durch Rituale zu säubern.«

Frustriert marschiere ich über die Lichtung zurück. Alle wissen, dass etwas Merkwürdiges vorgeht, aber keiner weiß genau, um was es sich handelt. Und bisher kann mir auch keiner ein Motiv dafür nennen, aus dem Elith Gulag ermordet haben könnte. Selbst Elith, die den Mord zugegeben hat, kann mir kein Motiv nennen. Bevor ich Lasses verlasse, frage ich ihn, ob er Gorith-al-Dent begegnet ist.

»Sollte ich?«

»Wahrscheinlich nicht. Aber es fällt mir auf, dass er viel in der Gegend herumhängt. Würdet Ihr mich benachrichtigen, wenn er Kontakt zu Euch aufnimmt?«

Lasses verspricht es, und ich gehe. Ich finde Harmonius AlpElf und Lahmius Sonnenfänger in den eingefriedeten Baumhäusern neben der turanianischen Botschaft. Ich weiß, dass Harmonius AlpElf die Gefangene gesehen hat, und ich würde gern seine Meinung einholen, ob sie von Zauberei angegriffen oder verwirrt worden ist.

»Ich hatte nicht den Eindruck«, erwidert er. »Aber wegen der direkten Nähe des Hesuni-Baums kann man da nicht sicher sein. Allerdings glaube ich, dass man eine Spur finden würde, wenn man ihr Gedächtnis ausgelöscht hätte oder sie Opfer eines Zaubers geworden wäre. Ich weiß, dass Abra-al-Kabra sehr sorgfältig nach jeder Spur einer Zauberei gesucht hat und nichts finden konnte.«

»Und noch mal Glückwunsch, dass Ihr es aus dem Gefängnis geschafft habt«, fügt Lahmius Sonnenfänger hinzu.

Die beiden Zauberer stehen meinem Anliegen offenbar nicht ganz ablehnend gegenüber.

»Und wenn auch nur aus dem Grund, dass Ihr nicht aufgebt. Obwohl offenbar jeder weiß, dass Elith schuldig ist, scheinen die Avulaner Euch dafür Respekt zu zollen, wie Ihr versucht, Vases-al-Gipt zu helfen. Sie halten Freundschaft hoch in Ehren. Aber wirklich, Thraxas, was glaubt Ihr erreichen zu können? Elith-la-Gipt ist schuldig. Die Leute haben gesehen, wie sie Gulag getötet hat. Und sie hat es auch noch selbst zugegeben.«

Sie bieten mir Wein an. Ich leere den Kelch und stehe auf.

»Wenn ich ein vernünftiges Motiv finde, wird sie vielleicht wenigstens nicht hingerichtet.«

Anschließend mache ich mich auf die Suche nach Makri. Mein Pferd steht noch in der Koppel, wo ich es gelassen habe, also sattele ich es und reite um die Insel. Auf jeder Lichtung tummeln sich jetzt Chöre, Schauspieler und Jongleure. Alle üben für das Fest. Als der Pfad von den dicht stehenden Bäumen verengt wird, halte ich Ausschau nach den maskierten Speerträgern, die mich vielleicht wieder angreifen, aber von denen ist nichts zu sehen. Bis jetzt habe ich nicht den leisesten Hinweis darauf finden können, wer sie sind oder für wen sie arbeiten. Soweit ich weiß, gibt es in den Elfenländern nichts Vergleichbares wie die Meuchelmördergenossenschaft von Turai, aber irgendjemand scheint es auf mich abgesehen zu haben. Irgendjemand mit großer zauberischer Unterstützung. Erneut bin ich froh über mein Schutzamulett. Es beschützt mich vor den meisten magischen Angriffen, wenngleich es auch nichts gegen unsichtbare Elfen ausrichten kann, die plötzlich auftauchen und mich mit ihren Speeren durchbohren wollen.

Ich steige in der Nähe der Königlichen Lichtung ab und nähere mich ihr erneut so lautlos wie möglich. Ob Isuas schon aufgegeben hat? Doch dann höre ich Makris wütende Stimme.

»Kämpfe, du Vaginux! Wenn du noch einmal über deine eigenen Füße fällst, dann hack ich dich in Stücke, das verspreche ich dir! Du willst mein Orgk-Schwert sehen? Das wirst du auch, du nutzlose Göre. Und zwar aus der Nähe, wenn ich dich damit an den nächsten Baum spieße!«

Dem folgt das Geräusch eines Holzschwertes, das auf einen Elfenkopf trifft, und Sekunden später Weinen.

Ich spähe auf die Lichtung. Isuas hat anscheinend Mut genug gehabt, zu den nächsten Lektionen wiederzukommen, aber Makri scheint das nicht sonderlich zu schätzen. Die junge Elfe geht unter einem wahren Hagel von Hieben zu Boden, während Makri sie unaufhörlich beschimpft.

»Habe ich dir nicht gezeigt, wie man pariert? Also gut, dann parier das hier!«

Makri trifft Isuas mit einem Schlag, der ihr beinah die Schulter bricht. Isuas schreit vor Schmerz auf. Das bringt Makri noch mehr in Rage.

»Ich habe nicht gesagt, du sollst flennen wie ein Mädchen, sondern parieren! Also tu's gefälligst auch!«

Makri stürzt sich auf die junge Elfe. Isuas versucht ganz geschickt, den Schlag abzuwehren, aber Makri benutzt einfach ihre andere Klinge, mit der sie Isuas gegen den Kopf schlägt. Die plumpst daraufhin wieder zu Boden.

Ich bin über das, was ich da sehe, ziemlich entsetzt. Der

Anblick von Makri, die ihre ganze Kampferfahrung gegen eine schwache kleine Elfe einsetzt, würde selbst das kälteste Herz rühren. Isuas liegt schluchzend auf dem Boden, wo sie einen ganzen Schwall von erniedrigenden Beschimpfungen über sich ergehen lassen muss.

»Du nutzlose ätzux elender stinksterzus armselige Vaginux!«, schreit Makri und benutzt eine ganze Reihe von übelsten Orgk-Flüchen, die teilweise nicht einmal ich kenne und die vermutlich bisher im Westen auch noch nie benutzt worden sind. Wahrscheinlich nicht mal in den Orgk-Kriegen von den Orgks selbst.

Makri senkt ihr Schwert und reißt Isuas hoch.

»Sind alle Elfen so jämmerlich wie du? Dann möge euch Gott beistehen, wenn die Orgks jemals nach Avula segeln sollten. Pah! Du bist so jämmerlich, dass ich nicht einmal eine Waffe brauche!«

Isuas wird plötzlich wütend. Die Beleidigungen verfehlen ihre Wirkung nicht. Sie greift Makri mit einem Sprung an und entwickelt dabei eine erstaunliche Schnelligkeit. Makri reagiert vollkommen gelassen und biegt einfach nur ihren Körper zur Seite, um den Klingen zu entgehen. Isuas versucht, sich herumzudrehen und sich ihr erneut zu stellen, aber Makri zeigt eine ungeahnte Wildheit. Sie tritt Isuas tatsächlich vor den Kopf. Das Mädchen bricht auf der Stelle zusammen, aber Makri lässt sich nicht davon abhalten, ihr noch zwei weitere Tritte gegen den Körper zu versetzen, bevor sie auf dem Boden aufschlägt. Diesmal bleibt die junge Elfe reglos liegen. Ich stürze besorgt aus dem Unterholz.

»Verdammt, Makri, jetzt hast du sie umgebracht!«

Makri sieht sich vollkommen gelassen um.

»Nein, hab ich nicht. Sie ist nur bewusstlos. Was machst du denn hier?«

»Ich wollte mit dir reden. Wenn du einen Moment davon ablassen kannst, dieses unglückliche arme Kind zu quälen.«

»Unglücklich?«, fragt Makri verblüfft. »Sie wird von der unbesiegten Gladiatorenmeisterin aller Orgk-Länder in Kampftechnik unterwiesen. Ich würde das ein Privileg nennen.«

Isuas stöhnt. Makri verfügt trotz ihrer gertenschlanken Figur über erstaunliche Körperkraft. Sie hebt sie hoch und wirft sie in Richtung des Wasserschlauchs, der an einem Baum hängt.

»Trink was«, befiehlt sie. »Und hör auf zu flennen!«

»Ist diese Brutalität wirklich nötig?«

Makri zuckt mit den Schultern. »Ich versuche nur, ihr in der wenigen Zeit, die uns bleibt, so viel wie möglich beizubringen. Außerdem benutzen wir Holzschwerter. Wie brutal kann es mit Holzschwertern schon sein?«

»Ziemlich brutal, nach dem zu urteilen, was ich gerade gesehen habe. Lady Yestar hat ihr zwar die Erlaubnis dazu gegeben, aber sie dürfte wohl kaum vorhergesehen haben, dass du ihrer Tochter gegen den Kopf trittst. Solltest du nicht etwas gegen das Blut tun?«

»Auf dieser Insel wimmelt es von Heilern. Sie können Isuas hinterher zusammenflicken. Was willst du hier?«

»Ich will mit dir reden. Dieser Fall verwirrt mich immer noch, und mir rennt die Zeit davon. Ich habe gehofft, eine Inspiration zu bekommen, wenn wir ihn durchsprechen.«

»Ich habe jetzt keine Zeit dafür. Wenn es dunkel geworden ist, komme ich zu Cermith. Kann es bis dahin warten?«

Das wird es wohl müssen.

»Versuch aber trotzdem, Isuas nicht umzubringen.«

»Tod beim Training ist gar nicht so schlimm«, bemerkt Makri entschieden. »Besser, als sich in der Arena mit Schande zu bekleckern. Was«, sie dreht sich bei diesen Worten drohend zu der jungen Elfe um, »keine meiner Schülerinnen jemals tun wird. Also hoch mit dir und kämpfe!«

Ich überlasse sie ihrem Vergnügen.

Da fällt mir etwas ein, und ich rufe Makri vom Rand der Lichtung aus eine Frage zu.

»Was bedeutet eigentlich stinksterzus?«

Makri ruft mir die Übersetzung zu. Ich zucke heftig zusammen. Es ist noch weit schlimmer als Vaginux.

15. Kapitel

Ich kehre zu Cermiths friedlichem Heim zurück, wo ich mich wasche, etwas esse und dann aus dem Fenster starre. Ich benötige dringend eine Inspiration. Aber es passiert nichts. Irgendwo da draußen singt ein Elfenchor. Es ist ein langes, langsames Lied, eine Lobpreisung auf einen von Lord Khurds Vorfahren. Es soll beruhigend wirken, aber ich bin viel zu sehr unter Druck, um es schätzen zu können.

Makri kehrt erst spät nachts zurück. Sie kommt mit einem Essenstablett in mein Zimmer und erzählt mir mürrisch, dass sie erneut diesen maskierten Elfen mit Speeren begegnet sei.

»Es war auf diesem ruhigen Stück der Hängebrücke, wo einem nie jemand entgegenkommt. Ich bin um eine Kurve gebogen, und da warteten sie schon. Sie sind mit stoßbereiten Speeren auf mich zumarschiert.«

Makri hatte diesmal nicht fliehen wollen, sondern ihre Schwerter gezogen und den Angriff erwartet.

»Aber dann sind sie verschwunden. Einfach so.«

Ich nicke. Ganz ähnlich war es ja auch bei mir.

»Also, was wollen sie jetzt?«, denkt Makri laut weiter. »Wollen sie uns angreifen oder nicht? Ich wünschte, sie würden sich endlich mal entscheiden. Mit diesem plötzlichen Auftauchen und Verschwinden kann ich nichts anfangen. Das ist doch keine Art zu kämpfen.«

»Wo wir gerade vom Kämpfen reden. Wie geht es Isuas?«

»Sie ist verbeult und blutig«, antwortet Makri. »Ich habe ihr geraten, Vases-al-Gipts Dienste in Anspruch zu nehmen, bevor ihr Vater sie so sieht. Lady Yestar will es ja immer noch geheim halten.«

Erneut drücke ich meine Zweifel über Makris brutales Training aus, und erneut reagiert Makri uneinsichtig. Da sie so wenig Zeit für die Ausbildung hat, meint sie, gibt es keine Alternative.

»Zudem ist das nicht der einzige Grund. Ich stärke damit ihre Willenskraft. Wenn sie jemals wirklich in einen echten Kampf verwickelt wird, dürfte sie froh sein, dass ich ihr den Gaxeen gezeigt habe.«

»Den Gaxeen? Was ist das denn?«

Makri stellt ihr Tablett ab. Sie hat kaum etwas gegessen, aber sie ist sowieso eine eher zurückhaltende Esserin.

»Orgkisch. Der Weg des Gaxeen. Übersetzt bedeutet das etwa ›Der Weg des Berserkers‹. Den beschreitet man, wenn man sich einer unüberwindlichen Übermacht gegenübersieht, keine Chance hat oder es mit einem Gegner zu tun hat, dem man weder durch Geschick noch durch Technik beikommen kann. Man geht Gaxeen, wie wir zu sagen pflegten. Es ist ein Zustand des Außer-sich-seins, in dem man den Tod nicht mehr fürchtet.«

Das interessiert mich. Viele Erfahrungen, die Makri mit orgkischen Sitten gemacht hat, sind uns hier im Westen völlig unbekannt. Vor ein paar Monaten hat sie mir durch ihre Kenntnis der orgkischen Religion geholfen, einen Fall zu lösen. Bis dahin hatte ich nicht einmal gewusst, dass die Orgks überhaupt so etwas wie eine Religion haben.

»Wie lange dauert es, bis man diesen Weg des Gaxeen gelernt hat?«

»Das hängt von der Person an, oder vom Orgk. Als ich angefangen habe zu kämpfen, habe ich den Umgang mit Waffen recht schnell gelernt, aber eines Tages meinte mein Ausbilder, dass ich nicht genug Mumm hätte. Also habe er entschieden, mich exekutieren zu lassen. Er nahm mir meine Schwerter ab und versprach demjenigen von vier Gladiatoren, die zufällig herumstanden, eine Belohnung, falls einer mich erledigen würde. Nachdem ich die Wände der Grube hochgeklettert war, einen Wachsoldaten niedergestreckt hatte, damit ich an seine Waffe kam, und die vier Gladiatoren in blinder Raserei niedergemetzelt hatte, klopfte mir mein alter Ausbilder anerkennend auf die Schulter. ›Gut gemacht‹, sagte er. ›Jetzt hast du den Weg des Gaxeen erlernt.‹ Ich mochte den alten Burschen wirklich. Natürlich musste ich ihn später umbringen, als ich geflohen bin.«

»Tja, Makri, wirklich ein fabelhaftes Geschenk für Isuas. Wenn sie anfängt, ihre Spielkameraden abzuschlachten, wird Lord Khurd sicher außer sich vor Freude sein. Wie macht sie sich denn so? Wenn sie auch nur einen Kampf gewinnen kann, dann könnte ich einen guten Schnitt bei den Wetten machen. Natürlich würde ich den Gewinn mit dir teilen.«

Makri schüttelt traurig den Kopf.

»Setz lieber nicht auf sie. Sie ist immer noch hoffnungslos. Wenn ihr erster Gegner zwei Beine und zwei Arme hat, dann wird sie nicht mal dreißig Sekunden durchhalten.«

»Und wenn er nur einen Arm und ein Bein hat?«

»Gewinnt sie trotzdem nicht.«

Ich kann es nicht ertragen, wenn gutes Essen verdirbt, also nehme ich mir Makris Teller vor und esse ihn leer.

»Ich stecke mit meinen Ermittlungen fest. Ich habe zwar einige Ungereimtheiten aufdecken können, aber nichts davon hilft, Eliths Unschuld zu beweisen. Hast du schon von dem Boah im Weiher gehört? Es hat das Wasser verseucht und den Elfen diese Albträume beschert. Und ich bin auch sicher, dass du deshalb so berauscht warst, als wir den Baumpalast besucht haben. Jemand hat herausgefunden, dass die Mischung aus Boah und dem Heiligen Wasser eine mächtige Droge ergibt. Zweifellos benehmen sich diese jungen Elfen deshalb auch so merkwürdig, laufen mit glasigen Augen herum, arbeiten nicht, brechen ihre Versprechen und so weiter. Und selbst wenn Lord Khurd es niemals zugeben würde, bin ich sicher, dass dieser Elf, der aus der Takelage gefallen ist, auch unter dem Einfluss von Boah stand. Wahrscheinlich hat er seine Ration mit auf die Reise genommen.«

Makri nickt. »Das klingt sinnvoll. Ich verstehe auch, warum sie alle so wild darauf sind. Ich habe mich sehr gut gefühlt, nachdem ich das Wasser getrunken habe. Hast du zufällig noch etwas davon?«

Ich runzle die Stirn. »Das ist nicht die Reaktion, auf die ich gehofft habe, Makri. Du solltest eigentlich wütend sein, weil diese tödliche Droge nun auch noch die Welt der Elfen verseucht.«

»Na sicher, bin ich ja auch. Klar, das ist ein ziemlicher Schock. Die Avulaner müssen schnell reagieren, wenn sie verhindern wollen, dass sie sich verbreitet. Vielleicht sollten wir uns umsehen, ob wir noch jemand anderen erwischen, der das Zeug hat, und es konfiszieren?«

Ich werfe ihr einen finsteren Blick zu. In Turai war ich ziemlich sicher, dass sie mit Boah herumexperimentiert hat, und habe das aufs Schärfste missbilligt.

»Verschwende lieber keinen Gedanken daran, irgendwelche Drogen zu konfiszieren. Wir stehen bereits in dem Ruf, schlechte Gewohnheiten zu haben. Lord Khurd war ziemlich unmissverständlich, was dieses Thema angeht, und das schon, bevor ich ihn erneut beim Machplat geschlagen habe. Jetzt dürfte er so missgelaunt wie eine niojanische Hure sein und würde über uns kommen wie ein böser Bann, wenn er uns dabei erwischt, dass wir etwas Ehrenrühriges tun.

Wenn Elith-la-Gipt mir nur endlich verraten würde, was genau zwischen ihr und Gulag vorgefallen ist. Dann könnte ich der ganzen Sache auf den Grund gehen. Ich könnte natürlich auch versuchen herauszufinden, wer das Boah nach

Avula reingeschmuggelt hat. Aber bei meinen wenigen Kontakten hier dauert das viel zu lange, und die Zeit ist bereits jetzt knapp. Ich werde Abra-al-Kabra bitten, dass er die Häfen mit seiner Magie durchleuchtet. Vielleicht findet er ja eine Spur. Und ich würde auch gern wissen, was Gorith-al-Dent in den letzten Monaten so alles getrieben hat. Mit diesem Elf habe ich wenigstens einen Verdächtigen. Er hat seinen Beruf an den Nagel gehängt, drückt sich jetzt immer in der Nähe des Hesuni-Baums herum und benimmt sich ziemlich verdächtig.«

»Glaubst du, dass hinter den Angreifern die Person steckt, die mit Boah handelt?«, fragt Makri.

»Ja. In Turai hätte ich das sofort vermutet, aber hier habe ich einfach nicht damit gerechnet.«

Makri vermutet, dass Elith-la-Gipt vielleicht deshalb nichts sagt, weil sie die Schande nicht zugeben will, eine verpönte Beziehung mit einem Baumpriester gehabt zu haben. »Aber eine Exekution dürfte ja wohl eine größere Schande für die ganze Familie sein, oder?«, meint sie.

»Wer weiß? Tabus kommen Außenstehenden manchmal komisch vor. Ich weiß einfach nicht, was wichtiger für sie ist. Die anderen Elfen, die damit zu tun haben, halten sich bedeckt. Niemand ist bereit, mit mir zu kooperieren.«

Plötzlich habe ich eine Eingebung.

»Ich kenne aber jemanden, den ich ein bisschen unter Druck setzen könnte. Drus Freund. Wenn ich mich recht entsinne, heißt er Lithias. Er ist ein poetischer junger Elf, der vor meinen Augen in den Kerker des Baumpalastes gebracht wurde. So wie der schwankte, gehört er sicherlich zu den rebellischen Jugendlichen, die mit fremden Substanzen herumexperimentieren. Vielleicht kann Dru ihn überreden, reinen Tisch zu machen. Dann hätte ich einen Hebel, den ich bei Elith ansetzen könnte.«

»Wird Dru dir helfen?«

»Gut möglich. Sie scheint mich zu mögen. Außerdem werde ich ihr sagen, dass dies das Beste ist, was sie für ihren Freund tun kann. Normalerweise funktioniert das immer, auch wenn es nicht der Wahrheit entspricht.«

Was sich auch prompt bewahrheitet, als ich Dru am nächsten Tag in einem Baumhaus nicht weit von Cermiths Hütte aufspüre. Das heißt, eigentlich ist sie nicht in dem Haus, sondern hockt in schwindelnder Höhe auf einem dünnen Ast. Lithias Verhaftung hat sie in eine schwere Depression gestürzt, und sie hat sich angeblich seit vierundzwanzig Stunden nicht von der Stelle gerührt. Ihre Eltern sind so besorgt, dass sie sich sogar freuen, Makri und mich zu sehen, nachdem wir zu ihrem ausgedehnten Anwesen hinaufgekraxelt sind. Allerdings können sie es wie die meisten Avulaner nicht vermeiden, uns interessiert und gleichzeitig misstrauisch zu beäugen. Vor allem Makri. Immer noch glotzen alle sie an, allerdings sind sie etwas weniger unhöflich als noch unmittelbar nach unserer Ankunft. Drus Mutter ist in Tränen aufgelöst, und der Vater kocht vor Wut. Beide verwünschen das Schicksal, dass ihre Tochter sich ausgerechnet an einen so hoffnungslosen Kerl wie Lithias wegwerfen musste.

»Warum konnte sie sich nicht in einen Krieger verlieben«, jammert die Mutter. »Oder in den Sohn des Silberschmieds?«

»Ihr werdet doch wohl nicht hinunterspringen?«, rufe ich Dru aus dem sicheren Baumhaus zu.

»Vielleicht doch«, erwidert Dru.

»So schlimm sieht das alles gar nicht aus. Lithias hat ja kein schweres Verbrechen begangen. Lord Khurd wird ihn in einem oder zwei Tagen wieder gehen lassen. Wir wollen ihm jetzt einen Besuch abstatten. Kommt mit, dann können wir die ganze Angelegenheit klären.«

Dru hebt den Kopf.

»Ihr geht wirklich zu ihm?«

»Ja. Wir haben freien Zugang zum Palast, eine kleine Aufmerksamkeit von Lady Yestar.«

Dru steht auf und hüpft geschickt von dem Ast hinunter. Sie ignoriert die Ermahnungen ihrer Eltern und läuft ins Haus. Sie will sich noch das Haar bürsten, bevor sie Lithias trifft.

»Lithias ist ein Narr«, behauptet ihr Vater und wendet sich an Makri. »Und Euer Nasenring ist ekelhaft.«

»Wir gehen jetzt wohl besser«, sage ich.

Der Elf sieht mich streng an. »Ihr seid der Detektiv? Ihr seht aus, als hättet Ihr schon Schwierigkeiten, einen großen Baum auf einer kleinen Lichtung zu finden.«

Ein ziemlich rüder Elf. Ich verstehe allmählich, warum die junge Dru sich zu Hause nicht so glücklich fühlt.

»Ich hätte sie auf dem Ast verhungern lassen«, gibt er uns zum Abschied noch mit auf den Weg und verschwindet dann wieder in sein Haus.

Dru taucht wieder auf. Ihr kurzes gelbes Haar steht in alle Richtungen von ihrem Kopf ab. Für eine Elfe ist das eine sehr merkwürdige Frisur.

»Wisst Ihr, warum Lithias eingesperrt worden ist? Er hat einen Streit mit dem Schmied wegen eines Gedichts angefangen. Wie albern. So benimmt er sich schon seit Wochen. Eine unverständliche Reaktion nach der nächsten.«

Dru mustert Makri, als wir über die Hängebrücke zum Palast gehen.

»Sind Eure Fußnägel wirklich aus Gold?«

»Natürlich nicht. Ich habe sie lackiert.«

Dru hat noch nie bemalte Fußnägel gesehen und ist entsprechend beeindruckt. »Hat es wehgetan, Eure Nase durchbohren zu lassen?«

»Nicht sehr. Aber es war ziemlich unschön, als mir ein paar Orgks den Ring bei einem Kampf herausgerissen haben.«

»Ich wollte mir die Ohrläppchen durchstechen lassen, aber mein Vater hat es nicht erlaubt. Bei uns Elfen ist es verpönt, unsere Körper zu verletzen.«

Ich wechsle rasch das Thema. Makri hat die unerfreuliche Angewohnheit, laut ihre Überlegungen kundzutun, ob sie sich Ringe durch ihre Brustwarzen ziehen soll, und das kann ich einfach nicht gut mit anhören.

»Wie lange benimmt sich Lithias denn schon so seltsam?«

»Seit Monaten. Natürlich hat er sich noch nie normal benommen, deswegen mag ich ihn ja. Aber seit einiger Zeit ist er völlig außer Kontrolle.«

»Wisst Ihr, dass er Boah nimmt?«

Dru lässt den Kopf hängen. »Ich habe ihm gesagt, wie dumm das ist.«

Ich frage die junge Poetin, ob sie weiß, von wem er es gekauft hat, aber sie kann es mir nicht sagen. Sie scheint auch keine Ahnung zu haben, wer es auf die Insel gebracht hat.

»Ich habe mich von dem Zeug ferngehalten.«

Ich bin zwar nicht sicher, ob das der Wahrheit entspricht, aber ich lasse es kommentarlos durchgehen. Auf halbem Weg zum Palast treffen wir auf eine Elfe, die ich kenne. Es ist Shuthan-la-Hemas, Avulas beste Jongleurin. Sie liegt schlafend auf dem hölzernen Weg, und ihre Jonglierbälle und -keulen sind um sie herum verstreut.

»Meine Güte«, sagt Dru. Offenbar erkennt sie die Symptome. Ich auch. Man kann kaum durch ZwölfSeen gehen, ohne dabei ständig über Süchtige zu stolpern. Aber ich hätte nicht gedacht, dass sich diese Sucht so schnell unter den Elfen verbreiten würde.

Der Besuch bei Lithias erweist sich als schwierig. Man verweigert uns den Zutritt, bis Makri eine Botschaft zu Lady Yestar schickt. Sie erbittet die Erlaubnis, um mir einen Gefallen zu tun. Dann grinst sie selbstzufrieden.

»Ohne mich wärst du verloren, Thraxas.«

»Ich weiß gar nicht, wie ich es ohne dich jemals schaffen konnte. Gut, fragen wir unseren verwirrten Poeten.«

Lithias Zelle ist so sauber und luftig wie meine, aber der Poet ist anscheinend noch nicht so sehr an Einkerkerungen gewöhnt wie ich. Er hockt elend auf dem Boden an der Wand. Als er Dru sieht, springt er mit einem Schrei auf, und sie umarmen sich voller Freude. Ich lasse sie eine Weile schmusen, bevor ich zum Geschäftlichen komme. Ich bitte Dru, uns allein zu lassen. Sie geht zögernd und verspricht Lithias, dass sie auf ihn wartet.

»Lithias, ich habe einige Fragen an Euch. Beantwortet sie, dann kann ich alles klären und Euch wird nicht viel passieren. Beantwortet Ihr sie jedoch nicht, wird Euch Lord Khurd verfolgen wie ein böser Bann. Es wird ihm bald dämmern, dass er ein großes Boah-Problem hat, und ich habe das Gefühl, dass er alle verbannen will, die mit der Droge in Berührung gekommen sind.«

Lithias lässt den Kopf hängen. »Ich kann Euch nichts sagen«, meint er dann.

»Das müsst Ihr aber. Ansonsten werdet Ihr von Avula verbannt, und Drus Mutter wird sie mit dem Sohn des Silberschmieds verheiraten.«

Das hat gesessen. »Der Sohn des Silberschmieds? Stellt er Dru etwa wieder nach?«

»Er klebt an ihr wie Bienen am Honig. Und wenn Ihr jemals aus dieser Zelle herauskommen wollt, dann solltet Ihr mit mir reden. Ich will alles über das Boah in dem Heiligen Weiher wissen, und ich will auch alles erfahren, was Ihr mir über Elith-la-Gipt, Gulag-al-Floros und seinen Bruder sagen könnt. Fangt vorn an und hört erst auf, wenn ich es Euch sage.«

Lithias beginnt zu reden. Und was er sagt, ist tatsächlich

sehr interessant und vor allem längst überfällig. Wie sich herausstellt, hat der junge Lithias sich seit etwa drei Monaten mit dem Glückssaft, wie er ihn nennt, abgefüllt. Ein Freund von ihm, ein anderer junger Poet, hatte ihm erzählt, dass er ihm zeigen könne, wie er eine Erfahrung macht, über die sich Gedichte zu schreiben lohnt.

Allerdings hat Lithias nicht ein einziges Gedicht darüber geschrieben. Die Droge hat ihn zu sehr verwirrt. »Zuerst fühlte es sich gut an, doch nach einer Weile gefiel es mir nicht mehr. Aber ich konnte nicht aufhören.«

Er behauptet, dass nur etwa zehn Elfen regelmäßig diese Mischung aus Boah und Hesuni-Wasser zu sich nähmen, aber trotzdem überrascht es mich, dass so etwas unbemerkt mitten auf der Insel passieren konnte. Lithias behauptet, dass sie nicht zu dem Hesuni-Baum gehen mussten, weil ihr Lieferant die Mischung zu einer Lichtung im Wald gebracht hat, wo er sie an die Elfen verkaufte. Und zwar ziemlich billig, wie es scheint. Jedenfalls zunächst. Sie stellten bald fest, dass der Preis rasch anstieg.

»Wer hat die Droge auf die Insel gebracht?«

Das weiß Lithias nicht. Es frustriert mich, wie vage er über die Einzelheiten redet, und er behauptet auch, dass er nicht einmal den Elf kennt, von dem er sie gekauft hat.

»Würdet Ihr ihn denn wiedererkennen?«

Lithias schüttelt den Kopf. »Er hat eine Kapuze getragen und sich im Schatten gehalten. Ich habe sein Gesicht niemals gesehen. Alles war sehr verstohlen.«

»Es hat vielleicht verstohlen angefangen, aber diese Sache bleibt nie lange geheim. Eben noch bin ich über die Gestalt von Avulas beliebtester Jongleurin gestolpert. Sie hat nicht im Geringsten zu verbergen versucht, was sie getan hat. Was hat Elith damit zu tun? Ist sie durch Gulag damit in Berührung gekommen?«

Auch das weiß Lithias nicht. Er glaubt, dass Elith schon Boah genommen hat, als er damit anfing.

»Sie hat sich immer in der Nähe des Hesuni-Baums herumgedrückt, weil sie ein Auge auf Gulag geworfen hatte. Sie waren ein Liebespaar, bevor der Tod seines Vaters ihn zum Priester gemacht hat. Er wollte den Posten zwar nicht, aber er hatte keine Wahl. Also durften sie sich nicht mehr sehen, aber ich glaube nicht, dass sie das wirklich gehindert hat. Ich habe immer Gerüchte darüber gehört. Lasses war nie sonderlich froh darüber.«

»Lasses? Sein Bruder? Warum denn das nicht?«

»Weil er auch in Elith verliebt war. Es hat ihn beinah in den Wahnsinn getrieben, dass sie seinen Bruder liebte. Wusstet Ihr das nicht?«

16. Kapitel

Makri wartet vor der Zelle auf mich.

»Hast du was rausgekriegt?«

»Allerdings«, gebe ich zurück. »Aber es gefällt mir nicht besonders.«

Lady Yestar kommt uns vor dem Hintereingang des Palastes entgegen. Sie schickt ihre Dienstboten weg und begrüßt uns. Dann erkundigt sie sich, ob ich immer noch hoffe, Eliths Unschuld beweisen zu können, was ich bejahe. Sie durchbohrt mich mit ihrem Hellseher-Blick.

»Tut Ihr nicht«, erklärt sie dann.

»Ich versuche es zumindest.«

Lady Yestar wendet sich an Makri. »Macht meine Tochter Fortschritte?«

»Sehr gute.«

»Mir ist aufgefallen, dass sie sehr müde ist, wenn sie nachts in den Palast zurückkehrt.«

»Wir üben sehr hart.«

»Mir ist weiterhin aufgefallen, dass ihre Kleider zerfetzt und ihre Augen verweint waren und sie dringend der Künste eines Heilers bedurfte.«

Makri wackelt ein bisschen unbehaglich mit ihren goldigen Zehen. »Wir üben sehr hart«, wiederholt sie ihr Mantra.

Lady Yestar nimmt das mit einem Nicken zur Kenntnis. »Bitte vergesst nicht«, fügt sie hinzu, »dass Isuas ein sehr zartes Kind ist. Ich erwarte nicht, dass sie tatsächlich einen Kampf gewinnen könnte. Wir wären Euch schon dankbar, wenn Ihr sie ein bisschen kräftigen könntet.«

»Aber natürlich.« Makri ist erleichtert. »Genau darauf zielen unsere Übungen ab.«

Isuas trottet aus dem Palast. Die junge Elfe ist zwar nicht mehr so lernbegierig wie noch vor ein paar Tagen, aber sie macht keinerlei Anstalten, das Handtuch zu werfen, sondern begrüßt Makri strahlend. Die beiden machen sich auf den Weg.

»Es wird Euch sicher freuen zu erfahren, dass sowohl Vizekonsul Zitzerius als auch Prinz Dös-Lackal ihre Genugtuung darüber geäußert haben, dass Ihr und Makri in meiner Gunst steht«, teilt mir Lady Yestar mit, als ich mich ebenfalls verabschieden will. »Natürlich habe ich ihnen nicht genau erklärt, was Makri für mich tut.«

»Ich bin tatsächlich sehr erfreut. Das hält mir die beiden vielleicht vom Hals.«

Lady Yestar nimmt diesen eher ungewohnten Ausdruck mit einem Lächeln zur Kenntnis. »Nach ihrer vorherigen Konversation würde ich sagen, dass da durchaus die Gefahr bestand, dass sie Euch ›an den Hals springen‹ würden, und zwar in einem eher …«

»Großen Stil?«

»Sehr richtig. Es gibt in Turai wohl viele Leute, mit denen Ihr Euch gut stellen müsst? Und es würde Euch das Leben gewiss erheblich erschweren, wenn sowohl der Prinz als auch der Vizekonsul zu Euren Feinden zählten, habe ich Recht?«

»Sehr erschweren, Lady Yestar. Der Prinz kann mich überhaupt nicht leiden, was nur gerecht ist. Schließlich kann ich ihn noch weniger leiden. Aber mit Zitzerius will ich es mir nicht verderben. Er hat mir in der Vergangenheit oft geholfen, wenn auch nur, weil ich ihm geholfen habe. Ich kann nicht behaupten, dass er mein Busenfreund ist, aber er ist sehr ehrlich für einen wichtigen Politiker, und man kann auch nicht abstreiten, dass er so spitz wie ein … ein, ähm, …«

Ich verstumme.

»So spitz wie ein Elfenohr?«, beendet Lady Yestar den Satz. Sie lacht. »Dieser Menschenausdruck hat mir immer schon gefallen.«

Ich lehne zögernd eine Einladung zum Essen mit dem Verweis auf meine Arbeit ab und gehe wieder zu den Zellen, um mich mit Elith zu unterhalten. Eines hasse ich an diesem Detektivdasein: dass man immer wieder aus Zeitmangel Gelegenheiten auf ein paar Häppchen ausschlagen muss.

Und dann erweist sich meine Sitzung mit Elith auch noch als kurz und deprimierend. Sie hat ihr Schicksal akzeptiert. Ich sage ihr, dass sie das kaum aus dem Gefängnis herausbringen wird.

»Ich habe nicht den Wunsch, freigelassen zu werden.«

»Euer Vater schon, und für den arbeite ich. Also kommen wir zur Sache. Ich weiß, was hier los ist. Ich habe mit Lithias gesprochen, einem Elf, den Ihr sicherlich aus Eurer Drogenvergangenheit gut kennt. Spart Euch die Einwände, ich weiß alles darüber. Habt Ihr deswegen so hartnäckig geschwiegen? Weil Ihr nicht wolltet, dass Euer stolzer Vater erfährt, dass Ihr zu den Pionieren des Boah-Konsums hier auf Avula gehört? Übrigens herzlichen Glückwunsch. Ihr habt einen Weg gefunden, seine Wirkung auf alle Elfen auszudehnen. Wirklich genial. Wessen Idee war es, das Boah mit dem Hesuni-Wasser zu vermischen?«

Elith ist aufgestanden und blickt jetzt aus dem Fenster.

»Anscheinend bereitet Euch das nicht die geringsten Probleme. Ihr habt in dieser kurzen Zeit eine sehr starke Abhängigkeit entwickelt. Ich hab mich schon gewundert, warum Ihr Euer Ehrenwort Lord Khurd gegenüber gebrochen und den Palast verlassen habt. Ihr konntet anscheinend einfach nicht abwarten, die nächste Dosis zu bekommen.«

Elith wirbelt herum. Ihre Augen blitzen vor Ärger. »Das ist

nicht wahr. Ich musste Gulag sehen. Ich musste in Erfahrung bringen, ob er mich tatsächlich beschuldigt hatte, den Hesuni-Baum beschädigt zu haben.«

»Und nachdem Ihr herausgefunden habt, dass er es getan hat, habt Ihr ihn umgebracht?«

»Ja.«

»Warum erzählt Ihr mir nicht einfach die ganze Geschichte? Ihr könnt ohnehin nicht verhindern, dass Schande auf Eure Familie oder die von Gulag fällt.«

»Gulag hatte mit dieser Affäre nichts zu tun.«

»Affäre trifft es ziemlich genau. Warum habt Ihr mir nicht vorher erzählt, dass Ihr eine Beziehung mit ihm hattet?«

»Weil es für den Baumpriester verpönt ist, jemanden außerhalb seiner eigenen Familie zu heiraten. Sie wäre entehrt worden.«

»Und Ihr meint, das hier zählt nicht als Schande?«

»Ich erwarte ja gar nicht, dass Ihr das versteht«, meint Elith verächtlich.

»Ich werde nicht aufgeben, Elith. Ihr seht ja, wie weit ich schon gekommen bin. Ich werde die ganze Wahrheit aufdecken. Das schulde ich Eurem Vater.«

Elith zuckt mit den Schultern. Es ist eine kaum wahrnehmbare Geste, die den Grad ihrer Gleichgültigkeit unterstreicht.

»Ich bin dessen überdrüssig, Detektiv. Ihr könnt nichts für mich tun, und es wäre mir lieber, wenn Ihr mich meinen Gedanken überlassen würdet. Werdet Ihr mich in Ruhe lassen, wenn ich Euch meine Geschichte erzähle?«

»Ja.«

»Gut. Ich bin durch meinen Cousin Eos mit Boah in Berührung gekommen. Damals war ich sehr unglücklich, weil Gulag gerade zum Hohen-Baumpriester berufen worden war und unsere Beziehung deswegen enden musste. Gulag hätte es außerordentlich missbilligt, wenn er von meiner Sucht erfahren hätte. Zuerst habe ich mich durch die Droge zwar besser gefühlt, aber danach hat sie mich in den Wahnsinn gestürzt. Als ich mir eines Tages meine Dosis holen wollte, bin ich neben dem Baum ohnmächtig geworden. Als ich wieder aufwachte, war der Baum beschädigt. Ich konnte mich zwar nicht erinnern, etwas getan zu haben, aber mittlerweile wussten bereits viele Elfen, dass ich mich häufig merkwürdig benommen hatte. Ich bekam Arrest, während die Angelegenheit untersucht wurde. Und dort erfuhr ich auch, dass der Hauptbelastungszeuge gegen mich Gulag war. Derselbe Gulag, der mehr als ein Jahr mein Liebster gewesen war. Ich konnte nicht glauben, dass er mir so etwas antun würde. Im Gegenteil, ich erwartete, dass er mich unterstützen würde.

Er hat mich aber nicht einmal besucht. Sein Bruder schon, und Lasses war wirklich sehr nett zu mir. Aber ich musste Gulag wiedersehen. Und ich will auch gern gestehen, dass ich wieder Boah brauchte. Wie Ihr seht, bin ich es nicht wert, dass man sich für mich einsetzt. Ich habe den Tod verdient. Jedenfalls habe ich den Palast verlassen und mehr von der Droge genommen. Dann bin ich losgegangen und habe Gulag gesucht. Er war alles andere als froh, mich zu sehen. Er hat mich beschimpft und meinte, mein Verhalten bedrohe seine Stellung als Baumpriester, erklärte, dass er sich niemals mit mir eingelassen hätte, wenn er gewusst hätte, in was ich so alles verwickelt gewesen wäre. Er sagte, keine Person, die das Wasser des Hesuni-Baums mit einer fremden Droge entweiht hätte, wäre es wert, weiterzuleben. Und dann sagte er mir noch, er habe mich nie geliebt und wäre froh, dass ich im Gefängnis säße. Ich war noch wie von Sinnen von dem Boah und habe nach dem Messer gegriffen, das auf dem Boden lag, und ihn erstochen. Das ist die ganze Geschichte. Alles, was gegen mich vorgebracht wird, entspricht der Wahrheit. Und mein Tod wäre für alle das Beste.«

Eine Träne quillt aus ihrem Auge, aber sie wischt sie schnell weg und weigert sich standhaft zu weinen.

Ich möchte ihr zwar noch einen ganzen Haufen Fragen stellen, aber Elith weigert sich weiterzureden.

»Ich habe nichts mehr zu sagen, und ganz gleich wie oft Ihr noch kommt, ich werde nichts mehr zu sagen haben. Bitte geht jetzt.«

Ich lasse sie allein und klettere vor dem Palast auf die Lichtung hinunter. In der Nähe singt ein Chor. Zwei Jongleure gehen vorbei und üben im Gehen. Über meinem Kopf kreischen fröhlich Papageien. Drei Schauspieler in ihren weißen Umhängen tauchen zwischen den Bäumen auf und deklamieren ausdrucksvoll ihre Texte. Einige Elfenkinder laufen vorbei und lachen und quietschen vor Freude, als sie all diese Vorbereitungen für das Fest sehen. Es soll in zwei Tagen anfangen. Auf Avula herrscht eitel Sonnenschein.

Und ich kann mich nicht erinnern, wann ich jemals eine so miese Stimmung gehabt habe. Ich starre den Hesuni-Baum an, und als ich noch einmal die Geschichte überdenke, die ich meinem Freund Vases-al-Gipt erzählen muss, überkommt mich der unzähmbare Drang, ihn einfach zu fällen, weil er die Tochter meines Freundes in eine solche Lage gebracht hat. Noch dazu in eine Lage, aus der nicht einmal ich sie, wie es scheint, befreien kann.

Ich gehe den Pfad entlang zu der Koppel, auf der ich mein Pferd gelassen habe. Als ich dem Pferdeknecht eine Münze hinhalte, lehnt er sie angewidert ab. Zu spät fällt mir ein, dass Makri mir ja erzählt hat, es wäre unter den Elfen verpönt, Geld dafür zu nehmen, wenn sie sich um Pferde kümmern. Dieses Erlebnis verschlechtert meine Laune noch mehr.

Ich reite eine Weile dahin, bis der Pfad auf den Weg stößt, der die Insel umkreist. Unmittelbar vor dieser Kreuzung kommt ein Reiter auf mich zu. Er hält ein Schwert in der

Hand. Verblüfft sehe ich zu, wie er näher kommt. Nach den Erfahrungen mit den maskierten Elfen erwarte ich eigentlich, dass er sich in Luft auflöst. Aber das tut er nicht. Er kommt immer näher. Trotz seiner Kapuze gewinne ich den Eindruck, dass es sich hier eher um einen Menschen als einen Elfen handelt. Ich ziehe mein Schwert. Zwar ist der Schwertkampf zu Pferde nicht gerade meine Spezialität, aber die Kampferfahrung in der Armee hat mich gelehrt, nichts Überstürztes zu tun. Als mein Angreifer direkt vor mir ist, versucht er, mich mit einem gewaltigen Hieb zu Boden zu schlagen. Ich pariere diesen Angriff mit Leichtigkeit, und während er vorbeireitet, schlage ich ihm das Schwert in den Nacken. Er rutscht aus dem Sattel. Tot.

Verwirrt betrachte ich den Leichnam einen Moment. Das Ganze hat nur wenige Sekunden gedauert. Ich schlage seine Kapuze zurück, betrachte das gebräunte Gesicht des Kerls und suche in seinen Taschen nach einem Hinweis auf seine Identität, kann aber nichts finden. Er ist einfach nur ein geheimnisvoller Reiter, der mich töten wollte. Und sich dabei nicht gerade geschickt angestellt hat. Er sieht aus wie ein ganz gewöhnlicher gedungener Schläger aus irgendeiner beliebigen Stadt im Westen.

Ich reite weiter und lasse den Leichnam einfach liegen. Soll doch jemand anders sich um die notwendigen Formalitäten kümmern. Ich bin nicht weit von der Lichtung entfernt, auf der Makri Isuas unterweist. Ein Stück davor steige ich ab und schleiche mich wieder an. Makri steht mitten auf der Lichtung Isuas gegenüber. Auch wenn sie das Mädchen bisher nicht umgebracht hat, scheint sie nicht allzu weit davon entfernt zu sein. Ihre Miene ist grimmig, und ihre Stimme versprüht Gift.

»Du stinkende, kleine Elfen-Vaginux!«, schnaubt sie. »Jetzt geht es zu Ende! Du wolltest meine Orgk-Klinge ausprobieren? Hier …« Makri zieht sie aus der Scheide auf ihrem Rücken und wirft sie Isuas zu. Die fängt das Schwert geschickt am Griff auf und steht dann etwas verlegen da. Die gefährlich wirkende Waffe deutet mit der Spitze zu Boden.

»Jetzt bringe ich dich um!«, zischt Makri und zieht ihr zweites Schwert.

»Wa … wa … wie bitte?« Isuas fängt an zu zittern.

»Du hast mich genau verstanden, du kleiner Rotzlöffel. Ich werde dich umbringen. Glaubst du wirklich, dass ich hier bin, weil ich ein Elfen-Kumpel bin?«

Sie spuckt der Königstochter ins Gesicht. Isuas schüttelt sich, als hätte der Seuchenspender sie berührt.

»Denk doch einfach nach, Vaginux«, knurrt Makri. »Meine Sympathie gehört den orgkischen Regionen. Ich wurde ausgeschickt, um Verheerung unter ihren Feinden anzurichten, und alles, was ich seitdem getan habe, hatte das Ziel, die Elfeninseln zu vernichten. Und du bist die Erste, die sterben wird. Danach stecke ich deinen Kopf auf eine Pike und werde dann deine Mama schlachten wie ein Schwein, wie das Elfenschwein, das sie auch ist. Und anschließend brenne ich den Baumpalast nieder.«

Makri hat eine Grauen erregende Miene aufgesetzt, stößt ein fürchterliches Brüllen aus und hechtet vor. Isuas springt zurück, um dem mörderischen Schlag auszuweichen.

Ich beobachte den Kampf mit fachmännischem Interesse. Sorgen, dass Makri Isuas tatsächlich umbringen könnte, hege ich nicht. Wenn sie das gewollt hätte, dann wäre bereits ihr erster Schlag im Ziel gelandet. Aber ich bin von ihrer Vorstellung beeindruckt. Die naive Isuas hat natürlich keinen Schimmer von der Boshaftigkeit der Welt außerhalb ihrer kleinen Insel. Sie glaubt ganz fest, dass Makri ihr jetzt den Kopf abschneiden will, und ergreift Maßnahmen, die ihr geeignet erscheinen, das zu verhindern. Plötzlich scheint sie zu vergessen, wie ungeschickt, schwach und unbeholfen sie ist, pariert Makris Schläge ganz passabel und startet sogar einen Gegenangriff.

Man merkt Makri nicht an, dass sie nur herumspielt, als sie jetzt ihre junge Kontrahentin mit heftigen Schlägen eindeckt. Begleitet werden sie von gotteslästerlichen Beschimpfungen, die Isuas derartig auf die Palme bringen, dass sie schließlich den uralten Kampfruf ihres Clans ausstößt und einen wahren Hagel von Schlägen auf Makri loslässt, die zwar nicht alle in vollendeter Technik dargeboten werden, an Enthusiasmus jedoch nichts mehr zu wünschen übrig lassen.

Makri hält Isuas' Klinge mit dem Fingerschutz ihres eigenen Schwertes fest und schleudert es dann zur Seite. Daraufhin tritt sie der jungen Elfe in den Unterleib. Isuas landet schwer getroffen im Gras.

»Stirb, Vaginux!«, brüllt Makri und hebt ihr Schwert hoch in die Luft. Isuas schüttelt die Wirkung des Trittes mit einem Schrei ab, rollt sich rasch zur Seite, springt auf, schnappt sich einen armdicken Ast und stürzt sich doch tatsächlich mit dieser etwas hölzernen Waffe auf Makri, um ihr das Hirn herauszuprügeln. Makri erwischt die junge Elfe am Handgelenk und hält ihr die Spitze ihres Schwertes an die Kehle. Ihr Blick ist blankes Eis. Isuas kann sich nicht mehr rühren, starrt ihre Widersacherin aber trotzig an.

»Orgk-Schwein-Vaginux!«, zischt sie und spuckt Makri ins Gesicht.

Makri nickt anerkennend und packt Isuas' Kehle. Erneut gibt sie ein Beispiel ihrer erstaunlichen Kraft, als sie die junge Elfenprinzessin scheinbar mühelos in die Luft hebt und sie dann zu sich zieht, bis sich ihre Nasenspitzen beinah berühren.

»Das ist schon ein bisschen besser«, sagt Makri vollkommen gelassen. Dann lässt die Isuas einfach stehen.

Isuas begreift immer noch nicht, wie ihr eigentlich geschieht, schnappt sich rasch das Orgk-Schwert und stürzt sich auf Makri, die achtlos davonschlendert.

Und urplötzlich herumwirbelt. Die unglaubliche Geschicklichkeit und Präzision, mit der sie diesen tödlichen Hieb mit ihren Metallarmbändern abwehrt, verblüfft selbst mich immer wieder. Dann schlägt sie Isuas das Schwert aus der Hand und hebt die junge Elfe wieder an der Kehle in die Luft.

»Gut gemacht«, lobt sie ihre Schülerin, die sichtlich unwohl herumzappelt. »Zögere nie, einem Gegner in den Rücken zu fallen. Endlich hast du es kapiert. Du hast dir fünf Minuten Pause verdient.«

Mit diesen Worten schleudert sie Isuas in den nächsten Busch, der ihren Aufprall abfängt, und sammelt ihre Schwerter ein. Ich betrete die Lichtung.

»Das läuft ja großartig, Makri. Wenn wir Glück haben, dann hat sie bis zum nächsten Mal ihren hysterischen Anfall überwunden.«

Makri zuckt mit den Schultern. »Das schafft sie schon. Sie macht sogar ganz gute Fortschritte, jedenfalls an ihrem Maßstab gemessen. Und was führt dich hierher?«

»Ich wurde gerade von einem geheimnisvollen Reiter angegriffen. Ein Mensch, kein Elf. Ich musste ihn umbringen. Ist euch hier etwas Merkwürdiges aufgefallen?«

Makri schüttelt den Kopf.

»Das klingt so, als würdest du allmählich jemandem auf die Pelle rücken, Thraxas.«

»Scheint so. Was es auch immer nützen mag.«

Ich gestehe Makri, dass ich nach dem Gespräch mit Elith kaum noch glauben kann, sie aus dieser Sache herauszubekommen. »Sie hat es getan. Schluss aus.«

»Und jetzt?«

»Vermutlich stochere ich noch weiter herum. Vielleicht

lässt Lord Khurd ja Gnade walten, wenn ich alle Einzelheiten der Taten vor ihm ausbreiten kann. Immerhin stand Elith unter dem Einfluss von Boah, als sie Gulag getötet hat, und außerdem hatte sie eine Menge Stress.«

Aber meine Worte klingen selbst in meinen Ohren wenig überzeugend. Ich brauche ein Bier. Vielleicht auch ein paar gute Neuigkeiten. »Weißt du, dass die Quote fünfzig zu eins steht, wenn sie die erste Runde des Turniers schafft?«

»Wie sollten wir denn auf sie wetten? Bisher ist nicht einmal ihre Teilnahme offiziell bekannt gegeben worden. Es soll doch ein Geheimnis bleiben.«

Ich setze Makri davon ins Bild, dass ich einige diskrete Nachforschungen bezüglich der elfischen Wettgemeinde angestellt habe. »Keine Sorge, ich bin bei meinen Ermittlungen höchst diskret vorgegangen. Also, ist sie eine Wette wert?«

Makri schüttelt den Kopf. »Nein. Jedenfalls noch nicht.«

Ich bin enttäuscht.

»Ist dir eigentlich schon einmal die Idee gekommen, dass ich diese Unterweisung sehr ernst nehme? Ich habe einen Ruf zu verlieren, ganz zu schweigen davon, dass ich den Kodex der Gladiatoren einhalten muss. Und das Einzige, was dich interessiert, ist deine blöde Wette.«

»Wen würde die nicht interessieren, wenn die Quote fünfzig zu eins steht? Ich muss schließlich irgendwo einen Gewinn machen. Der Jongleur-Wettbewerb ist zu eng.«

Makri verspricht mir, es mich wissen zu lassen, wenn Isuas es so weit geschafft hat, dass sich eine Wette auf sie lohnt. Ich erinnere sie daran, dass Gulags Beerdigung an diesem Abend in der Nähe des Hesuni-Baums stattfindet.

»Warum hast du diesen Gladiatorenkodex eigentlich noch nie zuvor erwähnt?«

»Weil es keinen gibt«, gesteht Makri. »Ich habe ihn erfunden. Ich wollte dir nur klar machen, dass es am Schwertkampf Wichtigeres gibt als die Gelegenheit, eine Wette zu platzieren.«

»Na gut, ich glaube es dir. Du bist schließlich die Philosophiestudentin von uns beiden. Wenn du Isuas so weit hast, wie viel willst du dann setzen?«

»Alles, was ich habe«, erwidert Makri. »Eine Quote von fünfzig zu eins sollte man nicht missachten. Das wäre einfach nur dumm.«

Ein leises Geräusch erregt unsere Aufmerksamkeit. Wir blicken zu den Bäumen hinüber. Ein Elf mit Kapuze und grüner Maske tritt zwischen ihnen hervor. Er hält ein Schwert in der Hand. Ich seufze. Allmählich habe ich die Nase voll.

»Wird er sich auch in Luft auflösen?«, fragt Makri.

»Wer weiß? Wenn er nicht besser kämpft als der Vorige, dann wäre es besser für ihn.«

Ich stelle mich mit dem Schwert in der Hand dem Angreifer. Und werde augenblicklich von dem versiertesten und gefährlichsten Gegner zurückgetrieben, dem ich jemals begegnet bin. Ich bin gezwungen zurückzuweichen und bin ehrlich gesagt ziemlich erleichtert, als Makri sich in den Kampf wirft und unseren Gegner von der Seite angreift. Er pariert ihre Klinge, und obwohl ich ihm pausenlos von der anderen Seite zusetze, gelingt es mir nicht, eine Lücke zu finden. Wir fechten eine Weile, und auch wenn es Makri und mir mit vereinten Kräften gelingt, ihn zurückzutreiben, können wir keinen entscheidenden Treffer anbringen. Ein solcher Kämpfer ist mir selten untergekommen. Er schafft es zwar, uns einigermaßen in Schach zu halten, doch schließlich merkt er, dass er sich da einen etwas zu großen Brocken vorgenommen hat. Er wirbelt herum und verschwindet zwischen den Bäumen. Wir sehen ihm nach.

»Wer war das?«, fragt Makri.

»Keine Ahnung.«

»Jedenfalls war er ein hervorragender Schwertkämpfer. Ein schönes Elfenparadies ist das hier. Behandeln die alle ihre Gäste so?« Sie dreht sich zu Isuas um, die den Kampf mit ehrfürchtigem Staunen verfolgt hat. »Begreifst du jetzt, was alles passieren kann, wenn du ahnungslos überrumpelt wirst?«

Makri ist von der Fertigkeit des Elfen so beeindruckt, dass sie nicht einmal verärgert darüber ist, dass ihr Gegner geflüchtet ist. Stattdessen freut sie sich schon auf eine zweite Begegnung. Darauf kann ich dankend verzichten. Schließlich reite ich nach Hause. Ich muss etwas essen, trinken, ernsthaft nachdenken und ein Nickerchen halten, bevor die Beisetzung von Gulag-al-Floros, dem dahingerafften Hohen-Baumpriester von Avula, beginnt.

17. Kapitel

Plötzlich schießt mir ein Gedanke durch den Kopf. Was für ein merkwürdiger Zufall, dass dieses Messer auf dem Bogen lag, mit dem Elith Gulag erstochen hat. Warum lag es da? Messer sind wertvoll. Elfen lassen sie nicht einfach so herumliegen. Ich rätsele eine Weile daran herum, ohne einen Schritt weiterzukommen, und beschließe, diese Frage später zu klären.

In Cermiths Haus esse ich etwas, aber der Genuss wird von Gedanken getrübt, die mir den Appetit verderben. Warum hat Gulag Elith so plötzlich die kalte Schulter gezeigt? War er wirklich über ihr Verhalten erbost? Es wäre möglich. Vielleicht fühlte er sich durch seine neue Position als Hoher-Baumpriester zu vollkommener Integrität verpflichtet. Aber diesen Eindruck machte er gar nicht. Er wirkte auf den ersten Blick wie ein leidenschaftlicher junger Liebhaber und eher unwilliger Priester.

Und wieso sind plötzlich alle, die mit dem Hesuni-Baum zu tun haben, in den Drogenskandal verwickelt? Wer hat damit angefangen? Wer profitiert davon? Warf es genug Rendite ab, um dieses hohe Risiko zu rechtfertigen? Ich denke ein bisschen über den Zweig der Familie nach, der die Position des Hohen-Baumpriesters für sich beansprucht. Vielleicht haben ja seine Mitglieder versucht, Gulag-al-Floros in Verruf zu bringen? Ein Hoher-Baumpriester steht sicher nicht besonders gut da, wenn um ihn herum die Elfen wie Fliegen von den Bäumen fallen, weil sie sich an dem mit Drogen versetzten Heiligen Wasser berauscht haben.

Aber das hilft Elith auch nicht weiter, sondern vertreibt mir nur die Zeit. Ich will mich auch ablenken, weil ich nach der Beerdigung Vases-al-Gipt Bericht erstatten muss, und daran will ich einfach nicht denken.

Ich mache einen kurzen Abstecher zu den turanianischen Zauberern Harmonius AlpElf und Lahmius Sonnenfänger. Es dauert eine Weile, bis ich sie dazu gebracht habe zu tun, was ich von ihnen möchte.

»Es ist wirklich verpönt, einen solchen Zauber bei einer Beerdigung zu wirken«, wehrt sich Harmonius zunächst.

»Auf dieser verdammten Insel ist fast alles verpönt.«

Harmonius AlpElf weist mich nicht ganz unberechtigt darauf hin, dass die Elfen zwar viele Tabus haben mögen, aber dafür weit weniger niedergeschriebene Gesetze als wir und außerdem eine erheblich friedfertigere Gesellschaft.

»Verpönung funktioniert bei ihnen eben gut. Es hält das Rad des Lebens am Laufen, ohne dass man eine schwerfällige Bürokratie braucht.«

»Verschont mich mit dieser Lektion. Ich brauche jemanden, der Gulags Leichnam untersucht, und das liegt weit außerhalb meiner magischen Fähigkeiten.«

Sie sehen mich verblüfft an.

»Ihr wollt den toten Priester auf Boah untersuchen? War Gulag denn nicht sehr integer?«

»Das wird jedenfalls behauptet. Ich möchte einfach nur sichergehen.«

»Das haben Lord Khurds Zauberer doch bestimmt längst gemacht.«

»Wer weiß. Wenn es eine magische Autopsie der Leiche gibt, hat sie mir jedenfalls noch keiner unter die Nase gehalten. Obwohl ich für die Hauptverdächtige arbeite.«

Lahmius Sonnenfänger hebt seine makellos gezupften Brauen. »Meint Ihr nicht eher für ›die Person, die das Verbrechen zugegeben hat‹?«

»Sei's drum, sie hat es zugegeben. Aber es geht um mildernde Umstände. Ich will nicht, dass sie hingerichtet wird.«

Ich erinnere Harmonius AlpElf daran, dass ich ihm während der Aufstände letzten Sommer seinen kostbaren Zaubererhintern gerettet habe.

»Und nicht nur das. Ich habe den Hals von mehr als einem turanianischen Zauberer aus der Schlinge gezogen. Wenn ich nicht gewesen wäre, würde Astral Trippelmond in einer Zelle des Justizdomizils schmoren. Und wer hat den Skandal vertuscht, als Gorsius Sternengucker sternhagelvoll in diesem Bordell in Kushni erwischt wurde? Na? Wer hat, bitte schön, Tinitis Schlangenstricker herausgehauen, als sie beschuldigt wurde, das Diadem der Königin gestohlen zu haben? Die Zaubererinnung steht hoch bei mir in der Kreide. Wenn ich den entsprechenden Behörden die Wahrheit über die dubiosen Geschäfte von Turais Hexenmeistern einschenken würde, säße die halbe Zaubererinnung noch vor Sonnenuntergang im Gefängnis, und die andere Hälfte würde mit eingeklemmtem Zauberstab aus der Stadt flüchten. Und ich fühle gerade eine Woge von Gemeinsinn in mir anschwellen.«

Meine Überredungskünste setzen sich an diesem Nachmittag durch. Auch wenn Lahmius anmerkt, dass ich gut daran täte, mein Haus nie ohne mein Zauberschutzamulett zu verlassen, wenn ich wieder einmal so eine Welle von Gemeinsinn kommen fühle.

»Ich kann mich nämlich noch ganz gut daran erinnern, dass Senator Orosius nicht lange nach seiner unberechtigten Anklage wegen Diebstahl gegen Tinitis Schlangenstricker von einem unerwarteten Anfall der Pest hinweggerafft wurde.«

Harmonius und Lahmius willigen aber trotzdem ein, alles zu versuchen, solange sie nicht Gefahr laufen, erwischt zu werden. Ich danke ihnen, schnappe mir noch eine Flasche Wein, und dann marschieren wir zur Beerdigung.

Ich bin sicher, dass Lord Khurd lieber auf ein Staatsbegräbnis für seinen gemeuchelten Hohen-Baumpriester verzichtet hätte, solange die Insel noch voller Besucher ist. Aber er kann es nicht umgehen, und so wohnt der ganzen Angelegenheit ein Haufen wichtiger Gäste bei. Darunter befinden sich nicht nur Elfen von Ven und Korinthal, sondern auch andere von weiter entfernten Inseln sowie die Repräsentanten aller Menschenländer, die zu dem Fest eingeladen wurden. Eine richtig multikulturelle Trauergemeinde. Wie es bei den Ossuni-Elfen Sitte ist, muss eine Bestattung innerhalb von fünf Tagen nach dem Verscheiden durchgeführt werden. Da die Menschenländer alle mehrere Wochen Seereise von Avula entfernt sind, bietet sich ihren Delegationen hier die seltene Gelegenheit, einem solchen Ereignis beizuwohnen.

Meine beiden Zauberkollegen gesellen sich zu der turanianischen Gruppe ganz vorn und überlassen es mir, am Rand der Versammlung nach Makri zu suchen. Ich finde sie in ein Gespräch mit drei jungen Elfen vertieft. Makri wirkt interessiert, ist aber trotzdem reserviert. Ihre Haltung erinnert mich an ihr Verhalten bei den sehr wenigen Begegnungen mit Elfen in Turai, vor allem, wenn es gut aussehende Elfen waren. Makri behauptet zwar, niemals einen Liebhaber gehabt zu haben, und in letzter Zeit hat sie laut darüber nachgedacht, ob sie daran etwas ändern sollte. Bedauerlicherweise jedoch hält sie beinah alle Männer in ZwölfSeen für Abschaum und glaubt, dass Elfen eine viel bessere Option wären. Mir ist längst aufgefallen, dass sich junge Elfenmänner zu ihr hingezogen fühlen, auch wenn das Orgk-Blut in Makris Adern eine ziemliche Hürde für sie darstellt.

Vermutlich wäre Makri schon viel früher in dieses Dilemma geraten, wenn wir nicht seit unserer Ankunft bei Lord Khurd in Ungnade gefallen wären und kein Elf besonders erpicht darauf war, mit uns zu sprechen. Und anschließend wurde sie vollkommen von Isuas' Ausbildung in Beschlag genommen. Jetzt jedoch scheint es so, als hätten einige junge Elfen endlich ihren Mannesmut zusammengekratzt. Ein paar sind offenbar zu der Ansicht gelangt, es könnte nicht schaden, diesem merkwürdigen exotischen Geschöpf, das seit einiger Zeit über Avula wandelt, ein bisschen mehr Aufmerksamkeit zu schenken. Immerhin bietet dieses Wesen eine rare Kombination aus Selbstbewusstsein und an elfischen Mädchen selten zu findenden, wohlproportionierten Körperformen.

Die drei jungen Elfen, die mit ihr reden, scheinen jedenfalls keine Schwierigkeiten zu haben, alles Verpönte zu vergessen, ganz zu schweigen von den Ermahnungen, die ihnen ihre Eltern zweifellos mit auf den Weg gegeben haben. Und die eine ganz gewisse Art Mädchen betreffen dürften, denen man auf Beerdigungen begegnen könnte. Makri, mit ihrer dunklen Haut, ihrem dunklen Haar, ihren dunklen Augen und ihrer sehr knapp bemessenen Kleidung scheint eine unwiderstehliche Faszination auf sie auszuüben.

Er freut mich zu sehen, dass Makri sich amüsiert. Die Frau hockt sonst einfach zu viel über ihren Büchern. Das ist ungesund. Also will ich mich gerade wieder unbemerkt davonschleichen, als Makri mich sieht. Sie verabschiedet sich ziemlich abrupt von den Elfen und kommt rasch zu mir. Ich versichere ihr, dass dies nicht nötig gewesen wäre.

»Du hättest bei deinen Bewunderern bleiben sollen.«

Makri wirkt unsicher. »Glaubst du, dass sie mich bewundert haben?«

»Aber natürlich. Was auch nicht überraschend ist, bei diesem Nichts von einem Wams. Ist dir nicht in den Sinn gekommen, dich für die Beerdigung passend anzuziehen?«

»Hab ich doch. Meine Fußnägel sind schwarz lackiert.«

»Ah ja. Und für welchen Elfen interessierst du dich besonders?«

Makri errötet und scheint plötzlich ihre Zunge verschluckt zu haben. Da sie ihre Jugend damit verbracht hat, ihre männlichen Kontrahenten in der Arena in ihre Bestandteile zu zerlegen, hat sie sich die Gelegenheit versaut, Romanzen zu erleben. Das ganze Thema ist ihr sichtlich peinlich. Sie sagt mir, dass die drei Elfen ihr indirekt vorgeschlagen haben, ihr einige viel schönere, um nicht zu sagen, wunderbar entlegene Teile von Avula zu zeigen, wenn sie ihnen das Vergnügen machen wollte.

»Was soll ich tun, wenn mich drei Elfen irgendwo mit hinnehmen wollen?«, fragt sie vollkommen ernst. »Muss ich mir sofort einen Favoriten aussuchen?«

»Das würde ich nicht so sehen. Wir werden noch eine Weile auf Avula bleiben. Du kannst in aller Ruhe ausprobieren.«

Makri denkt darüber nach. »Ist das wirklich ein guter Rat? Kennst du dich mit solchen Sachen aus?«

Ich schüttele den Kopf. »Eigentlich nicht. Ich habe noch nie eine Beziehung mit einer Frau gehabt, die mich nicht angewidert verlassen hätte. Einige von ihnen haben sogar versucht, mich umzubringen. Meine Ehefrau hat geschworen, dass sie einen Meuchelmörder anheuern würde. Glücklicherweise hat sie maßlos übertrieben, obwohl sie achtzehn Flaschen meines besten Bieres zerschlagen hat, bevor sie mit dem Zauberlehrling durchgebrannt ist.«

Makri begreift, dass ich der falsche Ratgeber für sie wäre, und überlegt, ob sie vielleicht mit Lady Yestar darüber sprechen sollte.

»Allerdings fürchte ich, dass Lady Yestar zurzeit nicht besonders gut auf mich zu sprechen ist. Ich habe vergessen, dass Isuas ja auch an der Beerdigung teilnimmt, und ihr die Nase blutig geschlagen und ein blaues Auge verpasst. Ich bezweifle stark, dass ein Heiler sie in der kurzen Zeit ordentlich herrichten kann.«

Wir verrenken uns die Hälse, um über die Menge hinwegzublicken, aber da die Elfen alle sehr groß sind, sehen wir nur ein Meer von grünen Umhängen und langen blonden Haaren. Von der See bläst ein frischer Wind Wolken heran, und es ist ein bisschen bedeckt und kühl. Die Menge ist schweigsam, wie es sich bei einem solch traurigen Anlass ziemt.

»Glaubst du, dass Blond mir gut stehen würde?«, fragt Makri.

»Keine Ahnung.«

»An den Elfen sieht es gut aus.«

»Vielleicht. Aber in Turai blondieren nur Huren ihr Haar.«

»Das stimmt nicht«, widerspricht Makri. »Senator Lohdius' Tochter hat auch hellblondes Haar. Ich habe sie bei den Wagenrennen gesehen.«

»Richtig. Manchmal entwickeln auch unsere höheren Töchter ein Faible für diese Haarfarbe. Aber niemand wird dich mit einer Aristokratin verwechseln. Da seien deine dunkle Haut und deine spitzen Ohren vor.«

»Glaubst du, dass ich mir ein Kleid kaufen sollte, wenn wir wieder zu Hause sind?«

»Makri, was ist los? Ich habe keine Ahnung von Frisuren und Kleidern. Es fällt mir schon schwer genug, morgens daran zu denken, mein Wams zuzuknöpfen. Wolltest du dir nicht für die Innungshochschule Notizen von der Beerdigung machen?«

»Das mache ich auch. Mentale Notizen. Mir ist nur gerade in den Sinn gekommen, ob ich nicht vielleicht auch ein Kleid brauche. Ist dir aufgefallen, dass Lady Yestar blaue Augenschminke trägt, die am Rand in Grau übergeht? Wie macht sie das bloß?«

»Woher zum Teufel soll ich das wissen? Das alles nur wegen dieser drei Elfen? Sie scheinen dich genau so zu mögen wie du bist.«

»Meinst du? Ich hatte das Gefühl, als würden sie heimlich über mich lachen. Als ich angefangen habe, mit ihnen über Rhetorik zu diskutieren, wurden ihre Augen plötzlich ganz glasig. Vielleicht habe ich sie ja gelangweilt. Und als ich sagte, dass ich Gladiatorenmeisterin war, dachten sie vielleicht, dass ich angebe. Vermutlich hat es sie sogar abgestoßen.«

Ich sehe Makri finster an. »Entschuldige, ich muss ein bisschen ermitteln.«

»Was denn?«

»Irgendwas.«

»Aber ich brauche deinen Rat!«

»Na gut, hier ist er: Schnapp dir eine Keule und zieh sie deinem Lieblingself über den Schädel.«

Ich ergreife die Flucht. Jeder ahnungslose Beobachter hätte zu Recht vermutet, dass Makri eine sehr selbstbewusste junge Frau ist. Wie das dezente Interesse ein paar junger Elfenmännchen sie auf einen sprachbegabten Hohlkörper reduzieren kann, ist mir ein Rätsel. Aber ich ertrage es nicht länger. Ich drücke mich am Rand der Trauergemeinde herum und achte weder sonderlich auf die Trauerrede noch auf die Chorgesänge. Da bemerke ich Gorith-al-Dent. Er scheint wie ich am Rand der Menge herumzuflanieren.

Plötzlich zupft jemand an meinem Ärmel. Es ist Harmonius AlpElf. Er beugt sich vor und flüstert mir etwas ins Ohr, wobei er sich vergeblich bemüht, unauffällig zu erscheinen. »Ich habe den Prüfzauber gewirkt«, wispert er. »Es war sehr schwierig, es so zu bewerkstelligen, dass niemand es bemerkt.«

»Klar doch. Und?«

»Der Baumpriester war bei seinem Tod bis unter seine blonden Haarwurzeln voll Boah.«

Lahmius Sonnenfänger steht direkt hinter Harmonius. Die beiden sehen höchst selbstzufrieden aus. Trotz all ihrer Einwände vermute ich, dass sie diese Heimlichtuerei genossen haben. Zauberer haben eine Schwäche für Intrigen.

Was mich betrifft: Es ist immer sehr befriedigend, wenn sich eine Ahnung bestätigt. Elith hat gesagt, dass Gulag sie beschimpft hätte, weil sie Boah nahm. Und jetzt stellt sich heraus, dass er diese Droge selbst konsumiert hat.

»Wie viel Boah hatte er genommen?«

»Schwer zu sagen. Aber es hätte genügen müssen, um ihn schlafen zu legen, würde ich sagen.«

Das ist seltsam. Als Elith ihm ein Messer ins Herz gestoßen hat, hat er nicht geschlafen. Und irgendwie bezweifle ich, dass er danach noch das Bedürfnis hatte, sich Boah einzuverleiben. Ich würde gern wissen, ob mein persönlicher Favorit für die Rolle des Hauptverdächtigen, Gorith-al-Dent, kürzlich ebenfalls mit Boah in Berührung gekommen ist. Da Harmonius seinen Zauber gewirkt hat, kann er ihn nicht mehr ausüben, bis er ihn sich wieder neu eingeprägt hat, also frage ich Lahmius, ob er zufällig den entsprechenden Zauber auf Lager hat. Das bestätigt er. Ich deute unauffällig auf Gorith.

»Könntet Ihr ihn einsetzen und herausfinden, ob auch dieser Elf mit der Droge in Kontakt gekommen ist?«

»Mein Zauber dient dazu, einen Leichnam zu überprüfen. Aber hier geht es um eine lebende Person.«

»Könnt Ihr nicht ein bisschen improvisieren?«

Als Untersuchungsberechtigter Zauberer im Justizdomizil bekommt Lahmius es oft mit Boah zu tun. Er wird sicher schon vorher seinen Bann ein bisschen modifiziert haben. Und siehe da, er ist bereit, es zu versuchen und schlendert davon. Gorith-al-Dent achtet nicht auf ihn, als Lahmius sich hinter ihn stellt. Der Zauber wird die Luft um sie herum etwas abkühlen, aber an einem so kalten Tag wie heute dürfte Gorith das kaum merken. Lahmius konzentriert sich eine oder zwei Sekunden und kehrt dann zu uns zurück.

»Er hatte Kontakt«, sagt er. »Und zwar ganz eindeutig.«

Das ist ein vernichtender Beweis gegen Gorith. Die Bestätigung, dass er an diesem Drogengeschäft beteiligt ist, entzückt mich.

Nach der Beerdigung überlege ich meine nächsten Schritte. Ich sollte es sofort Vases-al-Gipt melden, aber ich kann es nicht ertragen, ihm ins Gesicht zu sagen, dass seine Tochter eine Mörderin ist. Ein wenig verloren stehe ich auf der Lichtung herum, als Makri plötzlich auftaucht.

»Ich stecke in der Klemme«, sagt sie. »Lord Khurd war wütend wie ein Troll mit Zahnweh, als seine Tochter wie eine Elfe, die vom Baum gefallen ist, auf der Beerdigung erschienen ist. Glücklicherweise hatte sie wenigstens die Geistesgegenwart, ihm genau diese Ausrede weiszumachen. Jetzt hat sie Stubenarrest und darf den Palast nicht verlassen.«

»Wenigstens musst du dich jetzt nicht den Rest des Tages damit herumplagen, Isuas Kampftechnik einzubläuen.«

Makri schüttelt den Kopf. »Von wegen. Sie kommt trotzdem. Sie hat mir eine Nachricht zugesteckt, dass sie in einer halben Stunde auf der Lichtung ist.«

»Will sie etwa aus dem Fenster klettern und einen Baum hinunterrutschen?«

»So was in der Art.«

Ich gratuliere Makri dazu, dass sie den Mumm des Kindes in so kurzer Zeit so drastisch erhöht hat.

»Vermutlich ist sie der erste Elf, der jemals zum Berserker geworden ist ... Was war noch mal das Wort? Dieser Wahn des orgkischen Kriegers?«

»Gaxeen. Ja, sie lernt ganz gut. Aber jetzt hat sie ein bisschen zu viel Gaxeen. Jetzt muss ich ihr noch den Weg des Sarazu beibringen.«

»Was? Sarazu?«

»›Der Weg des Besonnenen Kriegers‹. Es ist eine Art meditativer Trance für den Kampf. Sehr friedlich. Du wirst eins mit der Erde, dem Himmel, dem Wasser und deinem Gegner.«

»Und dann bringst du ihn um?«

»So ähnlich«, erklärt Makri. »Aber auf dem Weg des Besonnenen Kriegers fließt die Zeit nicht unbedingt in einer geraden Linie.«

Ich schüttele den Kopf. Solche Sachen verwirren mich immer sehr schnell.

»Mir hat der Weg des Berserkers besser gefallen. Viel Glück mit dem Kind.«

Makri hört nicht zu. Sie starrt stattdessen eindringlich auf den Hesuni-Baum. Und zwar ziemlich lange. Schließlich schüttelt sie den Kopf und sieht mich verwirrt an.

»Ich könnte schwören, dass der Baum mit mir kommuniziert hat.«

»Was hat er denn so gesagt? Irgendwas über deine Zehennägel?«

»Weiß ich nicht. Ich bin ja nur zu einem Viertel Elf. Aber ich glaube, er hat vorgeschlagen, dass du noch eine Weile länger hier bleiben solltest.«

»Die Botschaft war für mich?«

Eigentlich überrascht es mich nicht. Früher oder später musste so etwas auf einer Elfeninsel einfach passieren. Makri verschwindet, und ich treibe mich noch ein bisschen in der Gegend herum. Dabei halte ich mich vorwiegend im Schatten auf, wo ich beobachten kann, ohne selbst gesehen zu werden. Wenigstens kann ich so meine Begegnung mit Vases noch etwas hinauszögern. Aber ich habe auch das Gefühl, als würde gleich etwas passieren. Allerdings weiß ich nicht genau, ob Makris Worte oder meine Instinkte diese Empfindung auslösen.

Es wird dunkel, und mein Weinschlauch ist leer. Die ganze Zeit über habe ich gerätselt, was es bedeutet, dass Gulag

Boah genommen hat. Elith hat geschworen, dass er keines nimmt.

Plötzlich rührt sich etwas zwischen den Bäumen hinter mir. Ich richte mich auf und lausche. Dann krieche ich vor, sorgfältig darauf bedacht, kein Geräusch zu machen. Nach etwa zwanzig Metern höre ich zwei Stimmen, kann aber niemanden sehen.

Aber ich spüre, dass hier ein Boah-Handel über die Bühne geht. Lord Khurd steht vor einer weit aussichtsloseren Aufgabe, als er auch nur im Entferntesten ahnt, wenn er diese Insel sauber halten will. Er scheint nicht einmal zu versuchen, den Handel einzudämmen. Ich stehe auf und setze meinen Leuchtstab ein. Zwei verhüllte Elfen und ein barhäuptiger Mann sehen sich überrascht um. Als sie mich erkennen und das Schwert in meiner Hand sehen, flüchten sie. Ich will sie gerade verfolgen, als ein anderer Elf aus dem Schatten tritt. Ich wirbele herum, und mein Schwert richtet sich auf die Kehle des späten Gastes.

»Sieh an, sieh an, Gorith-al-Dent. Tut mir Leid, dass ich dein Geschäft gestört habe. Allerdings hast du es auch nicht gerade sonderlich diskret betrieben, hm?«

Gorith fehlen vor Ärger die Worte.

»Ich kann mir vorstellen, dass Lord Khurd höchst erfreut sein dürfte zu erfahren, was du so treibst.«

Zu meiner Überraschung wählt besagter Lord Khurd genau diesen Moment für seinen Auftritt.

»Lord Khurd wünscht sich vor allem verzweifelt, dass Ihr niemals auch nur in die Nähe von Avula gekommen wärt.« Der Tonfall des Herrschers ist eher kühl. »Gratulation. Es ist Euch gelungen, die Boah-Händler zu verscheuchen. Und hättet Ihr jetzt noch die Güte, mir zu verraten, warum Ihr ständig meinem Agenten Gorith-al-Dent bei der Ausübung seiner Pflicht Baumstämme zwischen die Beine werft?«

18. Kapitel

Ich stochere lustlos auf meinem Teller herum. Cermith ist meinen unbändigen Appetit gewöhnt und fragt besorgt, ob an dem Essen etwas faul wäre. Ich versichere ihm, dass es im Gegenteil hervorragend wie immer ist.

»Aber ich hatte einen schlechten Tag, was meine Ermittlungen angeht. Elith-la-Gipt ist des Mordes schuldig, und ich habe mich als vollkommen unverbesserlicher Idiot bloßgestellt.«

Mein Hauptverdächtiger in dem Fall entpuppt sich als Lord Khurds Spezialagent, der das Boah-Problem auf Avula in den Griff bekommen sollte.

»Eine Aufgabe, die sich durch Eure Einmischungen beträchtlich erschwert hat«, wie Lord Khurd mir klarmachte. »Weiterhin informierte er mich darüber, dass er weit davon entfernt war, diese Vorgänge zu ignorieren, sondern sehr wohl wusste, welchem Problem sich seine Insel gegenübersieht. Allerdings hatte er sich entschieden, sie diskret zu lösen. Gorith-al-Dent war mehr als einmal kurz davor, das Boah-Problem zu beseitigen, mit der Unterstützung des höchst fähigen Zauberers Abra-al-Kabra. Leider wurden sie von Euch ernsthaft behindert, weil Ihr herumgestolpert seid und alle aufgeschreckt habt. Wärt Ihr nicht gewesen, säße jetzt der, der hinter dem Import von Boah steckt, hinter Gittern.«

Letzteres bezweifle ich allerdings sehr. Ich verteidige mich, aber eher lustlos. Khurd stempelt mich vielleicht zum Sündenbock, aber ich kann auch nicht leugnen, dass ich ziemlichen Mist gebaut habe, als ich Gorith verfolgt und jetzt vermutlich die Boah-Händler misstrauisch gemacht habe.

Makri kommt spät nach Hause. Sie äußert ihr Mitgefühl, als ich ihr von meinem Fehlschlag berichte.

»Er hat mir nicht mal glauben wollen, dass wir angegriffen worden sind. Als ich die maskierten Elfen mit den Speeren beschrieben habe, war er felsenfest davon überzeugt, dass es sich dabei um eine Thazis-Halluzination handeln müsse. Er schien sich sogar ziemlich darüber aufzuregen. Ich glaube nicht, dass Khurd wirklich weiß, wer hinter dem Ganzen steckt. Aber wer es auch ist, ich ziehe mich von der Untersuchung zurück. Ich kann nicht mehr tun.«

Nach dem beschämenden Vorfall musste ich auch noch Vases-al-Gipt gestehen, dass seine Tochter schuldig im Sinne der Anklage ist. Sie ist eine Baumschänderin und Mörderin.

»Ich werde Lord Khurd bei dem Prozess die mildernden Umstände schildern«, sagte ich. »Vielleicht nützt es ja was.«

Vases dankte mir für meine Mühe, aber seine Augen hatten einen unheimlichen Ausdruck, den ich noch nie zuvor in ihnen gesehen hatte.

»Willst du wirklich aufgeben?«, erkundigt sich Makri. »Das hast du doch noch nie getan. Nicht mal, wenn dein Klient eindeutig schuldig war. Und außerdem hast du doch auch einige sehr merkwürdige Dinge herausgefunden.«

Ich strecke meine Hände hilflos gen Himmel. »Was habe ich denn schon herausgefunden? So gut wie nichts. Der Baumpriester war bis unter sein Priesterband voll Boah, als er gestorben ist. Die Menge hätte gereicht, einen Troll schlafen zu legen. Könnte einem merkwürdig vorkommen, aber vielleicht kann ein Baumpriester ja jede Menge Boah vertragen. Elith hat geschworen, dass er keines genommen hat, aber vielleicht wollte sie nur seinen guten Namen schützen. Sie selbst hat zwar ein Messer gefunden, wo keines hätte herumliegen sollen, aber was beweist das letztlich schon? Vielleicht hat es jemand verloren. Und der Rest ... Die Schändung des

Baums, das seltsame Verhalten der Elfen, all das kann man auf Boah und auf hoffnungslose Verliebtheit zurückführen. Ich habe nichts erreicht. Ich habe Vases im Stich gelassen.«

In meiner Verzweiflung statte ich der Trinklichtung der Waffenschmiede einen Besuch ab. Ich schütte viel Bier in mich hinein, aber das bessert meine Laune auch nicht. Die Waffenschmiede freuen sich zwar, dass sie ein paar Tage von ihren Essen wegkommen, aber die Chancen von Avula beim Dramenwettbewerb beurteilen sie nach wie vor pessimistisch.

»Ich habe gesehen, wie die Korinthaler die Szene üben, in der Königin Leeuven einen Angriff auf die Baumfestung des Hexenmeisters anführt. Das war ziemlich sensationell«, berichtet ein Schildmacher. »Es war alles dabei: Musik, Drama, Aufregung, wundervolle Kostüme. Und was Königin Leeuven angeht …« Der Schildmacher verzieht anzüglich das Gesicht, was die anderen zum Lachen bringt. »Ich glaube nicht, dass die avulanische Truppe eine Schauspielerin in ihren Reihen hat, die auch nur annähernd ihre Klasse erreicht.«

Außerdem hat die Avulaler auch niemand richtig proben sehen. Alles vollzieht sich unter größter Geheimhaltung.

»Zweifellos deshalb, um die absolute Unfähigkeit von Sofius-al-Kabras Inszenierung zu verbergen. Was auch immer Lord Khurd bewogen haben mag, diesen alten Hexer als Regisseur auszuwählen, geht über meinen Horizont.«

Der Zauberer scheint noch weniger Rückhalt in der Bevölkerung zu haben als vorher.

»Er hätte bei seinem Leisten bleiben sollen. Gut, zugegeben, er hat uns vor sechs Jahren vor dieser Tsunami-Welle beschützt. Mit dem Wetter kennt er sich aus. Und er hat auch einen so guten Mantelschutz für Lord Khurd gewirkt, dass keine Klinge ihn je durchdringen konnte. Niemand bestreitet, dass er ein hervorragender Zauberer ist. Aber ein Theaterstück zu inszenieren? Pah!«

Was den Jongleur-Wettstreit angeht, hat sich bisher noch kein klarer Favorit herauskristallisiert, wenn auch niemand Shuthan-la-Hemas noch eine reelle Chance einräumt. Firees-al-Nold ist immer noch der heißeste Favorit für den Sieg im Turnier der unter Fünfzehnjährigen. Und keiner hat auch nur die leiseste Ahnung, dass Makri Isuas drillt. Wenigstens ein kleiner Silberstreif am Horizont. Ich hoffe immer noch, dass ich ein paar Gurans Gewinn einstreichen kann.

Das Thema Elith-la-Gipt wird, vielleicht aus Taktgefühl mir gegenüber, gemieden. Ihre Schuld steht für alle fest, aber niemand will darüber sprechen. Jedenfalls nicht mit mir, und schon gar nicht vor so vielen Besuchern auf der Insel.

Dru, die junge Poetin, taucht ebenfalls auf. Sie ist etwas fröhlicher als letztes Mal, als ich sie gesehen habe, und verrät mir, dass Lord Khurd Lithias aus dem Gefängnis entlassen hat. Er hat ihm eine strenge Verwarnung mit auf den Weg gegeben. Falls Lithias noch einmal Boah anrührt, wird er von der Insel verbannt. Dru ist mir sehr dankbar, dass ich ihr ermöglicht habe, Lithias in seiner Zelle zu besuchen.

»Wenn ich Euch jemals einen Gefallen tun kann, lasst es mich wissen.«

»Mach ich.«

Dann geht sie zu ihren Poetenfreunden am Hügel und debattiert schon bald mit ihnen über irgendwelche Versfüße. Ich verschwinde kurz danach und nehme mir reichlich Bier mit. Der Vorrat müsste genügen, um mich über den morgigen Tag zu bringen. Das hoffe ich jedenfalls, denn ich muss nicht mehr ermitteln und habe auch meine Lust auf meine Ferien auf der Elfeninsel verloren. Ich wünschte, ich wäre wieder in Turai, ob es da kalt ist wie eine Eisfee oder nicht. Wenn Elith gleich nach den Festlichkeiten hingerichtet wird, bin ich immer noch auf Avula. Die Aussicht, meine Klientin am Galgen baumeln zu sehen, stürzt mich in eine tiefe Depression, die nicht einmal ein Hektoliter Bier vertreiben kann.

Am nächsten Tag wandere ich ziellos über die Insel. Überall stehen Elfen in fröhlichen Gruppen herum. Es mögen schlimme Dinge auf Avula passieren, aber ihre Albträume sind weg, und sie können sich jetzt unbeschwert auf das Fest freuen. Ganze Familien sammeln sich auf den Lichtungen, um den Jongleuren beim Üben zuzusehen oder den Chören zuzuhören. Die Temperaturen steigen um ein paar Einheiten, und die Sonne scheint auf die Insel herunter.

»Ich hasse diesen Brocken Land!«, sage ich zu Zitzerius.

»Ich empfinde es hier als sehr angenehm«, erwidert der Vizekonsul.

Wir stehen im Schatten unter dem Baumpalast.

»Ihr müsst auch nicht zusehen, wie man Euren Klienten aufknüpft.«

Das scheint Zitzerius zu quälen. Bevor die Übernahme des Amtes als Vizekonsul seine ganze Zeit beansprucht hat, war er ein berühmter Anwalt. Er ist der beste Redner in Turai, aber er hat nur selten seine rhetorischen Fähigkeiten dafür eingesetzt, jemanden zu verurteilen. Obwohl er eine Bastion der traditionellen Elemente der Stadt ist, hat er vor Gericht immer die Rolle des Verteidigers eingenommen. Es gefällt ihm genauso wenig wie mir, einen Menschen an das Schafott zu verlieren. Oder einen Elfen.

Zum ersten Mal, seit ich ihn kenne, scheint Zitzerius um Worte verlegen. Wir starren den Hesuni-Baum an.

»Ihr habt Euer Bestes getan«, ringt er sich schließlich ab.

Das Fest fängt offiziell morgen an. Der Jongleur-Wettstreit findet gegen Mittag statt, ihm folgt das Jugendturnier. Am nächsten Tag haben die Chöre ihren großen Auftritt, und dann beginnen die drei Tage der Theaterspiele. Was bedeutet, dass heute Isuas' letzter Trainingstag ist. Da ich nichts

Besseres vorhabe, mache ich einen kleinen Abstecher zur Lichtung. Makri und Isuas sitzen sich mit gekreuzten Beinen gegenüber. Die Augen haben sie geschlossen. Jede hat ein Schwert auf ihrem Schoß. Sie bleiben lange bewegungslos sitzen. Der Weg des Besonnenen Kriegers, nehme ich an. Wenigstens scheint auf ihm Isuas nicht halbtot geprügelt zu werden.

Plötzlich greift Isuas blitzschnell nach ihrem Schwert. Doch noch bevor sich ihre Finger um den Griff legen können, hat Makri schon ihre Waffe gehoben und schlägt sie ihrer Schülerin kräftig auf den Kopf. Blut spritzt aus Isuas' Stirn, und sie fällt vornüber ins Gras. Makri beugt sich immer noch mit gekreuzten Beinen vor, packt Isuas am Haar und zieht sie hoch. Dann schlägt sie der jungen Elfe drei- oder viermal kräftig mit der flachen Hand ins Gesicht, bis Isuas das Bewusstsein wiedererlangt.

»Schlechte Technik«, urteilt Makri. »Nimm deine Position wieder ein.«

»Ich blute«, sagt Isuas stöhnend und wischt sich über die Stirn.

»Hör auf zu quatschen«, ermahnt Makri sie. »Und fang an zu meditieren.«

Isuas ist immer noch erledigt, reißt sich aber zusammen und setzt sich aufrecht hin. Sie schließen beide die Augen. Ich schärfe mir ein, niemals mit Makri zu meditieren, und überlasse sie ihren Übungen. Dann gehe ich zu Cermiths Haus zurück, wo ich den Rest des Tages damit verbringe, aus dem Fenster zu starren, bis die Sonne untergegangen ist und die Monde am Himmel auftauchen. Ich fühle mich immer noch nicht besser. Genauer gesagt fühle ich mich so mies wie die sprichwörtliche niojanische Hure.

19. Kapitel

Am ersten Tag des Festes strömen die Elfen von überall auf der Insel zum Wettkampffeld. Sänger und Lautenspieler unterhalten die Menge. Isuas soll am Nachmittag kämpfen, und Makri gesteht mir, dass sie sich ziemlich angespannt fühlt.

»Wenn sie mich blamiert, bring ich sie um.«

Sie will mir immer noch nicht verraten, ob ich auf ihre Schülerin wetten kann oder nicht.

»Warte, bis ich gesehen habe, wie die anderen Kämpfer sich anstellen.«

Nachdem sie ein Ersatz-Holzschwert für Isuas in einen Beutel gepackt hat, beschwert sie sich darüber, dass sie kein echtes Schwert mitnehmen darf. Aber es ist verpönt, Waffen auf das Fest mitzubringen.

»Wer weiß schon, was bei so einem Turnier alles passieren kann? Wenn einige dieser Fünfzehnjährigen außer Kontrolle geraten, dann werden wir es bedauern, keine echten Schwerter dabeizuhaben.«

Makri trägt immer noch den weichen, spitzen Hut, den ihr Isuas geschenkt hat. Nur Elfenkinder tragen so etwas, aber Makri gefällt er. Sie hat ihre Fußnägel golden lackiert und trägt ein knappes, hautenges grünes Wams, das ihr Cermith geborgt hat. Durch die Nase hat sie sich einen neuen goldenen Ring mit einem kleinen Edelstein darin gezogen, den ihr Cermiths Frau geliehen hat. Alles in allem bietet sie einen bemerkenswerten Anblick, und auch wenn die Elfen sich allmählich an sie gewöhnt haben, starren sie uns trotzdem hinterher, wenn wir vorbeigehen.

Man hat einige Tribünen für die Bequemlichkeit wichtiger Gäste wie Prinz Dös-Lackal aufgebaut, aber die große Masse der Zuschauer hat es sich einfach im Gras auf der Lichtung gemütlich gemacht. Da sie leicht zur Mitte hin abfällt, bildet sie ein natürliches Amphitheater. Makri wird von einem der jungen Elfen höflich angesprochen, der schon während der Beerdigung sein Interesse an ihr gezeigt hatte. Ich entferne mich unauffällig und suche Voluth, den Schildmacher. Er wollte mich dem Buchmacher vorstellen. Während ich ihn suche, treffe ich die junge Poetin Dru, die mich freundlich anstrahlt und mir mitteilt, dass ich genau der Mann bin, den sie gesucht hat.

»Ich wollte Euch einen Gefallen erweisen, großer Mensch«, verkündet sie.

Ich runzle die Stirn. Ich hatte erwartet, dass sie allmählich diesen »Großer-Mensch«-Mist abgelegt hätte.

»Gut, einen Gefallen könnte ich ganz gut brauchen. Was denn für einen?«

»Ich habe letzte Nacht auf der Lichtung gehört, wie Ihr darüber geredet habt, dass Ihr eine Wette platzieren wollt.«

Das weckt mein Interesse. Ich hatte schon befürchtet, dass dieser Gefallen ein Gedicht über mich sein könnte. Es hat Dru anscheinend nur überrascht, dass bei dem Fest gewettet wird. Sie teilt mir jedoch mit, sie habe möglicherweise einen guten Hinweis für mich.

»Was meint Ihr mit Hinweis?«

»Eine Siegerin.«

»Ihr meint, Ihr habt einen Tipp?«

»Richtig.« Dru strahlt. »Einen Tipp. Wettet Ihr viel in Turai?«

»Pausenlos.«

»Und Ihr betrinkt Euch auch?«

»Immer, wenn ich nicht wette.«

Drus Gesicht nimmt einen sehnsüchtigen Ausdruck an.

»Ich wünschte ehrlich, dass ich einmal eine Menschenstadt besuchen könnte. Es klingt, als würde es viel Spaß machen. Könnt Ihr Euch vorstellen, dass mein Vater mir nicht einmal erlaubt, Thazis zu rauchen? Es ist einfach ungerecht!«

»Ihr sagtet etwas von einem Tipp?«

»Ja, genau. Ihr solltet beim Jonglieren auf Shuthan-la-Hemas wetten.«

Ich verziehe das Gesicht.

»Auf diese alte Boah-Drossel?«

»Aber das ist es ja!«, verkündet Dru strahlend. »Sie hat seit drei Tagen kein Boah mehr angerührt. Ich weiß es, weil sie bei Lithias wohnt, seit ihre Eltern sie von ihrem Familienbaum geworfen haben. Sie ist fest entschlossen, neu anzufangen, hat dem Boah abgeschworen und übt wie verrückt Jonglieren. Ich habe gestern Nacht gesehen, wie sie eine sensationelle Vorstellung gegeben hat, als sie sich unbeobachtet fühlte. Und ich habe auch gehört, wie die Waffenschmiede gesagt haben, dass keiner auf Shuthan setzen würde, weil alle sie für erledigt halten. Das müsste doch die ... wie heißt es, die Quote gut machen, oder?« Dru sieht mich fragend an. »Es sei denn, ich habe das missverstanden. Ich verstehe wirklich nicht viel vom Wetten.«

»Nein, Ihr habt es ganz richtig verstanden. Die Quote auf sie wird sich erhöhen. Seid Ihr sicher, dass sie eine gute Leistung bieten kann?«

Dru ist sich sicher. Ich bin noch nicht sicher, weil es meiner Erfahrung nach erheblich länger als drei Tage dauert, seine Boahsucht zu überwinden. Aber wenn Shuthan wirklich fest entschlossen ist, könnte sie eine Wette wert sein. Ich danke Dru und suche schleunigst Voluth. Ich habe einen Beutel Gurans gegen Elfische Währung umgetauscht. Makri hat mir ihr Geld anvertraut. Ich soll für sie wetten.

Voluth stellt mich dem Buchmacher vor. Er sitzt in einem hohlen Baum, gerade weit genug von der Lichtung entfernt. So bietet er Lord Khurd und dem Ältestenrat keinen Grund für ein Ärgernis. Der Buchmacher ist ein älterer Elf, und dazu noch ein sehr weise wirkender, der zwanzig zu eins auf Shuthan bietet. Auf diesen dünnen Zweig lassen sich nur wenig Elfen locken. Es ist zwar ein Risiko, aber bei der Quote gehe ich es ein.

Da so viele Elfen an dem Fest teilnehmen, gibt es mehr als einen Bierstand. Ich besorge mir ein paar Flaschen und mache mich dann auf die Suche nach Makri. Ich finde sie auf einem kleinen Hang, von dem aus wir einen ausgezeichneten Blick auf die Geschehnisse haben. Ihr Elfen-Galan ist zwar nicht sonderlich erfreut, dass ich mich einfach zwischen sie dränge, aber er kommt bei Makri sowieso nicht so richtig weiter. Sie ist mit ihren Gedanken viel zu sehr bei Isuas.

Ich teile ihr mit, dass ich auf Shuthan gesetzt habe.

»Das ist ein bisschen riskant, oder?«

»Es war ein heißer Tipp von Dru, der Poetin.«

Makri ist weniger zuversichtlich, aber das Turnier beschäftigt sie zu sehr, als dass sie mir deshalb Vorhaltungen machen könnte. Ich dagegen fühle mich langsam wieder quicklebendig. Die Lage in der Sache Elith-la-Gipt gegen das Volk von Avula mag zwar katastrophal aussehen, aber immer, wenn ich wetten kann, scheinen meine anderen Probleme zu verblassen.

Sänger und Gaukler streunen durch die Zuschauermassen, als die Jongleure die Arena betreten. Da dieser Wettbewerb das Fest nur eröffnet, erwartet man von ihm nicht dasselbe künstlerische Niveau wie von den späteren dramatischen Aufführungen. Deshalb geht es auch ohne viel zeremonielles Brimborium los. Die Jongleure, die jetzt in der Mitte der Arena marschieren, sind zum größten Teil noch sehr jung. Sie zeigen ihre Kunststücke, während die Zuschauer ihren jeweiligen Favoriten zujubeln. Ich bin von den Künstlern ziemlich beeindruckt. Natürlich habe ich in Turai schon viele Artisten gesehen, aber die Elfen scheinen diese Kunst weiterentwickelt zu haben. Usath, die junge Jongleurin, die wir vor ein paar Tagen bei einer Probe beobachtet haben, bringt die Menge zum Johlen, als sie sieben Bälle in der Luft hält. Meiner Meinung nach ist das eine unglaubliche Leistung, aber Makri heuchelt Desinteresse.

»Weck mich auf, wenn irgendwas Kulturelles passiert«, meint sie.

Trotz ihrer überheblichen Haltung wird sie aber hellwach, als Shuthan-la-Hemas die Arena betritt. Wir haben schließlich eine Menge Geld auf diese junge Elfe gesetzt, obwohl in der Menge die einhellige Erwartung herrscht, dass Shuthan bestimmt gleich am Anfang über ihre eigenen Füße fallen und Schande über die ganze Insel bringen wird.

Shuthan tut jedoch genau das Gegenteil. Sie tritt entschlossen in ihrem gelben Kostüm auf und hüpft und springt aus Leibeskräften herum. Trotz eines etwas unsicheren Starts und einiger anfänglicher Schwierigkeiten, ihren Rhythmus zu finden, liefert sie im Folgenden eine Vorstellung, die die Massen begeistert. Lauter Jubel brandet auf, als sie Usaths sieben Bälle einstellt, sogar noch einen achten hinzufügt und diese Bälle mehr als eine Minute in der Luft hält.

Aber keiner schreit lauter als ich. Dann mache ich mich auf den Weg, unsere Gewinne einzustreichen. Ein wirklich hervorragender Beginn dieses Festes. Und in dem Moment, in dem ich von diesem gewaltigen Gewinn aufgemuntert werde, wird mir schlagartig klar, wie die Sache mit Elith-la-Gipt und der schockierende Mord an dem Baum-Priester sich wirklich abgespielt haben. Zwei Elfen lamentieren über ihre frühen Wettverluste, und der eine sagt zu dem anderen, dass Shuthans unerwartet gutes Abschneiden ihn seinen Mantel gekostet hat. Ich denke über Mäntel nach, und mir wird klar, dass ich sowohl Eliths Leben retten kann als auch nach wie vor die unumstrittene Nummer Eins bin, wenn es um Ermittlungen geht.

Ich eile mit unseren Gewinnen zu Makri zurück. Sie will sich mit Isuas treffen und sie zum Wettkampffeld begleiten. Ich wünsche den beiden viel Glück.

»Ich würde trotzdem gern wissen, ob Isuas eine Wette wert ist.«

Makri bedeutet mir mitzukommen. Als wir in die Nähe des Kampfplatzes kommen, wo sich die Teilnehmer versammeln, bleibt Makri stehen und zeigt einem der herumstehenden Elfen einen Kämpfer.

»Der da?«, fragt sie. »Wie gut ist er?«

»Das ist einer der Besten«, erwidert der Elf. »Er ist der Meister von Korinthal in der Klasse der unter Fünfzehnjährigen.«

Makri nimmt ein Holzschwert aus ihrem Beutel, tritt neben den jungen Korinthaler und greift ihn ohne Vorwarnung an. Der Junge ist zwar überrumpelt, aber es gelingt ihm trotzdem, den Schlag zu parieren. Makri geht zurück, ohne sich weiter um den verwirrten Burschen zu kümmern.

»Du kannst deinen Mantel auf Isuas setzen«, sagt sie.

»Was?«

»Wenn das einer der Favoriten ist, dann setz alles, was wir haben, auf Isuas.«

Ich habe zwar keine Ahnung, wie Makri nach nur einem einzigen Schlag ein solches Urteil fällen kann, aber wenn es ums Kämpfen geht, vertraue ich ihr. Also marschiere ich wieder zu dem Buchmacher und bleibe unterwegs nur kurz bei Sosath, dem Koch, stehen. Ich teile ihm mit, dass in den Augen unserer hochgeschätzten Trainerin Isuas nicht nur ausgezeichnete Chancen hat, ihren ersten Kampf zu überstehen, sondern auch, recht weit in dem Turnier zu kommen. Der Koch und seine Gehilfen sind wenig überzeugt.

»Makri sagt das jedenfalls, und wenn es um Zweikampf geht, dann ist sie eine ausgezeichnete Kritikerin.«

Mittlerweile wird die Teilnehmerliste des Turniers laut verlesen. Ich bin leider zu weit weg, so dass ich Lord Khurds Gesicht nicht erkennen kann, als er erfährt, dass seine jüngste Tochter sich noch im letzten Moment gemeldet hat. Aber ich kann mir seine Überraschung vorstellen. Vermutlich dürfte es in nächster Zeit einige hitzige Diskussionen am heimischen Herd zwischen ihm und Lady Yestar geben, aber das Kind sitzt nun mal unterm Baum. Seine Familienehre wird es ihm nicht gestatten, seine Tochter aus dem Wettbewerb zu nehmen, nachdem ihr Name verlesen wurde.

Als ich zu der Lichtung zurückkehre, habe ich ein Stück Papyrus als Beleg für die ziemlich große Summe in der Tasche, die ich bei der hervorragenden Quote von fünfhundert zu eins auf den Ausgang des Turniers gesetzt habe. Außerdem habe ich noch mal genauso viel darauf gesetzt, dass Isuas den ersten Kampf übersteht. Normalerweise hätte ich für ein solches Ereignis eine ausgefeilte Strategie entwickelt und würde auf mehrere Favoriten setzen, um mich abzusichern. Aber mir hat die Zeit gefehlt, die es zu einer so aufwendigen Planung braucht. Und außerdem konnte ich die Form der jeweiligen Wettkämpfer nicht näher in Augenschein nehmen. Also muss ich einfach im Verlauf des Wettkampfs improvisieren.

Es gibt vierundsechzig Teilnehmer, darunter acht Mädchen. Es ist ein K.-o.-Wettbewerb, das heißt, jeder Teilnehmer muss bis zum Erreichen des Finales sechs Gegner ausschalten. Der erste Kampf hat schon begonnen. Ich sehe interessiert zu, wie die beiden jungen Kämpfer sich eher zögerlich mit ihren hölzernen Schwertern abtasten. Sie sollen sich etwas zurückhalten und keine Schläge ausführen, die ihren Gegner ernsthaft verletzen könnten. Ein sehr erfahrener Elf ist der Kampfrichter. Der erste Kämpfer, der einen Schlag landet, der in einer echten Kampfsituation tödlich wäre, wird zum Sieger erklärt. Das Spektakel findet direkt vor den Augen von Lord Khurd und Lady Yestar statt, und Lord Khurds Miene entnehme ich, dass er keineswegs von der Teilnahme seines Nestelfchens begeistert ist. Die Zuschauer in meiner Nähe dagegen sprechen von nichts anderem. Ihre einhellige Überzeugung ist, dass ihr Herrscher ganz offensichtlich den Verstand verloren hat, wenn er seiner berüchtigt schwächlichen Tochter eine derartige Tortur zumutet.

Der erste Kampf endet, als der Kämpfer aus Ven einen sauberen Schlag an den Hals seines Widersachers aus Avula landet. Der Richterelf signalisiert mit einem roten Fähnchen, dass die Angelegenheit entschieden ist. Der Sieger tritt unter wohlwollendem Applaus ab. Trotz ihrer Liebe zu Poesie und Bäumen sind die Elfen ausgezeichnete Kämpfer und wissen die Darbietung der Waffenkünste sehr wohl zu schätzen.

Makri und Isuas sitzen auf dem Gras direkt vor der Arena. Ich setze meine Körpermasse ein und zwänge mich durch die Menge, bis ich nah genug bin, um im Notfall einschreiten zu können. Makri ist die einzige Person mit Orgk-Blut in einer gewaltigen Elfengruppe und gerät vielleicht in unabsehbare Schwierigkeiten, wenn irgendwas so richtig schief geht. Isuas scheint nervös zu sein, muss aber nicht lange warten. Ihr Gegner ist ein Avulaner, ein großer Bursche von vierzehn, der mit einem breiten Grinsen auf dem Gesicht vortritt. Es verrät seine feste Überzeugung, dass er die nächste Runde mit Leichtigkeit erreicht. In der einen Hand hält er ein Holzschwert und in der anderen einen hölzernen Dolch. An seiner lässigen Haltung der Waffen wird ersichtlich, dass er es für besser hält, die Tochter von Lord Khurd nicht allzu heftig ranzunehmen, aber dass er auch keinen ernsthaften Widerstand erwartet. Die Menge verrenkt sich erwartungsvoll die Hälse, aber wie sich herausstellt, gibt es nicht viel zu sehen. Isuas' Gegner führt einen eher trägen Angriff aus, und Isuas pariert seinen Schlag schnell und sicher. Dann gleitet sie mit dem Schwert seinen Arm hinauf bis zum Hals. Der Junge hat sich noch nicht von seiner Überraschung erholt, als die rote Fahne des Richters das Ende des Kampfes signalisiert. Isuas trottet nach diesem leichten Sieg wieder zu Makri zurück. Die Menge überlegt derweil vernehmlich, ob Isuas einfach Glück gehabt hat oder ob ihr Gegner sie hat gewinnen lassen.

»Tochter von Lord Khurd oder nicht«, murmelt ein Elf neben mir. »Die nächste Runde wird sie nicht so leicht gewinnen.«

Ich sacke meinen Gewinn ein, setze erneut eine große Summe auf Isuas' Sieg in der nächsten Runde und dränge mich dann durch die Menge zu Lady Yestar. Ich habe einige Schwierigkeiten, zu ihr vorgelassen zu werden, und muss leider mit dem Ellbogen einige Diener aus dem Weg räumen. Lady Yestar lächelt, als sie mich sieht.

»Ein ausgezeichneter Sieg. Wer hätte gedacht, dass Makri in so kurzer Zeit so viel bewerkstelligen könnte?«

Neben ihr spricht der turanianische Botschafter Khurd gerade seine Glückwünsche aus. Der Elfenlord nimmt sie entgegen, aber er klingt, als leide er noch unter den Nachwirkungen eines ernsthaften Schocks. Ich senke meine Stimme zu einem Flüstern.

»Lady Yestar, ich muss Euch um eine Gunst bitten. Es geht um Elith-la-Gipt. Und um den Kammerdiener, der für die Garderobe von Lord Khurd zuständig ist …«

Lady Yestar beugt sich vor und hört sich an, was ich zu sagen habe.

Die vierundsechzig Teilnehmer haben sich mittlerweile auf

zweiunddreißig reduziert. Ich sehe im weiteren Verlauf des Turniers eine Menge guter Kämpfe, und einige wirklich ausgezeichnete Kämpfer. Jede Insel hat ihre Jugendmeister entsandt, und der Wettkampf findet auf einem sehr hohen Niveau statt. Der bei weitem herausragendste Kämpfer ist zweifellos Firees-al-Nold, der Sohn von Yulis-al-Nold, dem besten Krieger von Avula. Firees ist für sein Alter ziemlich groß und würde auch auf einem richtigen Schlachtfeld keineswegs unangenehm auffallen. Seinen ersten Gegner fertigt er in wenigen Sekunden ab, und die Menge jubelt voller Vorfreude. Firees ist der absolute Favorit, und der Buchmacher bietet zwei zu eins für ihn, was bei einem solchen Wettkampf eine ziemlich armselige Quote ist.

Die zweite Runde fängt an. Firees erledigt sehr geschickt einen Favoriten aus Ven, und eine andere Hoffnung von Avula unterliegt nach einem langen Kampf einem Mädchen aus Korinthal. Die Sonne brennt auf die Arena hinunter, und die Elfen applaudieren jedes Mal, wenn sie ein besonders geschicktes und brillantes Manöver sehen. Makri sitzt ruhig neben Isuas und muntert sie ab und zu mit wenigen Worten auf. Schon bald ist sie wieder an der Reihe. Die Menge hält kollektiv den Atem an, als sie sieht, dass ihr Gegner Vardis aus Ven ist, ein Bursche von bemerkenswerter Größe. Er hält ein Holzschwert in den Pranken, das aus dem Stamm eines besonders großen Baums geschnitzt zu sein scheint. Er überragt Isuas um Kopflängen und sieht aus wie ein Elf, der seinem Gegner kein Pardon gewährt, nicht mal, wenn es sich um die jüngste Tochter des Lords handelt.

Er springt auf Isuas los und treibt sie mit einer ganzen Serie von heftigen Schlägen vor sich her. Isuas weicht zurück, Schritt um Schritt, bis ihr beinah der Platz ausgeht. Doch als Vardis einen Stoß ausführt, der einen Ochsen auf der Stelle ausgeweidet hätte, fängt Isuas gelassen sein Schwert mit ihrem Dolch ab und benutzt Vardis' Schwung, um ihn herumzudrehen. Diese Technik beherrscht Makri meisterhaft. Vardis steht plötzlich da und blickt verblüfft in die falsche Richtung. Isuas lässt ihm jedoch keine Zeit, sich zu erholen. Sie tritt ihm kräftig in die Kniekehle, was ihn auf die Knie zwingt. Dann rammt sie ihm ihren Unterarm in den Nacken, schickt ihn damit gänzlich zu Boden und streicht mit dem Schwert über seinen Rücken. Wäre es eine echte Waffe gewesen, hätten seine lebenswichtigen Organe das Licht der Welt erblickt.

Unter den Zuschauern ist die Hölle los. Die Avulaner juchzen vor Vergnügen, und die Venianer beschweren sich lautstark über die brutale Art und Weise, in der Isuas den Kampf gewonnen hat. Aber sie hat gegen keine einzige Regel verstoßen, und der Kampfrichter erklärt sie folglich zur Siegerin. Lord Khurd ist der Kiefer vor Schreck auf sein königliches Wams gesackt, und Lady Yestar neben ihm strahlt mit der Sonne um die Wette. Zusammen mit den anderen Würdenträgern spendet sie frenetischen Beifall.

Während die zweite Runde weitergeht, überlege ich, was ich tun muss, und mache mich auf die Suche nach Gorith-al-Dent. Ich finde ihn in der Nähe des Buchmachers.

»Wollt Ihr eine Wette platzieren?«, frage ich ihn höflich.

»Nein.«

»Das solltet Ihr aber. Ich habe schon eine ganz schöne Summe gewonnen. Allmählich genieße ich das Leben hier auf Avula. Und schon bald werde ich es noch mehr genießen. Nach dem Turnier werde ich den Mörder von Gulag-al-Floros entlarven.«

»Die Mörderin ist bereits bekannt«, erinnert Gorith mich herablassend.

»Falsch. Der Mörder ist noch nicht bekannt. Aber wenn Ihr ihn als Erster kennen lernen möchtet, dann bleibt in meiner Nähe.«

Gorith fordert mich in aller Schärfe auf, jede Informationen über ein Verbrechen auf Avula sofort Lord Khurd zu hinterbringen.

»Das kann bis nach dem Turnier warten. Makris Meisterschülerin liefert eine erstklassige Vorstellung ab, findet Ihr nicht auch?«

Ich gehe wieder zu dem weisen alten Elfen, der die Wetten annimmt, und erleichtere ihn um noch mehr Geld. Sosath ist auch da, und er ist sehr zufrieden mit mir. Trotz Isuas' guter Leistung haben nur wenig andere Elfen auf sie gesetzt, so dass wir immer noch eine Quote von zwanzig zu eins für das Bestehen der dritten Runde für sie bekommen. Niemand scheint wirklich glauben zu können, dass sie noch viel weiterkommt.

Isuas jedoch liefert eine erstklassige Leistung ab. Makri kann sie zwischen den Kämpfen immer wieder beruhigen und aufbauen, und das junge Elfenmädchen entledigt sich außerordentlich geschickt ihrer beiden nächsten Gegner. Allerdings geht sie dabei nicht gerade zimperlich zu Werke. Der Trainer des Kämpfers aus Korinthal beschwert sich auch tatsächlich öffentlich bei Lord Khurd, während sein Schützling sich vor Schmerzen auf dem Gras windet, nachdem Isuas ihm einige üble Schläge gegen das Schienbein versetzt hat, gefolgt von einem Hieb mit dem Schwertgriff mitten ins Gesicht des Elfs. Daraufhin muss der Kämpfer aus Korinthal vom Schlachtfeld getragen werden, und auf den Gesichtern einiger Zuschauer malt sich ungeschminktes Entsetzen ab. Die korinthalischen Zuschauer heulen ihr Missvergnügen sogar laut heraus. Makri nimmt das ungerührt zur Kenntnis. Alles, was nicht ausdrücklich verboten ist, ist in ihren Augen unbedingt erlaubt. Und die Avulaner stehen in diesem Punkt hinter ihr wie ein Elf. Sie sind höchstens ein bisschen verwundert darüber, dass ihre zarte junge Knospe Isuas sich als ein so verheerender Feger erweist. Aber sie sind voll auf ihrer Seite.

Isuas erledigt ihren nächsten Gegner ohne weitere Zwischenfälle und steht im Finale. Die Elfen in meiner Nähe machen mir klar, dass es noch nie eine solche Aufregung bei diesen Wettkämpfen gegeben hat. Die herausragende Leistung einer so krassen Außenseiterin wie Isuas ist vollkommen beispiellos. Als der Finalkampf zwischen Isuas und Firees-al-Nold naht, kocht die Menge geradezu. Die einzige Person, die noch sitzt, ist Lord Khurd, der keinerlei Regung zeigt. Offenbar kann er immer noch nicht fassen, dass dieses Orgk-Weib seine Tochter in nur einer Woche zu einer solch bissigen Kämpferin hat formen können.

Firees scheint ausgezeichnet in Form zu sein. Im Halbfinale hatte er es mit einem jungen Elf aus Ven zu tun, der von vielen Zuschauern favorisiert wurde. Er war ein ungewöhnlich geschickter Kämpfer. Doch die Gewandtheit, mit der Firees ihn bezwungen hat, verstärkt bei der Mehrheit der Elfen die Gewissheit, dass sie in ihm den Sieger vor sich sehen. Der Buchmacher notiert Firees als Favorit, aber für Isuas ist die Quote gesunken. Ich habe schon eine Menge an Khurds Tochter verdient und setze auch jetzt im Finale ein paar Einhörner auf sie, aber ich platziere auch eine kleine Summe auf Firees, nur sicherheitshalber. Das ist unter diesen Umständen nur klug.

Im Augenblick fühle ich mich so beschwingt wie ein Elf im Baum. Das heißt, eigentlich bin ich wesentlich fröhlicher als die meisten Elfen in ihren Bäumen. Erfolgreich gewettet und dann auch noch des Rätsels Lösung gefunden, und das an einem einzigen Tag. Ich hätte eigentlich nicht in Depression verfallen sollen, aber ich mache mir deswegen jetzt keine Vorwürfe mehr. Wenn man einen Mann wie mich in ein fremdes Land verfrachtet, ihm sein Bier vorenthält und seinem Klienten das Leben schwer macht, kann man wohl kaum erwarten, dass er seine notorisch gute Laune behält.

Die Kämpfer treten vor, und die Menge tobt erwartungsvoll. Lady Yestar hat schon lange sämtliche aristokratische Zurückhaltung über Bord geworfen und steht jubelnd auf den Zehenspitzen. Die ehrwürdigen Elfen des Ältestenrates scheinen dieses Ereignis ebenfalls außerordentlich zu genießen. Ich würde sagen, dass die Vorstellung von Lord Khurds jüngster Tochter sein Ansehen unter seinen Untertanen enorm gehoben hat. Selbst unser turanianischer Prinz, der seit dem Sandalenzwischenfall nicht gut auf Makri zu sprechen ist, schreit sich die Seele aus dem Leib, als Isuas, dünn, schwächlich, aber wild entschlossen ihr Schwert in Grundstellung gegen den großartigen Firees-al-Nold hebt.

Beide Kämpfer gehen vorsichtig vor. Nachdem sie so weit gekommen sind, will keiner von beiden zu früh einen dummen Fehler machen. Makri hat bis jetzt vollkommen regungslos auf dem Gras gesessen, doch nun macht sie ihrer inneren Anspannung Luft. Sie steht auf und feuert ihre Schülerin an. Neben ihr johlt ein Mann, dessen Ähnlichkeit mit Isuas' Widersacher ihn als Yulis-al-Nold ausweist, den mächtigen Kämpfer.

Der Kampf wird rasch hitzig, und Firees gewinnt allmählich die Oberhand. Er zwingt Isuas immer weiter zurück und sucht nach einer Lücke für den entscheidenden Schlag. Isuas wehrt sich zäh, aber sie bekommt ihrerseits keine Chance auf einen Angriff. Nach mehreren Minuten merke ich, dass Isuas langsam müde wird.

Dann hilft das Glück nach. Isuas lässt ihren Dolch fallen, als sie eine Parade falsch berechnet, und befindet sich jetzt im Nachteil. Firees wittert den Sieg und mobilisiert seine Kräfte aufs Neue. Er stürzt sich auf Isuas und treibt sie an den Rand der Menge, aber als es schon nach einem Sieg für ihn aussieht, passiert etwas Ungewöhnliches. Die junge Elfe startet unvermittelt den wildesten Angriff auf einen Gegner, den die Zuschauer jemals bei einem Jugendturnier erlebt haben. Sie stürzt sich mit einer Wildheit auf Firees, die sich sogleich auf die Zuschauer überträgt und sie vollkommen aus dem Baumhäuschen geraten lässt. Der Lärm schwillt zu einer unerträglichen Kakophonie an, als es Isuas gelingt, einen Schlag auf Firees' Schwerthand zu landen, der ihn zwingt, seine Deckung für den Bruchteil einer Sekunde zu öffnen. Isuas tritt ihm augenblicklich mit einer einzigen fließenden Bewegung gegen die Brust und schleudert ihn zurück, rollt sich selbst ab und schnappt sich ihren Dolch vom Boden. Erneut umkreisen sich die beiden Kämpfer in geduckter Haltung. Mir kommt es so vor, als gerate der Kampf allmählich etwas außer Kontrolle, obwohl das weder den Richter noch die Zuschauer sonderlich zu stören scheint.

Die Kämpfer werden zwar müde, ihrem Kampfgeist tut das jedoch keinen Abbruch. Sie bewegen sich nicht mehr so schnell, sondern stehen eher voreinander und lassen ihre Schwerter in Angriff und Parade wirbeln. Isuas ist sichtlich am Rande der Erschöpfung. Unter einem wilden Schwerthagel von Firees geben ihre Beine nach, bis seine wütenden Angriffe sie auf ein Knie zwingen. Schließlich kann Firees mit letzter Kraft einen Hieb landen, der Isuas' Schwert in Stücke schlägt. Er holt zum entscheidenden Hieb aus, aber Isuas biegt sich einfach weg, so dass der Stoß ins Leere geht. Dann springt sie auf und läuft in Richtung der Tribünen davon. Ihre unerwartete Flucht verblüfft Firees einen Moment, doch dann macht er sich an die Verfolgung.

Die Menge pfeift, jubelt und klatscht, weil sie glaubt, dass Isuas den Kampfplatz verlässt, und freut sich über den Sieg von Firees, aber Isuas hat keineswegs vor zu fliehen. Als sie die Tribünen erreicht, schnappt sie sich einen der ältlichen Ältestenratselfen, reißt ihn vom Hocker, schnappt sich den Stuhl, wirbelt herum und hämmert dem heranstürmenden

Firees-al-Nold das Sitzmöbel auf den blonden Elfenschädel. Er zersplittert in tausend Stücke. Der Hocker. Firees ist sichtlich benommen und lässt die Arme sinken.

»Stirb, ätzux Vaginux!«, kreischt Isuas und tritt ihm mit aller Kraft zwischen die großen Zehen. Dann tritt sie ihm ans Knie, schlägt mit der flachen Hand gegen seine Kehle und fasst noch kurz mit ihren Fingern nach seinen Augen, als er schon bewusstlos zu Boden sackt.

Etwa zwei Sekunden lang hat Makri die ganze Bühne für sich allein. Sie johlt und pfeift und jubelt triumphierend an der Seitenlinie. Dann kochen die Emotionen in der Menge über. Isuas hat einen neuen Rekord aufgestellt, was verbotene Schläge angeht. Sie hat ihren Konkurrenten ausgeschaltet, indem sie in einer Schlagfolge praktisch jede verbotene Kampftechnik angewendet hat, die im Buch steht. Sie wird kurzerhand für ihre eindeutig verpönte Taktik bestraft. Andererseits streitet niemand ab, dass sie jede Menge Mumm gezeigt hat.

Firees' Vater sieht das anders. Er ist außer sich und stürmt auf das Feld zu seinem niedergestreckten Sohn. Dabei stößt er Isuas unsanft beiseite. Makri faucht protestierend und rennt hinter ihm her. Ich habe mich ebenfalls in Bewegung gesetzt, weil ich zu Recht das Schlimmste befürchte, aber ich komme zu spät. Makri und Yulis stehen sich mit Holzschwertern auf dem Schlachtfeld gegenüber und decken sich gegenseitig mit einem wahren Hagel von Hieben ein. Glücklicherweise können einige todesmutige Elfenordner die beiden rasch voneinander trennen, indem sie sich an ihre Gliedmaßen klammern und sie auseinander zerren.

Ich bleibe bei Makri, die kurzerhand die Elfen abgeschüttelt hat, die versucht haben, sie festzuhalten, und sich jetzt zu Isuas durchkämpft. Als sie die junge Elfe erreicht hat, hebt sie das Mädchen, das erschöpft am Boden hockt, hoch und umarmt sie liebevoll.

»Das hast du sehr gut gemacht«, lobt sie sie.

Isuas ist glücklicher, als ich sie jemals erlebt habe. Weder sie noch Makri scheint es weiter zu kümmern, dass sie disqualifiziert und der immer noch am Boden liegende Firees zum Sieger gekürt wird.

»Wen interessiert das?«, meint Makri wegwerfend. »Er liegt bewusstlos im Dreck und du bist noch munter auf den Beinen.« Dann dreht sie sich zu mir um. »Du erinnerst dich doch noch an den Elf, der uns auf der Lichtung angegriffen hat, ja? Das war er, der Vater, Yulis-al-Nold.«

»Bist du sicher?«

»Natürlich. Als wir gegeneinander gekämpft haben, habe ich seinen Stil wiedererkannt.«

Lady Yestar tritt zu uns. Sie strahlt immer noch über das ganze Gesicht. Dann nimmt sie Isuas in die Arme und gratuliert ihr.

»Ich erwarte Euch beide zum Empfang im Palast«, sagt sie zu Makri und mir, bevor sie sich bei Isuas einhakt und sie wegzieht, damit sich ein Heiler um ihre Schürfungen und Prellungen kümmert.

Der ganze Tag war sehr aufregend, und es dauert etwas, bis mir dämmert, dass mich Isuas' Ausschluss einiges an Geld gekostet hat.

»Schade«, meint Makri. »Aber es musste sein. Haben wir denn auch was gewonnen?«

»Aber ja. Ich habe bei allen vorherigen Kämpfen auf sie gesetzt. Wir haben sehr viel gewonnen. Und ich laufe zur Höchstform auf. Wenn wir im Palast sind, werde ich einen Mörder entlarven.«

20. Kapitel

Lord Khurd gibt nach dem Turnier einen Empfang im Baumpalast. Als seine Diener uns die Türen öffnen, wird Makri sofort mit Gratulationen für ihren Erfolg bei Isuas überhäuft. Mich überrascht das nicht sonderlich. Isuas mag zwar disqualifiziert worden sein, aber die Elfen erkennen einen guten Kämpfer, wenn sie einen sehen. Und wenn über kurz oder lang der nächste Orgk-Krieg vor der Haustür steht, wird es keinen interessieren, ob Isuas sich immer brav an die Regeln hält.

Der Palast ist voller Würdenträger. Ich sehe sogar Lord Fidel-al-Ambra, der mit Makri schon in Turai das Vergnügen hatte. Er spricht gerade Khurd seine Glückwünsche aus.

»Es war sehr klug von Euch, Makri als Ausbilderin Eurer Tochter zu verpflichten.«

»Sicherlich«, erwidert Khurd tonlos.

Lady Yestar tritt zu uns.

»Wie nimmt er es auf?« Ich deute auf ihren Ehemann.

»Er muss sich noch daran gewöhnen. Der Vorfall mit dem Hocker war wirklich … schrecklich. Und kein Elfenvater hört es gern, wenn seine Tochter verpönte Orgk-Flüche ausstößt. Aber ansonsten ist er eigentlich hocherfreut. Er hatte sich schreckliche Sorgen wegen Isuas' Schwächlichkeit gemacht.«

»Na, das braucht er jetzt ja nicht mehr.«

Lady Yestar weiß, dass ich nicht hier bin, um freundliche Konversation zu treiben. Ich bitte sie, dafür zu sorgen, dass ich ein paar Minuten ungestört mit Lord Khurd sprechen kann.

Einige Minuten später werden Makri und ich durch eine Tür auf einen entlegenen Balkon geführt, unter dem die Weiher des Hesuni-Baums liegen.

»Was gibt es denn so Wichtiges?«, erkundigt sich der Elfenlord etwas gereizt.

»Elith-la-Gipt ist unschuldig.«

Khurds Blick wird noch eine Spur gereizter. »Ich habe Euch bereits gesagt …«

»Ihr müsst mich erst zu Ende anhören«, unterbreche ich ihn ziemlich unhöflich, »oder aber Ihr hört es, nachdem ich es allen anderen gesagt habe. Mir ist beides recht.«

»Einverstanden, Detektiv.«

»Elith ist boahsüchtig geworden. Aber sie hat weder den Baum beschädigt noch Gulag getötet. Beide Verbrechen wurden von Lasses begangen, Gulags Bruder. Er hat den Baum verletzt, um Gulags Ruf zu schädigen, weil er wahnsinnig eifersüchtig auf die Beziehung seines Bruders mit Elith war. Unglücklicherweise hat er sie auch geliebt. Als Ihr Elith ins Gefängnis gesteckt habt, hat Lasses das Gerücht verbreitet, Gulag hätte sie beschuldigt, was nicht stimmte. Lasses selbst war es, nachdem er Elith bewusstlos am Tatort gefunden hat. Ich weiß nicht, ob er einfach nur Glück gehabt hat, oder ob er eigenhändig dafür gesorgt hat, dass sie im richtigen Moment genug Boah zu sich genommen hatte. Jedenfalls hat er den Baum beschädigt und ihr die Schuld dafür in die Schuhe geschoben. Dann hat er Elith ermutigt, ihren Stubenarrest zu missachten, ihr Wort zu brechen und Gulag zur Rede zu stellen. Aber Gulag war schon tot, als Elith zum Baum kam. Lasses hatte ihn mit Drogen betäubt und ihn erstochen. Wenn Ihr Beweise wollt: Ich kann die Aussage von zwei Zauberern beibringen, die bestätigen, dass der Priester kurz vor seinem Tod so voller Boah war, dass er nicht einmal hätte aufstehen können, geschweige denn reden.«

»Das ist doch verrückt!«, protestiert Khurd.

»Überhaupt nicht. Ich gebe Euch nur eine präzise Schilderung dessen, was sich zugetragen hat. Das hätte ich schon früher tun können, wenn Ihr mich nicht auf Schritt und Tritt behindert hättet. Als Elith zu dem Hesuni-Baum gekommen ist, lag Gulag bereits tot im Gebüsch. Dann hat Lasses etwas sehr Raffiniertes getan. Er hat einen Umhang mit einer Kapuze angezogen und sich für Gulag ausgegeben. Das war nicht so schwierig, weil Elith bereits wieder vollkommen unter Boah stand und die Realität kaum noch wahrgenommen hat. Er hat sie provoziert und gequält, bis sie es nicht länger ertragen konnte. Sie hat das Messer aufgehoben, das Lasses für sie dorthin gelegt hatte, und auf ihn eingestochen. Ich weiß nicht, ob dieser Stich tödlich gewesen wäre, aber das spielte auch keine Rolle. Lasses war nämlich so vorsichtig gewesen, einen Eurer hervorragenden Umhänge zu stehlen, die jede Klinge abwehren. Ich habe zum Beweis bereits Eure Garderobe mit Eurem Kammerdiener überprüft. Er bestätigt, dass einer der Mäntel, die Sofius-al-Kabra für Euch gemacht hat, fehlt. Lasses ist dann rasch ins Gebüsch gekrochen, hat den Mantel versteckt und so getan, als käme er zusammen mit den anderen zum Tatort. Deshalb konnten die Elfen glauben, sie hätten gesehen, wie Elith Gulag erstach. Das dachten sie wirklich.

Was beweist, dass Elith an allen Verbrechen unschuldig ist, die man ihr vorwirft. Ich muss einräumen, dass sie tatsächlich versucht hat, jemanden umzubringen, aber dieser Jemand war schon lange tot, bevor sie dorthin kam. Schuldig dagegen ist Lasses. Er hat den Baum beschädigt, um seinen Bruder in Verruf zubringen, und dann hat er diesen Bruder umgebracht, weil er wütend und eifersüchtig war. Anschließend wollte er das Verbrechen auch noch der Frau in die Schuhe schieben, die ihn verschmäht hat. Ich schlage vor, Ihr verhaftet ihn so bald wie möglich.«

Lord Khurd scheint noch nicht ganz überzeugt.

»Ich glaube, er hat Recht«, sagt Gorith-al-Dent und tritt vor. »Wenigstens sollten wir Lasses-al-Floros einem strengen Verhör unterziehen und ihn genauestens von unseren Zauberern untersuchen lassen.«

»Wollt Ihr mir erzählen, dass mein neuer Hoher-Baumpriester derjenige ist, der hinter all den Ärgernissen der letzten Zeit steckt? Hat er vielleicht auch den Import von Boah auf Avula initiiert?«

»Interessanterweise nicht«, gebe ich zurück. »Während er damit beschäftigt war, seinen Bruder zu diskreditieren, hat der rivalisierende Zweig der Familie des Baumpriesters versucht, sie beide in Verruf zu bringen. Sie haben es importiert, um einen Skandal um den Hesuni-Baum zu entfachen. Vermutlich hofften sie, dass ihre Forderung auf die Priesterschaft ernster in Erwägung gezogen würde, wenn sich herausstellt, dass Gulag den Heiligen Baum nicht davor schützen konnte, missbraucht zu werden.«

»Habt Ihr Beweise für diese Behauptung?«

»Nicht direkt. Aber seit ich angefangen habe, in dieser Affäre zu ermitteln, werde ich von verschiedenen Personen angegriffen. Einige sind Menschen, vermutlich Seeleute und Drogenhändler, die unter dem Vorwand, Handel zu treiben, hierher gerufen wurden. Aber einer von ihnen war ein ausgezeichneter elfischer Schwertkämpfer. Der beste Schwertkämpfer auf Avula: Yulis-al-Nold. Makri hat ihn an seinem Stil erkannt.«

Makri hatte bis jetzt geschwiegen, bestätigt nun aber meine Behauptung. Khurd denkt über meine Worte nach.

»Yulis ist der Führer des Zweiges der Familie, der um die Baum-Priesterschaft ringt«, führe ich weiter aus. »Ich glaube, Ihr seid mit mir einer Meinung, dass sich hier tatsächlich alle losen Fäden verknüpfen.«

»Lasst sie augenblicklich zu mir!« Weiter kommt Lord Khurd nicht. Niemand hat bemerkt, dass Yulis-al-Nold auf den Balkon getreten ist. Aber uns fällt recht schnell auf, dass es ihm gelungen ist, zwei Schwerter einzuschmuggeln, während wir unbewaffnet sind. Er schwingt die Waffen drohend durch die Luft.

»Ich werde mich nicht wie irgendein gewöhnlicher Verbrecher einer magischen Befragung unterziehen!«, knurrt er drohend.

»Warum nicht?«, fauche ich ihn an. »Das wäre doch sehr passend.«

Yulis stürzt sich auf uns. Es sieht schlecht aus, doch da tritt ihm Makri in den Weg. Yulis lässt beide Schwerter auf sie herabsausen. Beinah schneller als das Auge es wahrnehmen kann, reißt Makri die Arme hoch und wehrt die beiden Klingen mit ihren Metallarmbändern ab. Dann tritt sie vor und rammt Yulis ihren Kopf gegen den Schädel. Der heult auf und lässt die Schwerter fallen. Noch während er zu Boden geht, packt Makri eines seiner Beine, reißt es hoch, und gemeinsam krachen sie durch das dünne Holzgeländer des Balkons. Sie rollen über den Rand und stürzen in den Weiher hinunter.

Wir beugen uns vor und blicken hinunter. Aus allen Richtungen laufen bereits Elfen zum Ort des Geschehens.

»Sie kann nicht schwimmen!«, rufe ich ihnen zu und muss einige bange Momente warten, bis Makri von ihren Rettern herausgezogen wird. Augenblicke später taucht auch Yulis aus dem Weiher auf und wird sofort festgenommen.

Lord Khurd schaut nach unten, runzelt die Stirn und stößt einen elfischen Fluch aus.

»Mussten sie ausgerechnet direkt in den Heiligen Weiher springen?«, fragt er. »Er ist gerade erst rituell gereinigt worden.«

Zwei Tage später liege ich faul im Gras auf der großen Lichtung und bin sehr zufrieden. Die Theaterinszenierungen haben begonnen. Wie ich erwartet habe, sind sie für meinen Geschmack viel zu abgehoben, aber mir hilft ein großer Vorrat an Bier und der Ruf, ein hervorragender Detektiv zu sein. Die Nummer Eins am Platz, ohne jede Frage. Elith ist frei, wenn man auch nicht direkt behaupten kann, dass ihr Ruf wieder vollkommen hergestellt wäre. Immerhin ist sie unter dem Einfluss von Boah durchgedreht und hat versucht, einen Elf zu töten, den sie für Gulag hielt. Aber für sie sprechen eine Menge mildernder Umstände. Außerdem, was auch immer sie vorhatte, sie hat niemanden tatsächlich umgebracht und ist folglich vor dem Gesetz unschuldig. Vases-al-Gipt hat sie mit nach Hause genommen und hofft sehr, dass seine heilenden Kräfte und die Liebe der Familie sie bald schon wieder auf die Beine bringen werden.

Yulis und Lasses schmoren im Gefängnis. Beide Zweige der Baumpriesterfamilie sind jetzt in Ungnade gefallen. Lord Khurd wird sich ernsthaft Gedanken machen müssen, bevor er einen neuen Hohen-Baumpriester bestallt, aber das kann bis nach den Festlichkeiten warten, wenn die ganzen Besucher die Insel wieder verlassen haben. Zitzerius hat seine tief empfundene Genugtuung über die Dienste ausgedrückt, die ich unseren Elfenfreunden geleistet habe, und Khurd ist viel zu gerecht, um mir nicht ebenfalls dankbar zu sein.

Makri ist mittlerweile zu einer avulanischen Nationalheldin avanciert, und das nicht nur wegen ihrer verblüffenden Resultate bei der Ausbildung der kleinen Isuas zu einer knallharten Kriegerin. Die Geschichte, wie sie den besten Schwertkämpfer der Insel unbewaffnet Machplat gesetzt hat, ist *das* Gesprächsthema auf dem Fest. Isuas will jetzt natürlich unbedingt ebenfalls lernen, wie man seinen Gegner mit einem deftigen Kopfstoß flach legt, und Dru hat bereits mehrere Gedichte über die ganze Sache geschrieben. Sie hat auch ein, wie sie sagt, umfangreiches Epos über meine herausragenden detektivischen Fähigkeiten verfasst, das sie mir sogar persönlich ins Haus geliefert hat.

»Dru mag dich«, behauptet Makri und trinkt einen Schluck Bier. »Merkwürdig. Ich habe dich bisher eigentlich nie so recht als Vaterfigur für unzufriedene junge Elfenmädchen wahrgenommen.«

»Sehr komisch. Passiert in diesem Stück jetzt mal langsam irgendetwas?«

Das Drama langweilt mich. Die avulanische Version der Legende von Königin Leeuven ist alles andere als mitreißend. Makri sagt mir zwar, dass mir aufgrund meiner mangelhaften Sprachkenntnisse viele künstlerische Feinheiten entgehen, aber ich sehne mich danach, dass es auf der Bühne endlich losgeht. Mittlerweile teile ich die Ansicht der meisten Elfen, die Sofius-al-Kabra für einen unfähigen Regisseur halten.

»Aber etwas gibt mir immer noch Rätsel auf«, sagt Makri und trinkt ihr Bier. »Wer waren wohl diese maskierten Elfen, die uns die ganze Zeit herumgescheucht haben?«

»Das weiß ich nicht. Es verwirrt mich selbst ein bisschen. Vermutlich gehörten sie zu dieser Boah-Bande, obwohl sie irgendwie nicht so richtig ins Bild passen.«

Vor uns sammelt Königin Leeuven ihre Armee. Plötzlich taucht aus dem Nichts eine große Gruppe von Speer schwingenden Bösewichtern auf der Bühne auf, marschiert eine Weile herum und verschwindet wieder genauso plötzlich. Die Menge ist verblüfft. Dann erscheinen die maskierten Elfen wieder, und es folgt ein dramatischer Kampf, als Königin Leeuvens Anhänger mit den Speerträgern ringen, die sich wieder magischerweise in Luft auflösen, nur um im nächsten Moment im Rücken ihrer Gegner aufzutauchen.

Die Menge ist außer sich und applaudiert jubelnd dieser neuen, unerhörten, dramaturgischen Finesse.

»Genau«, sagt Makri.

»Eben«, sage ich.

Sie gehören zum Theaterstück.

»Deshalb hat Khurd auch einen Zauberer als Regisseur bestellt.«

»Er hat versucht, die Inszenierung ein bisschen aufzumöbeln.«

Wir verfolgen das Stück jetzt gebannt. Ich komme mir allerdings ein bisschen albern vor. Die ganze Zeit habe ich gedacht, sie würden uns verfolgen, und dabei haben sie nur für die Inszenierung geprobt.

»Das ist wirklich niederstes Unterhaltungsniveau«, meint Makri verächtlich. »Billige Bühneneffekte für die breite Masse lenken nur vom Drama ab.«

»Mir gefällt es. Trotzdem, wenn wir nach Turai zurückkommen und die Geschichte erzählen, sollten wir die Passagen mit den Speerträgern geflissentlich übergehen.«

ENDE

BLANVALET

RAYMOND FEIST
DER MIDKEMIA-ZYKLUS

Raymond Feists Midkemia-Zyklus – das unerreichte Fantasy-Epos von Liebe, Krieg, Freundschaft und Verrat, Magie und Erlösung.

»Wenn es einen Autor gibt, der im Fantasy-Himmel zur rechten von J. R. R. Tolkien sitzen wird, dann ist es Raymond Feist.«
The Dragon Magazine

Die Gilde des Todes
24618

Der Schatten der Schwarzen Königin
24788

BLANVALET

MARGARET WEIS • DRACHENLANZE

Der Fantasy-Welterfolg

Margaret Weis, die Schöpferin der Drachenlanze-Saga, erzählt die Geschichte ihres Lieblingshelden, des Erzmagiers Raistlin.

Die Zauberprüfung
24907

Der Zorn des Drachen
24930

BLANVALET

TARA K. HARPER
DAS REICH DER KATZEN

»Großartige Fantasy!« *Anne McCaffrey*

Die Feuertänzerin
24883

Der Puma
24882

BLANVALET

ROBIN HOBB • ZAUBERSCHIFFE

Ein außergewöhnliches Epos um lebendige Schiffe, Händler und Piraten von einer der populärsten Fantasy-Autorinnen.

Der Ring der Händler
24920

Viviaces Erwachen
24921

Der blinde Krieger
24922

Die Stunde des Piraten
24933

BLANVALET

STAR WARS™

Der Science-Fiction-Welterfolg

Die Romane zum großen Kino-Ereignis von George Lucas – eine einzigartige monumentale Weltraumsaga voller Emotionen und Abenteuer.

Krieg der Sterne
35248

Das Imperium schlägt zurück
35249

Die Rückkehr der Jedi-Ritter
35250

Episode I
35243

GOLDMANN

Das Gesamtverzeichnis aller lieferbaren Titel erhalten Sie im Buchhandel oder direkt beim Verlag.
Nähere Informationen über unser Programm erhalten Sie auch im Internet unter:
www.goldmann-verlag.de

★

Taschenbuch-Bestseller zu Taschenbuchpreisen
– Monat für Monat interessante und fesselnde Titel –

★

Literatur deutschsprachiger und internationaler Autoren

★

Unterhaltung, Kriminalromane, Thriller
und Historische Romane

★

Aktuelle Sachbücher, Ratgeber, Handbücher und Nachschlagewerke

★

Bücher zu Politik, Gesellschaft, Naturwissenschaft und Umwelt

★

Das Neueste aus den Bereichen
Esoterik, Persönliches Wachstum und Ganzheitliches Heilen

★

Klassiker mit Anmerkungen, Anthologien und Lesebücher

★

Kalender und Popbiographien

★

Die ganze Welt des Taschenbuchs

★

Goldmann Verlag • Neumarkter Str. 18 • 81673 München

Bitte senden Sie mir das neue kostenlose Gesamtverzeichnis

Name: ____________________

Straße: ____________________

PLZ / Ort: ____________________